刺客信条

末裔

MO YI

[美] 马修·柯比 著 阿贼 译

接力出版社
Publishing House

绿色印刷　保护环境　爱护健康

亲爱的读者朋友：

本书已入选“北京市绿色印刷工程——优秀出版物绿色印刷示范项目”。它采用绿色印刷标准印制，在封底印有“绿色印刷产品”标志。

按照国家环境标准（HJ2503-2011）《环境标志产品技术要求 印刷 第一部分：平版印刷》，本书选用环保型纸张、油墨、胶水等原辅材料，生产过程注重节能减排，印刷产品符合人体健康要求。

选择绿色印刷图书，畅享环保健康阅读！

北京市绿色印刷工程

桂图登字：20-2017-195

Chinese (simplified characters) edition published by Jieli Publishing House Co., Ltd. By arrangement with Scholastic Inc., 557 Broadway, New York, NY 10012, USA.

图书在版编目（CIP）数据

末裔/（美）马修·柯比著；阿贼译.—南宁：接力出版社，2017.3

（刺客信条）

书名原文：ASSASSIN'S CREED LAST DESCENDANTS

ISBN 978-7-5448-4774-2

Ⅰ.①末…　Ⅱ.①马…②阿…　Ⅲ.①长篇小说-美国-现代
Ⅳ.①I712.45

中国版本图书馆CIP数据核字（2017）第032864号

责任编辑：张慧芳　文字编辑：刘盛楠　美术编辑：严　冬　装帧设计：严　冬
责任校对：刘会乔　责任监印：刘　冬　版权联络：闫安琪　营销主理：张　猛
社长：黄　俭　总编辑：白　冰
出版发行：接力出版社　社址：广西南宁市园湖南路9号　邮编：530022
电话：010-65546561（发行部）　传真：010-65545210（发行部）
http：//www.jielibj.com　E-mail：jieli@jielibook.com
经销：新华书店　印制：北京鑫丰华彩印有限公司
开本：880毫米×1260毫米　1/32　印张：10　字数：255千字
版次：2017年3月第1版　印次：2017年3月第1次印刷
印数：00 001—50 000册　定价：39.80元

质量服务承诺：如发现缺页、错页、倒装等印装质量问题，可直接向本社调换。
服务电话：010-65545440

序

首先在此感谢您购买并阅读这本《刺客信条·末裔》官方最新小说。阅读正文之前，请允许我作为一个“资深游戏玩家”跟您唠叨片刻。

《刺客信条》游戏从2007年推出第一代开始，已经陪伴我们走过了十年。这十年里，从耶路撒冷到大马士革，从佛罗伦萨到威尼斯，从罗马到君士坦丁堡，从法国大革命时期的巴黎到工业革命时代的伦敦，我们见证了有着不同信仰的刺客与圣殿骑士为了自己心中理想的世界而走过的足迹，以及他们规模庞大且暗流涌动的斗争。而在这本您将阅读的《刺客信条·末裔》里，小说家马修·柯比将舞台搬到了美洲大陆上，更介绍了围绕着现代主角哈维尔与欧文以及《刺客信条：叛变》的主角谢伊·派崔克·寇马克之孙——科吉尔·寇马克展开的全新故事。这个故事的古代线开始于1519年，正好是《刺客信条2》的主角埃奇奥·奥迪托雷在明白自己的使命只是连接过去与未来的传声筒以后隐退时的故事；同时，科吉尔·寇马克的祖先谢伊也是《刺客信条3》里猎杀美国达文波特庄园刺客组织的罪魁祸首，是造成美国刺客组织极速衰落的直接原因。这部小说的独特之处在于哈维尔与欧文古代双线的双重同步，以及对于《刺客信条》系列游戏背景设计的细化，并讲述了一个新的系列故事。

说起《刺客信条》的官方小说，我的思绪总能回到读大一时的光景。那时《刺客信条》的第一本英文原版小说刚刚出版，知道我对此游戏热衷的朋友就买了一本送我。读过之后，我信誓旦旦地要找人一同翻译这本书，然而热情与爱好并不能代替毅力，因为各种原因与借口我们放弃了。

几年之后，在踏出校门走向社会时，第一本《刺客信条》中文小说准备出版前夕，我有幸参与了其出版工作，并在接下来的工作中检讨自己的失误与不足，吸取教训，不断改进与进步。时至今日，您拿到的这一本《刺客信条·末裔》是许多人的心血结晶，版权的谈判，翻译，校对，印刷，设计与装帧，也是我们作为《刺客信条》系列爱好者甘愿付出劳动的结晶。过程中，我们克服了各种困难，查阅和分析了国内外与小说、游戏相关的大量资料，希望读者能感受得到这本书倾注了多少我们对于“刺客”的热爱。

感谢育碧的《刺客信条》系列，感谢小说家马修·柯比带来的新的精彩故事，感谢出版社的老师与朋友们为这本书所做出的努力，也感谢飞天寒鸦团队每一个人的奉献与奋斗。

最后，我谨代表我所在的团队飞天寒鸦翻译组以及这本书的所有工作人员，感谢选择了这本官方最新小说的您。感谢您对我们工作的认同，以及对这本书背后每位工作者辛勤劳动的认可。

百度刺客教条吧吧主，飞天寒鸦翻译组组长

王骏（火凤V酋长）

目录

序幕　消失的线人 001

第一章　欧文的困境 005
第二章　体验 Animus 017
第三章　祖先的记忆 033
第四章　古怪的匕首 044
第五章　依旧绝望 057
第六章　刺客现身 069
第七章　自由还是秩序 083
第八章　娜塔莉亚的噩梦 098
第九章　格蕾丝的觉悟 110
第十章　刺客哈维尔 124
第十一章　预谋的暴动 136
第十二章　得而复失的圣物 150
第十三章　设定的规则 162
第十四章　阿德丽娜的试探 176
第十五章　特威德写的信 189
第十六章　废奴会议 200
第十七章　汤米的极限 212
第十八章　先行者的遗物 223
第十九章　恐惧的冰焰 233
第二十章　回到现在 248
第二十一章　阿布斯泰格的追捕 260
第二十二章　正面交锋 273
第二十三章　生死逃亡 288
第二十四章　其他碎片的下落 305

尾声　门罗的选择 311

序幕　消失的线人

1863 年　纽约市

夜幕在不经意间降临，悄然带走了屋中的光亮。线人在提供线索前便将盘中的菜肴一扫而光。他的衣襟敞开着，油腻的头发在额角打着卷儿。特威德老板耐心地坐着等他吃完。特威德用财富和权势丰富了他的人脉，桌上奢侈豪华的开胃小菜就能够彰显出特威德的财富。正因为如此，特威德毫不费力地玩弄着人性的欲望，将整座纽约市牢牢地控制在手中。线人坐在餐桌前清了清喉咙。

“他们并没有胡说。”线人终于开口说道，“城中的确来了一名刺客。”

特威德啜吸着将又一个带着咸味的牡蛎吞入口中。“打听到他的名字了吗？”

“暂时还没有。”线人回答，“不过有人说动了铁匠雷迪，让他去劝说鲍尔里小子帮[1]的那些人不要插手眼前这件事。”

① 鲍尔里小子帮：19 世纪中叶十分出名的反天主教、反爱尔兰移民极端民族主义帮派，因其发源于曼哈顿地区的鲍尔里街而得名。其成员皆为加入志愿消防局的机修工与屠夫。——本书脚注如无特别说明，均为译者注

在巩固了自己的地位后，特威德已然成为纽约城中最显要的人物。借由坦慕尼协会这一政治机器，他的手缓缓地伸向了纽约城的大街小巷，试图以此来操纵选票。由他手下的间谍与在华盛顿任职的政客所组成的情报网早已将纽约市内有刺客出现的消息报告到他那里。市井间也有传言说，兄弟会想借目前国内南北战争的局势展开反击。甚至有人说兄弟会已经掌握了圣殿骑士的全部计划。

“但是如果没有了鲍尔里街的那群家伙，”特威德思考了片刻道，“这次暴乱就会被轻松镇压的。”

“放心好了，这次不会出错的，老板——”

“如果没有了他们，五街顶和临海区那些帮派的本事可不够看的。”

“他们答应了会参与这次的行动。”

“我也相信他们到时候会动手的，但是我们仍需要搞清楚这名刺客的身份，以及兄弟会交给他的任务。”

“我已经让人去打听了。”

很显然，这句话并没有打消特威德的疑虑，对于这样的回答他并不满意。低估一名刺客是非常愚蠢的，他不会犯这样的错误。“小心点，”特威德吩咐道，“我们要让兄弟会暴露在所有人眼前，而不是将他们逼进更为阴暗的角落里。”他切了一片烤牛肉，蘸了点盘中的棕色酱汁后放进了嘴里。

“一定会的，老板。”线人怔怔地盯着桌上残留的食物，像狗一般舔了舔嘴唇。

特威德并没有理会他。“那就这样吧，等你打听到了他的名字以后再来找我。”他知道只有让走狗保持些许的饥饿，他们才会乖乖办事。

线人看了还在进食的特威德一眼，低下了头。“我明白了，老板。”随后起身离席走出了房间。

他饥肠辘辘地走在街上。夜里的纽约市在煤气灯微弱的光芒下继续上演着盛世的繁华。他慢慢地向车站走去，那里有去市中心的公交车。一路上，他看到了众多的剧院、饭店和沙龙，里面挤满了客人，正在惬意地享受着一天中难得的闲暇时光。

过了片刻，线人走到了位于鲍尔里街四十二号的帮派俱乐部前，他全然没有注意到在一栋三层建筑的边缘有一个黑影正在注视着他。

那双眼睛的主人耐心地在外面等待着。直到几个小时后线人带着微微的醉意迈着步子走出四十二号时，那个黑影才徐徐落下，悄无声息地跟上了他。

线人最终还是暴露了。走过几个街区后，在一个靠近巷子的地方，刺客动手了。一道寒光闪过，袖剑干脆利落地刺入线人的身体，没有发出半点声音……

直到第二天早上，线人的尸体才被人发现。

第一章　欧文的困境

欧文急切地渴求着事情的真相。

他坚信自己的父亲是无罪的，可他需要能够证实这一点的确切证据——能够向所有人，包括他的外公外婆，证明他父亲清白的证据。司法体系在意的是结果，不是他父亲的清白，而社会上其他人也早已将此事抛诸脑后。他的父亲被指控谋杀，后因阑尾发炎造成穿孔而惨死狱中，欧文都没能和他见上最后一面。因此欧文决定要调查清楚，在银行抢劫案的当晚到底发生了什么。

他本以为哈维尔能够理解他的想法，因为哈维尔是他最痛苦的那段时间里唯一的朋友。然而后来两人的关系渐渐地疏远了，直到上高中前都没有太多的联系。虽然如此，但欧文还是相信哈维尔是不会拒绝自己的。

“你愿意帮我吗？”欧文开口问道。

他们就这样站在他们就读的学校边上的院子里，一旁的自行车架空荡荡的，只有上面油漆剥落的痕迹诉说着往日的喧嚣。站在一旁的三个人，欧文并不认识，也许是哈维尔的朋友吧。他们时不时地朝这边打量一眼，又别过头去小声交谈。

“我不知道。”哈维尔回答道。

“不知道是什么意思？”

哈维尔没有回答，只是静静地看着欧文。

“别闹了，在电子技术方面你比我强，比所有人都强。”欧文瞟了一眼站在一旁的那些人，小声说道，“即使别人不知道，我也是知道的，这是我们俩的秘密不是吗？”

哈维尔也看了一眼他的那些朋友，并没有因此露出丝毫笑意。从几分钟前欧文叫住他并且将自己的计划告诉他后，他便是这样一副严肃的表情。眼前的哈维尔简直和欧文印象中的判若两人。欧文记忆中的哈维尔一直停留在他们第一次相遇的时候。欧文的父亲入狱后，母亲带着他和外公外婆搬来了这里。陌生的居住环境，陌生的老师和同学，就连欺负他的人都是那样的陌生……

“我会考虑的。”哈维尔淡淡地说，“我也该走了。”说罢转身便要离开。

“你真的会吗？”欧文追问。

哈维尔回过头来看着他。“会什么？”

“你真的会考虑要不要参与这件事吗？”

“我说过了，我会考虑的。”哈维尔说着便向一旁走去。

欧文看着哈维尔回到了他的小团体中，他不知道那些人到底是不是哈维尔的朋友。以前哈维尔就是从这类恶霸的拳头下救下了欧文。当哈维尔走近那群人后，他们质疑般地用下巴指了指欧文，哈维尔耸了耸肩，随后微微地摇了摇头。

欧文不知道哈维尔现在在想些什么，也不知道为何他会变成现在这样。短短几年时间便让好朋友形同路人，欧文和他母亲之间的关系也是如此。

他本以为在三年前父亲去世后，他和母亲的关系会有所缓和。结果却发现两人之间的关系已如大陆漂移时的岛屿一般，无可阻挡般地渐渐疏远了，还时常伴随着激烈的争吵。

欧文离开学校，向外公外婆家走去。他决定了，不管哈维尔会不会帮他，他都会在计划中的那个晚上潜入银行。他没有选择，他必须这么做。

他急切地渴求着事情的真相。

欧文打开大门，外婆正坐在前厅的躺椅中看着电视。电视上正在播出有奖竞猜节目，这种形式的节目在他出生之前便有了。当他走进屋中时，外婆的猫甘瑟从她的腿上跳了下来。它的爪子刺入了外婆裤子下的大腿肉里，这让她尖叫着抖了下腿。甘瑟喵喵地叫着，高傲地扬起尾巴在欧文的腿边蹭了蹭。

欧文弯下腰来，在甘瑟双耳后面的地方轻轻地挠了挠。“外婆，你好。”

“你好。”他的外婆说着将电视机的音量关掉，节目中的喝彩声有点吵着她了，“在学校过得怎么样？”

“还不错。”欧文回答道。

“成绩怎么样？”

“和昨天差不多吧。”

“你要好好努力学习，提高成绩，”她不满意地说道，“珍惜你现在所受到的教育，别到时候也变成你爸那样的人。”

这样的话欧文已经听过很多次了。这就像是一个冲力十足的火车头，火车头的后面还拉着车厢，满载从父亲受审开始，他无意中听到的外公外婆对母亲的所有奚落与反对，充满了眼泪与争吵。在欧文的父母结婚之前，外公外婆就很讨厌他的父亲，现在更是深恶痛绝。欧文的父亲就像是他们的替罪“鬼”一般，可以任由他们丑化，可以把任何错误，不，是所有的错误都推到他的头上。

欧文从过往的经历中明白了一点，如果为死去的父亲辩解，就只会引来外公外婆的责骂。但他的父亲是被冤枉的，而且过不了多久，所有人都会明白这一点。

“我会努力提高成绩的。”欧文小声地说，“外公去哪里了？”

“在外面。”她回答道，“应该在修理割草机，可能需要你搭把手。”

欧文心中不以为然，脸上却不露声色。他的外公向来都是个独立的人，不可能需要他来帮忙修理一个引擎。这说明外公应该是有事要找他谈，这让他有些害怕，不过既然无法逃避，那就坦然接受吧。欧文点了点头说：“我这就去看看。”

欧文穿过客厅向外面走去。不知道是因为地毯不容易脏，还是因为外公外婆不愿在家居装潢上多花钱而细心保养，他脚下的地毯已经用了多年未曾换过。糊着米色墙纸的墙上，挂着多幅由外婆绘制的精致油画。在经过厨房的时候，他从铺着塑料贴面的柜台上的果盘里拿了个橘子，随后便轻轻地打开屋后的纱门，走了出去，又等着纱门在身后重重地关上。

院子虽然小，却被精心修饰过，以至于看上去有些不真切的感觉。花圃与一旁的灌木围起中间一片酷似阿米巴虫形状的草坪。一旁还有几棵橘子树和牛油果树靠着围栏生长。木制的围栏有六英尺[①]高，仿佛城墙一般将外公的王国与外面隔绝开来。

欧文沿着地上用砖砌成的小路走近了外公所在的屋子。那间屋子在欧文的记忆中从未被称为车库，一直被外公叫作店铺，但屋子内部看上去和车库并没有什么区别。他的外公弯腰站在一台老旧的割草机旁，借着头顶悬挂着的日光灯打量着机器内部。他穿着自欧文少年时他便一直穿着的那套牛仔装，还围着沾满油污的围裙。

“你是要把这台割草机卖了吗？”欧文开口问道。

“不。”他的外公回答道，“只是帮别人修理而已，这是住在后面的埃杰顿家送来的。”

“你会向他们要钱吗？”

“不会。”外公摇了摇头，“不过就算我不向他们要钱，他们可能还是会塞钱给我。”

“外婆说她或许应该付钱给埃杰顿家来感谢他们把你支走了。”

他哈哈地笑了。“或许他们还真是她出钱请来的呢。”

欧文用牙齿咬开了橘子皮，略微苦涩的味道渗进了他的嘴里。这时他才将手指塞进橘子，剥着皮的同时汁水滴落得到处都是。

“别弄到地上了。”他的外公嘱咐说。

欧文觉得这样一个能被叫作店铺的建筑不至于不允许果汁滴落到地上，不过很显然外公的店铺并不是欧文认为的那样。店铺里本不应该有各式各样的工具，也不应该有各式各样离奇的、装着化学

---

① 1英尺约等于0.3048米。

药剂的瓶子。

“你外婆有没有问过你的成绩？”

“问过了。”

“那我就不用问了吧？”

欧文将剥下的橘子皮扔进了一旁的垃圾桶。“可你已经问了啊。”

他的外公从割草机旁站起身来。“说得也是。”他将割草机的某个部件拿在手里，走到另一边的工作台前，背对着欧文开始焊接工作。“我前几天看到你以前的朋友了。叫什么来着？是叫哈维尔吗？”

“是吗？”欧文将一瓣橘子放入了口中。味道很甜，不酸，也不涩嘴。

“很久没在周围见到他了。”

欧文什么都没说，只是又吃了瓣橘子。

“你们的关系还好吗？”外公突然问道。

“还行吧。其实并不好。”

“我不喜欢他身边的那群家伙，明显就是那些帮派的马仔。”

“你为什么觉得他们是帮派成员？”

“我一看就知道。”

“这听上去有点像种族歧视啊，外公。哈维尔可不是会混帮派的那类人。”

“希望是这样吧。他一直都不像是那种会做坏事的孩子。”

欧文吃掉了最后几瓣橘子，汁水顺着他的嘴角一直流到他的下巴上。

外公仍然背对着他，加工着手里的割草机部件。“你没有和那群人混在一起吧？”

“外公，”欧文不满地说，“别瞎猜，我怎么可能会和那种人有来往？”

“我只是确认一下而已。现在这里可不比当年我和你外婆刚搬来的时候了，就连你妈读高中的时候这里都还是个不错的社区。”欧文知道外公说的是他父母相遇的那一年，虽然他并没有说出口，但是欧文知道他的意思。“我老了，脾气也差。我是不会再搬去别的地方了。但是我不想让你妈把你丢在这样的环境下成长。不能再这样下去了。”

“可我没有加入任何的帮派啊。”

“我知道。”

“那你为什么要说那样的话？”

外公转过身来，他的光头映着日光灯的光芒。“你才十五岁，我只是希望你小心点。我对现在的小孩的了解比你认为的要多得多。你这个年纪，会希望有别人认同你，这样很容易被别人误导，走上歧途。你会开始自信心膨胀，自以为能够解决一切难题，而在你想明白之前，就已经陷入了危险的境地。”

在店铺里度过的时光大多都是这样，外公会在修理零件的同时对欧文训话。但欧文知道外公只是关心他，外婆也是如此。不过在很多事情上他们并不一定就是对的。

“你……”他的外公摇了摇头，转身回到了工作台前，“小心点总是没错。老师布置家庭作业了吗？”

“在学校里就做完了。”

“很好。这样你就可以领先别人一步了。”

“学习就像是跑步机一样。”欧文撇了撇嘴说，“你在跑步机上怎么领先别人啊？”

他的外公又笑了起来。“你个机灵鬼，快进屋子里学习去。”

欧文笑着离开了外公的店铺，顺着来时的路回到屋中。外婆已经关掉了电视，在厨房里忙活起来。她在桌上切着胡萝卜，一旁摆着一个大碗和一堆还未切过的蔬菜。

“你外公没有骂你吧？”她看着欧文问道。

“没有。”欧文想了想说，“你也觉得我加入那些帮派了吗？”

“你外公是担心你，这并没有错。”她回答道，“这附近很多好孩子都被那些人带坏了。发生在你父亲身上的事情我至今都无法释怀。”

“放心好了，你和外公一直在提醒着我呢。”欧文说着就要走出厨房，“我先回房间了。”

外祖母放下了手中的菜刀。“我们只是不希望在你身上发生同样的事情。”

欧文沉默了一会儿，最终什么也没有说，因为他知道若是他开口辩解，等待着自己的或许就是外婆的斥责了。于是他悄悄地离开厨房，穿过客厅，沿着走廊回到了自己的房间。一进房间，他便把挡在门口的衣物踢到一边，然后锁上了门。他就这样站在门后，注视着天花板，粗重地喘息着，试图用深呼吸来压抑自己的情绪。

欧文知道他的父亲并不一直都那么品行良好。他父亲在上高中的时候，便因为在商店行窃和破坏公物而留下了不少案底，但除此之外也没有其他更严重的事了。这些案底在他父亲成年后并没有给他造成任何的麻烦，成年后他不再叛逆。欧文印象中的父亲是个认真工作，手脚干净的男人。即使没有大学文凭，欧文的父亲也凭着自己的辛勤劳动将一家人的住所搬到了绿树成荫的郊区别墅，门前的草坪上摆着自行车，车库里的两条车道里都停放着还算不错的汽车。但欧文的外公外婆并没有因此而改变对他的看法，他们眼中看到的始终是那个高中时代的小混混。在欧文的父亲被捕后受审的那几个月里，他们只是对欧文的母亲说了句："瞧，我们说得一点儿都没错。"

但他们错了。法官和陪审团也都错了。

欧文跨过地上的衣物，向自己的电脑走去。他冲刺般地跳上了摆在桌前的椅子，碰倒了显示屏边上空易拉罐堆成的高塔。他本想让哈维尔帮他确认一下手里的科技产品有没有安全隐患，是不是有问题，不过如果哈维尔不打算加入这场行动的话，欧文就只能靠自己了。他敲击了一下键盘，将电脑从休眠状态唤醒，然后在网上搜索起来。他要了解阿布斯泰格公司所有的信息，包括Animus[①]和那个叫Helix[②]的东西，以及那些超级昂贵的实验操纵台。不过网上搜索到的信息大多是些商业推广，让这家公司在公关宣传下显得熠熠生辉却毫无实质内容。他在一些评论区的留言板上找到了更多的信息，不过那大多是一些警告以及一些疑神疑鬼的人指责阿布斯泰格公司试图控制全世界。不过话说回来，哪家跨国联合企业会没有阴谋？欧文觉得这些都不过是商业游戏的本质罢了。

他继续在网上搜索着，但毫无结果，而这时欧文在影印中心工作的母亲下班回家了。他听见前门被打开的声音，以及她在客厅与外婆说话时有些模糊的声音。不一会儿，她敲响了他房间的门。

欧文迅速地关闭了浏览器。"请进。"

欧文的母亲转了下门把手，发出咔咔的响声。"门被锁上了。"

"啊，不好意思。"欧文从椅子上跳了起来，跑向门口，为母亲

① Animus 可译为阿尼穆斯。
② Helix 可译为希利克斯。

打开了房门，“我忘了。”

“一切都还好吗？”他的母亲站在走廊里问道。她仍穿着蓝色的 Polo 衫制服，头发扎在脑后，仿佛又多了几根白发。

“都很好啊。”他回答道，“怎么了？”

“外婆说今天外公找你谈话了。”

欧文耸了耸肩。“和平时每周一两次的谈话内容没什么区别。”

“我想可能是哈维尔现在的样子刺激到他了吧。”

欧文翻了个白眼。“他是不会加入那些帮派的。”

“好吧。”她微微扬了扬双手，表示对此无可奈何。她扬起的手掌上有几道被纸边割开的新伤口。“你说什么就是什么吧，不过你外公会担心你，这并不是件坏事。”

“是这样吗？”

“这表示他们很在乎你。”

欧文向屋内走去，然后重重地倒在床上，他躺在床上，将双手放在脑后。“可我却不是这样理解的。”

她也跟着走进了房间，小声地问道：“那你是怎么理解的呢？”

“我觉得，他们在乎的只是我会不会像我老爸那样去抢银行。”

他的母亲突然停了下来，仿佛撞上了一堵隐形的墙。“别这么说。”

“可他们就是这么想的。”

“我不是这个意思，但……别这么说。”

“为什么？你也是这么觉得的吧？至少在他们提起这件事的时候你也没有否认啊。”

“拜托了，欧文。我不能……”她紧张地向门口望去。

“随你便吧。”欧文说着闭上了眼睛，“事实就摆在那里。”

他的母亲在原地驻足了一分钟有余，然后他听见了母亲跨过地上杂乱的衣物、踩着食物包装纸走出去的声音。她在离开的时候关上了他的房门。

欧文就这样躺着。他听到母亲在用完餐并清洗完碗碟后回到他隔壁的房间休息，没过多久外公的脚步声在门外响起，欧文可以听到他拖着脚步走向了走廊的另一端。又过了几个小时外婆才关掉了前厅里的电视并去休息。当深夜档脱口秀节目中的笑声与以萨克斯风为主旋律的背景音乐消失后，他坐了起来。披上一件连帽衫后，欧文蹑手蹑脚地走出了自己的房间。前门发出的响动定然会吵醒外公外婆和母亲，于是他决定从后门出去，并在离开时小心翼翼地合上了后院的纱门。

晚间的天气有些凉，寒风卷着几张废报纸掠过街面。与欧文外公外婆的花园不同，周围邻居的花园大多杂乱不堪。时常浇水的花园杂草丛生，而不怎么浇水的花园自然是满地荒芜。路旁人行道上的方砖在他搬来这里前便因龟裂而高高翘起，不过一直都无人修缮，若是不熟悉这里的地形，在夜里或许会被绊上一跤。

欧文一路小跑才在附近的车站赶上了最后一班公交车。找到位子坐下后，他注视着车窗上自己的倒影，并看着窗外的建筑向后移去。门罗给他的地址，并不是某条大街，而是在城市边界处的一个工厂与仓库林立的工业园区。他换乘了两次公交车，幸运的是那两条线路都是通宵运营的。在那之后他又走了大约一英里[①]的路，穿过墙面布满涂鸦的公寓楼和毫无灯光、大门紧锁的店铺后，他终于来到了自己的目的地。

---

① 1 英里约等于 1.6093 公里。

工业园区的这一角落似乎荒废已久，随处可见挂着铁锁的大门和破碎的玻璃窗。仅有的几盏路灯将呕吐物一般昏沉的灯光倾泻在地上，楼与楼之间狭小的空间内布满了杂草。欧文开始怀疑门罗是否将自己当成傻瓜一般要了，不过很快他就注意到了停在一旁阴暗处的一辆公交车。

和他来时乘坐的那些公交车不同，两侧微微凸起的轮窝、圆形的蓬起的引擎盖和车头前构成斜角的保险杠说明了这是辆老式公交车。如果说这个世界上还真有人收藏老式公交车的话，他们或许会对这辆车爱不释手吧。车身上涂着棕色的油漆，车窗也被涂上了黑漆，然而和周围的环境不同的是，这辆车并不像是被人遗弃在这里的。

身后的砾石伴随着脚步传来松动的声音，欧文突然转过了身。

“别紧张，”哈维尔轻轻地说，“是我。”他穿着一件白色的连帽衫，将双手插在口袋中。

欧文松了口气。“你来了啊。”

“我考虑过了。”哈维尔回答道。

“谢谢你。”欧文用眼神向公交车的方向示意，点了点头，“应该就是这个了。”

“你真的决定要这样做吗？”哈维尔皱着眉头问，“拿你的DNA，甚至是你的大脑做实验？”

“我决定了。”欧文坚定地回答道，“我必须了解事情的真相。更何况，很多其他的孩子也做过这个，他们也没事啊。”

“我也是这么听说的，门罗是怎么和你说的？他说这一定能行？”

“当时没来得及问，他只说让我到这里来见他。”

哈维尔耸了耸肩。“那我们只能走一步算一步了。”

第二章　体验 Animus

欧文走向公交车的前门，用指节急促地敲击了几下车门。在等待的时候他将双手插进了口袋中，而哈维尔只是静静地站在他的身后。过了片刻，车门在发出了一声刺耳的响声后被人打开了，欧文从车内射出的犹如酒店泳池一般的蓝色光芒中看到了门侧的身影。

“欧文，你能赶来真是太好了。”门罗打招呼道。他的嗓音低沉，就像是拨动低音吉他时发出的声音一般。“你还带了个朋友一起来啊，来，进来吧。”

他转过身走进了车里。门罗负责维护校园网络，学校里就没有不认识他的人。大多数人都很喜欢他，当然也有少数几个老师对他不满。欧文和哈维尔跟着他一起踩着台阶进到了车里。

汽车内部和外面简直天壤之别，漂亮的白色镶板、条形的灯管和那一排散发着塑料被加热后的气味的电脑显示器将这个空间装饰得焕然一新。车内空间的末端是一把符合人体力学的衬垫躺椅。门罗就站在躺椅的左侧。他有一头棕色的及肩长发，还蓄着山羊胡。他的穿着和往常没有区别：有些褪色的牛仔裤、匡威球鞋以及一支欧文不认识的乐队组合在演唱会时分发的那种T恤。真不知道他是怎么在学校里蒙混过关的。欧文都没办法判断他到底几岁了。可能四十多岁吧？还是说五十岁出头？

“你是……哈维尔吧？”在哈维尔跟着欧文踏上台阶后，门罗突然出声问道。

“你怎么知道我是谁？”哈维尔警觉地说。

门罗打了个响指后点了点自己的太阳穴。“只是遗觉记忆罢了，伙计。”

“什么意思？是像影像记忆那样过目不忘吗？”欧文问道。

“并不是。”站在他身后的哈维尔打断说，“和影像记忆不一样，但那仍旧不能解释为什么你会认识我。”

“我可是花了很长时间整理学生资料的。”门罗回答说，“学校里大部分学生我都能叫出名字。”

然而这个回答显然没有打消哈维尔的疑虑，他抱着手臂打量着车子内部的空间。“这又是怎么回事呢？”

“这个？”门罗夸张地张开双臂，“这些是为了你。”

“哇，伙计。”哈维尔面无表情地说，没有丝毫情绪波动，“说得可真够深奥的啊。”

“别紧张。”门罗说，“我的意思是说，这一切都是为了深刻地了解你。”他用手指点着欧文的前胸，“了解你的DNA。”

“好吧。”哈维尔停顿了一下，“就算是吧。你这里的仪器又是怎么回事？我在网上看到过阿布斯泰格娱乐软件公司开发的主机，和你这个可不太一样。”

看来哈维尔在来之前也是做过些调查的，欧文的心中有些感激哈维尔的这份关心。

“那是因为你不可能在网上或是店里找到这台机器的型号。”门罗解释说，“阿布斯泰格公司卖的那些都是被严重削弱过的电脑主机。而这台主机是以那台 Animus 原型机为基础开发的，我在好几个地方进行了改进。”

“你说的‘严重削弱’是什么意思？”欧文想起自己在这方面的调查毫无结果，开口问道，“难道是商业机密？还是什么别的意思？”

“差不多就是那样吧。”门罗回答说，“明面上，阿布斯泰格将 Animus 定义为科研工具，甚至是用来供人娱乐的主机……非常贵的那种娱乐主机。”

“那么这台又是用来做什么的呢？”哈维尔问。

“最基本的部分是一样的。”门罗解释说，“我将你的 DNA 采样，进行分析，然后解锁储藏在你 DNA 中的祖先记忆。然后我们就能够将那些记忆制作成虚拟场景来供你体验了。”在说话的时候，门罗会时不时地看向别的地方，他有时候看着欧文的一侧，有时候看向欧文的背后。这并不像是刻意地避开视线接触，反倒是有点像在分心想别的事情。

“那么这台机器不同在什么地方呢？”哈维尔继续问道。

门罗皱了皱眉。“其他的型号可以让你体验将 DNA 储存在阿布斯泰格云端的那些人的记忆——”

“不过我看有人说那些虚拟场景都被阿布斯泰格的人动过手脚

了。”哈维尔突然说道。

“他们做了什么？”欧文问道。

“那些虚拟场景就像是真人秀一样，”哈维尔打了个比方，“他们将记忆中不和谐的部分删去，所以你永远没法知道完整的故事是怎样的。”

“正是如此。”门罗点了点头，“那些新型号的 Animus 只是供人娱乐的，当然也是为了满足阿布斯泰格公司的私心。而人们所体验的历史自然就是阿布斯泰格想要给人们看到的历史。在那边，你可得不到什么所谓的‘真相’。而这台机器——”他说着将手放在了躺椅的头垫上，“只能读取你自己祖先的记忆。那是没有被人动过手脚的记忆，是你找到自己所寻求的真相的唯一途径。”

“那你是怎么得到它的呢？”哈维尔问道。

“我曾经在阿布斯泰格公司工作过。”门罗回答道，“不过那是很久之前的事了，还有别的问题吗？”

欧文看了一眼哈维尔，哈维尔点了点头，说道：“嗯，还有一个问题。你为什么要做这些事呢？”

“倒是你，你为什么要问这些事呢？”门罗继续说，“我邀请的是欧文，不是你。”

“我会来这里是因为欧文是我的朋友，我自然要负起朋友的责任。”

欧文从来不觉得自己是个感性的人，但哈维尔的话的确让他高兴得心花怒放。

“很好。”门罗说，“事实上……我之所以会这么做，也是为了要实现对某人的承诺。”

欧文听出了他语气中的那一丝沉重，很显然他不会把事情的来龙去脉讲给他们听。门罗看哈维尔也没有更多的问题可问，便转向了欧文。“那你想知道什么吗？我们在学校的时候没有机会多聊。你那时候说你想要了解谁的记忆来着？”

欧文深深地吸了口气。“我父亲的记忆。”

“哦，没错。父亲对儿女来说是很重要的。”门罗点了点头，“有什么更具体的要求吗？”

“我想要知道在五年前，十二月十八日那晚，到底发生了什么事。”

“哦。”门罗摇了摇头，“如果我当时多问两句就好了，因为你想要的，不在我能力范围内。”

欧文有些激动地向他靠近了一步。“你这话是什么意思？我就是为了这事才来的。你当时说了……”

“你当时问的是我能否读取到你父亲的记忆，我答复你说我能够做到。我并没有撒谎，问题是你没有告诉我你想要的是你父亲在五年前的记忆。”

“但是……”

“事情并没有你想的那么简单。”门罗说，“你的 DNA 中所留存的对你父亲的记忆只会到你母亲怀上你之前，之后的都不会出现在你的 DNA 里。所以你没办法通过你自己的基因看到你父亲在你……呃，十岁？在你十岁左右时候的记忆。”

“他说得没错。”哈维尔说，“我当时就想到过这一点，听你说了以后，我还以为他有什么更为先进的技术呢。”

欧文觉得他所身处的公交车仿佛随着焦躁与愤懑情绪的滋生而开始缩小，变得越来越狭窄。“那我现在到底该怎么办？我要怎样才能知道那一夜在他身上到底发生了什么事？”

“你需要一台另一个机型的 Animus 主机。”门罗回答道，“当然还有在那晚之后的他身上的 DNA。只有那样你才能读取到他在那一晚的基因记忆。”

欧文浑身的肌肉都因为过分用力而微微颤抖。“但是他在当天夜里就被逮捕了。他们把他关起来后，他就再也没有回来。我没有他的 DNA。”

门罗叹了口气。“那样的话，真是抱歉啊，伙计。”

欧文真想一拳砸穿身旁显示屏中的一个。他之所以会来这里，是因为这是他唯一的希望。只有这样才可以证明他的父亲无罪，才能够让他的家庭恢复正常。结果发现这根本就行不通。这件事根本就不存在任何转机，而欧文直到此刻才意识到这一点。他将继续受折磨，不得不继续听外公外婆诋毁他的父亲，看着母亲毫不抵抗地将她对丈夫的感情搁浅。

“如果他能够弄到他父亲的 DNA，”哈维尔突然问道，“你能够帮他读取他父亲的记忆吗？”

“当然了，”门罗回答道，“但我们需要一台另一机型的 Animus 和他父亲在那晚之后的 DNA 样本。”

哈维尔将手搭在欧文的肩头。“或许你母亲还留了些什么呢？有你父亲 DNA 的随身物品，旧衣服之类的，有吗？”

“我们什么都没有。”欧文回答说，“我们急需用钱，我妈把所有的东西都卖了，试图保下我们的房子，然而最后连我们的家都没能保住。”

公交车内一片寂静，只有电脑主机风扇轻微旋转的声音和硬盘时不时发出的轻鸣。欧文并不想这样离开，因为那样做的话就像是承认自己失败了一样。于是他就静静地站在那一堆无用的机器之间。

“听我说——”门罗说，“我做这个已经有段时间了，去过好几个城市，好几所学校。有些孩子只是纯粹为了刺激来我这里。而其他的，则是和你一样来寻求答案。但是，很少有人能够找到他们想要的答案，而他们所看到的东西根本解决不了问题。我觉得你最好还是问问自己，为什么你那么想要知道问题的答案。”

“你这话到底是什么意思？”欧文说，“我为什么那么想要知道问题的答案？我父亲被关进了监狱，而他是被冤枉的。我要证明他的清白，就是那么简单。”

“我们还是走吧。”哈维尔劝道，“这个家伙根本帮不了你。”

“那你呢？”门罗突然看着哈维尔问道。

哈维尔眯起了眼睛。“我怎么了？”

门罗朝躺椅的方向点了下头示意道：“你想要试试看吗？”

“你刚才的通篇大论呢？”哈维尔讽刺道，“你不是说看到的东西根本解决不了问题吗？”

“但你进入 Animus 也不是想要解决问题啊。”门罗说，“我知道你是挺想试试看这些东西的。”

“别装得像你多了解我似的。”哈维尔生硬地说。

“我看过你的 STEM[①]成绩。”门罗继续说，“真令人惊叹。如果说那真的是你本人的成绩，那你一定会对这台机器有兴趣的。”

哈维尔沉默了片刻，并没有否认。

“你看，”门罗说，“我并不是想要逼你做你不想做的事情。你想怎么做就怎么做。不过既然你人都来了，为何不试试呢？在一段时间内尝试下别人的生活还是很刺激的。”

---

① STEM 是美国的教育系统创建的一个体系，包括 Science（科学）、Technology（技术）、Engineering（工程）及 Mathematics（数学）四类。

哈维尔看向了欧文，欧文从他的脸上看到了熟悉的表情，而这样的表情欧文已经很久没看到过了。门罗说得没错。在哈维尔和欧文最要好的那段时间里，每当哈维尔看到令他产生兴趣的事物，就会露出这样明显带着些兴奋的表情——眉头皱起，咧嘴而笑。他现在又露出了这样的表情，这让欧文怀疑这才是他今晚会来的主要原因。

“好吧。”哈维尔说，“我来试试。”

“好的，”门罗应了一声，“过来坐下吧。”然后他就到那些装置和时不时闪烁的灯光前忙活了起来。

哈维尔从欧文身旁走过，穿过那些电脑器械后走向了躺椅，然后轻轻地躺了上去。欧文隐隐觉得有一丝愤怒和不满。他来这里是为了使用 Animus，而莫名其妙的是，他曾经最要好的朋友竟然代替他用上了那台机器。哈维尔本应是来帮助他的，而此刻却代替了他。

哈维尔向后躺去，将双手放在躺椅的扶手上。门罗在一旁的转椅上坐下，然后拿出了一个由一团数据线连接至主电脑终端的护腕。

“麻烦你把右臂伸向我。”门罗像撬开蚌壳一般打开了护腕。

“那是什么？”哈维尔问道。

“这是一个扫描仪，”门罗回答道，“它会将你的基因信息传递到 Animus 的核心进行解析。把你的小臂给我就行了。”

哈维尔将连帽衫的衣袖卷了起来，门罗将护腕套在他的小臂上扣好。

“等会儿抽血的时候，”门罗说，“可能会有点疼。”

但哈维尔并没有因此退缩。

“很好。”门罗滑动了一下转椅，来到了一个显示屏前，然后开始敲击键盘。

欧文走到一旁，打量着显示屏上的界面和飞速向上滚去的字符，然而他对这一切都毫无头绪。

“嘿，欧文。”哈维尔轻轻地唤了一声。

欧文转过身，看向他。

“你不会生我的气了吧？”

欧文耸了耸肩。“不会的。”

“真的吗？”

“我生不生气重要吗？”

哈维尔没有回答。

门罗又在键盘上敲击了几分钟。“太棒了，”他高兴地说，“看来有希望。”

“什么有希望？”哈维尔问道。

“稍等一会儿。”门罗说着又在键盘前忙碌起来，更多界面在电脑显示屏上闪过。然后他从显示屏前抬起头，看向欧文。“我们来试试看。”

“试什么？”欧文问道。

“基因记忆的一致性。”门罗从一旁又拿出了一个新的护腕，“把你的手臂给我。”

欧文抱住了自己的手臂。“但是你说了……”

“这和你的父亲无关。”门罗说，“我想测试下你和哈维尔的相容性。”

“相容性，那是什么？”哈维尔问道。

“如果你们各有一位祖先出现在同一个历史场合的话——”门罗解释道，“那样的话，你们的基因记忆便会在此处重合。这样的话你们就能共享同一个虚拟场景。而重合的资料则会令这个虚拟场景更为稳定。”

“你的意思是说我们可以一起进入虚拟场景吗？”欧文问道，“两个人一起？”

“没错。”门罗回答道，“算是我在原型机上的改良之一，你想试试看吗？”

欧文对他的提议产生了浓厚的兴趣，而且哈维尔没有彻底代替他来使用 Animus 这一点，令他很高兴。他伸出了自己的手臂，甚至没有想过要问哈维尔是否同意自己这样做。“来吧。”欧文说道。

“好的。”门罗将护腕戴在了欧文的手臂上。在针扎入皮肤的一瞬间，欧文感觉到一阵刺痛，但他咬了咬牙，试图掩饰过去。“资料已经传输过来了。”门罗说道，“还需要几分钟的时间来分析你的 DNA 并且标出你们基因记忆相容性较高的部分。”

数据线将欧文的手臂和电脑连接在了一起，他就这样站在躺椅的一侧，注视着电脑显示屏。

“如果我们没有任何祖先出现在同一历史场合呢？”哈维尔突然问道。

“如果你们的基因记忆中没有任何相容性的话，”门罗回答道，“我是没办法构建出一个可以供你们二人进入的虚拟场景的。”但事实并非如此，几分钟后 Animus 的主机核心完成了分析，门罗高兴地宣布：“哇，你……你们的基因记忆中有很多个出现强烈交集的地方呢。”

“很多个？”欧文好奇地问道。

“是啊，这是非常罕见的。你们的祖先们曾有过多次交集，不同的时间，不同的地点……”

他说到一半停了下来，注视着屏幕上的数据，仿佛在脑中构思着什么一般。

“那，我们是不是可以两个人一起进入 Animus 了？”哈维尔问道。

门罗眨了眨眼，回过了神。“呃，对，好的。程序还在构建虚拟场景，我们还是先给欧文找个地方躺下吧。”他从车厢靠前的地方拿出了一卷厚厚的黑色瑜伽垫，然后铺在了躺椅一旁的地上。“虽然不如椅子那么舒服，不过总比直接躺在地上好。”

欧文躺在了垫子上，百无聊赖地看着车厢的天花板以及哈维尔搭在扶手上的手臂。突然，他听到在他身旁运作着的 Animus 部件发出一声轻鸣。这时候门罗拿出了两个带有护目镜的头盔，并帮助哈维尔和欧文戴上了它们。护目镜比想象中的要轻得多，戴起来也很舒适。戴上头盔后，欧文的眼前一片漆黑，听觉也因此而渐渐模糊了起来，这一刻，他仿佛脱离了自己的身体。

你们听得到我的声音吗？

门罗的声音从头盔内部传来。

“听得到。”欧文回答道。

“能听见。”一旁的哈维尔也在同一时刻做出了回答。

好的。门罗说道，**好的，我来给你们解释下这个虚拟场景是怎么回事。首先，我会载入记忆回廊。**

“那是什么？”哈维尔问道。

这是一个在你们真正进入回忆之前的过渡虚拟场景。门罗说道，**你们可以把这个当作是 Animus 的等候室。直接进入基因记忆构建的虚拟场景所产生的冲击会造成巨大影响，甚至会伤害到你们的精神和身体。我要适当减少你们可能受到的冲击。当你们适应了**

记忆回廊后，我才会载入完整的虚拟场景。你们准备好了吗？那感觉可是很奇怪的。

“我准备好了。”哈维尔说道。

“准备好了。”欧文说道。

一秒过后，一道强光伴随着听觉和各种感觉猛然袭来，犹如洪水一般。这感觉就像是从黑暗的地方突然走进了阳光底下，然而欧文都不能用手来遮挡这刺眼的光线。他只能默默承受，直到他适应了光亮并冷静下来后，他周围的一切景象才开始慢慢聚焦。

他身处一片看不到边际的灰色虚空中，周围时不时有闪电划过，一团团云雾在他身旁沉浮。那些云偶尔会形成各种类似现实事物的几何形状，时而像一栋大楼的轮廓，时而又像树枝上的尖梢。接下来欧文低下头去看了看自己，却发现看到的不是自己的身体。

他穿着无袖的锁子甲，而在其之下的是一件钉有铆钉的厚重皮质外套。不论是盔甲还是外套，都快长到他的膝盖了。他穿着的皮质长靴将他的整个小腿都包裹了起来。他手上戴着皮质的手套，还有一把剑插在他腰间皮带上挂的剑鞘中。当他转过头时，他下巴上的系带绷紧后令他不适，他突然意识到自己竟然有着浓密的胡须。而他下巴上的系带则连接着一顶紧紧贴在他头顶的圆锥形金属头盔，头盔的帽檐呈八字形。

“是你吗？”欧文身后有人出声问道。

欧文转过身来。“哈维尔，是你吗？”

在他面前的这个人点了点头，可是他并不是哈维尔。不一样的身形，不一样的脸，就连声音都不一样。眼前这个肤色略黑的中年男人上身穿着厚重的棉质束腰上衣，下身只围了块缠腰布，他赤裸着双臂和双腿，脚上则穿着一双草鞋。他的脸上有几道红色与白色油漆涂成的条纹，而他脑后则插着由彩色羽毛组成的头饰。

“你看上去就像是一名西班牙征服者。”曾是哈维尔的这个人开口说道。

“你看上去倒是像一个阿兹特克人，或者其他什么地方的人。”

回答错误。门罗的声音直接在欧文的耳畔响起，哈维尔应该也能听见，欧文心里想。**阿兹特克人虽然征服了大半墨西哥，但墨西哥仍有不少其他的部族。哈维尔是一名特拉斯特克族**[①]**勇士。他们国家在欧洲人到来之前便几度与阿兹特克帝国开战。**

“你是怎么知道的？”哈维尔问道。

是 Animus。门罗回答道，**在它分析你们的基因记忆的时候，它会通过已知的历史资料来推断出你们的身份。它还告诉我，哈维尔对你祖先身份的猜测并没有错。欧文，你将会体验一位西班牙征服者，一个名叫阿方索·德·卡斯蒂洛的士兵的记忆。**

“哈哈。”哈维尔讽刺地说道，“所以是你们的人侵略了我们。”

又错了。门罗打断道，**埃尔南·科尔特斯的确是打败了特拉斯特克人，但是最终他们缔结了盟约，共同对付更为强大的阿兹特克人。**

“好吧。”哈维尔说道，“对不起，看来你们只是把天花传染给了我们。”

“我都不知道我有位祖先是西班牙征服者。”欧文无奈地说道。

看上去你们所在的虚拟场景是在一五一九年。门罗说道，**正好在科尔特斯击败特拉斯特克人之前。**

“那我们是要去墨西哥吗？”欧文问道，“几百年前的墨西哥？”

---

① 特拉斯特克族：特拉斯卡拉王国居民，这个王国是前哥伦布时期的一个城邦，位于今墨西哥的中部，其首都在特拉斯卡拉州的首府特拉斯卡拉城。使用纳瓦特尔语、欧托米语及皮诺姆语。

理论上来说，门罗回答道，**你们哪儿都不会去，你正躺在我车里的地板上呢。但是你会感觉到你像是在往哪里走一般。这就是为何我们要用上记忆回廊。**

“那我们现在该怎么办？”哈维尔问道。

现在，门罗回答道，**现在我需要你们在回忆序列的虚拟场景完成构建前放松一下，四处走走，习惯一下在虚拟场景中使用别人身体的感觉。**

欧文向前迈了一步，紧跟着又向前迈了一步。这个名为阿方索的家伙比他原本的身高还矮上一截，身体平衡点的不同，手脚比例的不同，都令他感觉非常不适。当哈维尔向他走来的时候，欧文将佩剑从剑鞘中拔了出来。这把闪烁着银光的剑①，剑身约三英尺长，十字形护柄下是一个呈弧线围绕他手腕的环状护手，用绕接法固定在剑柄处的皮质握把的末端镶着一枚圆形的金色配重。

“来瞧瞧这个。”他对着哈维尔说，并在空中挥舞了一下手中的武器。起初他还觉得自己握剑的手有些失控，并因为剑本身的重量而无法驾驭。然后欧文突然感觉到脖子上传来一阵刺痛感，与此同时他仿佛感觉到自己潜意识中有一种冲动。当他停止思考，并放任潜意识里的那一份冲动来操纵自己的身体时，他对手中武器的控制开始逐渐熟练了起来，并且变得越发得心应手。他在空中劈砍、格挡、突刺，仿佛这样的动作他重复过几千次一般的熟练。但是他知道自己从未使用过这样的武器，在他这样想的时候，他的思绪代替了潜意识里的那股冲动，他突然无法驾驭手中的武器了。

“嘿，当心点！”哈维尔叫喊着躲过了刺向他手臂的剑刃。

---

① 原文中用的是“剑”这个泛称，然而作者所形容的应该是护手刺剑，是近代欧洲出现的一种带有复杂的护手结构和圆形柄首，剑身细长，主要攻击方式为刺的随身单手剑。

“对不起。”欧文盯着自己手中的剑说道，“这感觉真奇怪。”

什么东西真奇怪？门罗问道。

欧文向天空望去，仿佛门罗就在头顶灰色虚空中的某处一般。“那把剑……”他说道，“我感觉……好像我知道该怎么用那把剑来战斗。”

你的确知道啊。应该这样说，阿方索·德·卡斯蒂洛知道该怎么用那把剑来战斗。

“那刚才是他在舞剑吗？”欧文问道。

你能够读取他的记忆。门罗回答道，**他的全部记忆。**

“但是，刚才那感觉像是他要占据我的身体一样。”

从某种意义上来说，的确是这样。而且你也需要让他这样做。虚拟场景是依靠你和你的祖先的同步率来维持的。要想体验发生在你的祖先身上的事，你只能让出身体，让他们来完成他们自己的使命。门罗解释道。

“那么我们一进入虚拟场景就什么都不能做了吗？”哈维尔问道。

你们在虚拟场景中还是有一定自由的。门罗回答道，**但这并不是时间旅行，你们不能改变已经发生了的事情。不能改变你们祖先的记忆中所发生的事情，也不能离开记忆中你们祖先所在的区域太远，这些都会令你们失去与祖先的同步。那会导致虚拟场景的崩溃，在那之后你们要么会回到记忆回廊，要么就会直接回到现实世界。不管是哪一种，都算不上是令人愉快的经历。**

“那么，我们如何才能知道我们即将失去同步呢？”哈维尔追问。

你们会感受到的。而且虚拟场景会开始出现故障。不过也别太

担心了。你们会适应的。放轻松就行了。Animus 体验的意义就是为了打开肉体的桎梏，让你们用别人的视角来看待这个世界。你们准备好了吗？

“准备好了。”欧文看了看手中的剑，并将其放回了剑鞘中。

太好了。我按下开关后，你们的感官受到的冲击会比之前进入记忆回廊的时候要强烈得多。别太紧张，一会儿就过去了。对了，还有一件事，在你们进入祖先的记忆后，你们的祖先可能不会距离很近，不过既然能够共享虚拟场景，应该也不会离得太远。当然别急着去找对方，否则的话可能会导致你们失去同步。而且不管怎样，进入虚拟场景后你们见了面也不能用现在的身份来交谈。让你们祖先的记忆自己讲述故事就行了。听懂了没？

“听懂了。”欧文回答道。

你们准备好了吗？

“按下开关吧。”哈维尔说道。

第三章　祖先的记忆

哈维尔对自己的决定仍抱有疑虑，但门罗说得没错。哈维尔曾听一些孩子说起过 Animus 的事情，因此他的确对 Animus 能够通向的世界充满了好奇。或许，他只是太想摆脱自己的现实生活。因为他经历了太多事，在他眼里，他的人生简直一团糟。

记忆回廊中，欧文就站在他的眼前，虽然他眼前的并不是欧文本人，而是他那些征服者祖先中的一位。他戴着头盔，佩带着那把他似乎知道该如何使用的武器。哈维尔并不知道自己的脸和现实中有多大差别，但他却能够感受到这个身体的不同。他的这位特拉斯特克族的祖先年纪更大，各个关节都传来酸痛的感觉，而且试图将他对于这个世界全然不同的理解展现在哈维尔的眼前。哈维尔进入

Animus 是为了避开现实，体验一下别人的生活，而此刻他脑海中却充斥了更多的信息。

出发了。门罗的声音传进了他的耳朵里。

记忆回廊被刺眼的光芒撕成碎片，哈维尔感受到一阵犹如云霄飞车般激烈的晃动袭向了身体，不止如此，就连他的大脑也感受到了一阵晕眩。头晕和恶心的感觉纷纷袭来。他使劲地喘息着，用力地眨着眼，视线终于慢慢地有了焦点。

他身处一片旷野之中，四面环山，空气清新，阳光舒适，脚下的草秆长而柔软。他手里握着一面涂着颜料并插满羽毛的盾牌，另一只手中则握着一把木剑一样的武器，剑身上插满了锋利的齿状黑曜石刃。不知为何，哈维尔知道手里这柄武器的名称：玛卡维多[①]。他身边站着和他有相同打扮的战士，不过大多没有哈维尔头上戴着的羽毛头饰。然而有几个人戴着的头饰比哈维尔的更为精致，像是纤长羽毛编成的高冠一般。哈维尔看到有个男人背着一面六英尺高、布满羽毛、不知是民用还是军用的旗帜。他还看到有个男人头上顶着一只展开翅膀的白色大鸟。

哈维尔回过头去，瞟了一眼他的背后，眼前的景象令他震撼。他背后站着成千，不，或许是上万个特拉斯特克族战士。他们占据了整个平原，甚至连边际处的森林和山脚都能看到他们的身影。怒啸的号角回应着人们高声的怒吼。这是一支即将投入战斗的军队。

而且，看起来哈维尔身处战争的最前线，最先遭遇敌人的就是他们！他再次环视四周，而这次他却是因为恐惧而寻找逃跑的机

① 玛卡维多（macuahuitl）：名出纳瓦特尔语，是一种镶有晶石刃牙的木制剑状武器。刃牙大多由黑曜石构成，因其远超铁制武器的锋利程度而出名。

会。站在他身边的战士困惑地皱起了眉头，用一种哈维尔不能理解的语言说了一句话。

“你说什么？我听不懂。”哈维尔说道。话说出口的那一瞬间他感觉眼前事物的轮廓模糊了起来。他无法感觉到自己的手和脚，仿佛他失去了和自己身体的联系。

那个战士看起来更困惑了，甚至向后退了一步。

冷静。一个声音在他耳畔响起，**让你的祖先来回答就行了。**

“门罗，是你吗？”

是的，我正看着你这边的虚拟场景。

门罗的话语令哈维尔安心了许多。

让记忆操纵身体就行了，伙计。别刻意抗拒。

哈维尔深深地吸了口气。他试图保持冷静，将他背后军队的嘈杂声，以及对于前方战斗的恐惧置之度外。当他冷静下来后，他感觉潜意识中仿佛有鼓点响起。那仿佛是一种冲动，他越是仔细聆听那个声音，那个声音越是强烈，变得越来越响，直到哈维尔听到有个人的声音从中传出为止。那是种难以形容的感觉，是一种强烈却又令人困惑的熟悉感，仿佛一部分的他在经历一些新的事物，而另一部分的他却经历过了一般。在哈维尔放弃和那个意志争夺身体的控制权后，鼓点和尖叫声终于渐渐消失，与此同时，他听见自己发出了一声怒吼，原先那种难以理解的语言此刻不再陌生。

站在他身旁的战士点了点头，随后也发出了一声怒吼。哈维尔的自我意识像是被磨砺过了一般，此刻他对自己的身份有了清楚的了解。

他名叫奇马尔波波卡，是一名高贵的特库德里[1]，他带领人民和战士数次反抗贪婪傲慢的阿兹特克压迫者，并因此而声名远扬。

不过，眼下又有新的敌人踏足他们的家园。那些人从岸边袭来，当然，他们自称来自大洋彼岸，如果你愿意相信这种说法的话。这些肤色苍白的陌生人此刻正在向他们冲来，他们骑着高大的鹿形怪物，并有着喷射火焰的武器。不过今日，他们将在这里被卡马德里[2]的子民杀死或生擒。

“你觉得他们真的是提奥托[3]吗？”站在奇马尔波波卡身边的一位战士问道。

“我不知道。”奇马尔波波卡回答道。

“托托纳克人和欧托米人说他们是不死之身，对他们射出的弓箭、掷出的长矛就像是芦苇秆一般毫无作用。听说他们有着铁制的皮肤……”

“铁制的只是他们的盔甲罢了。”奇马尔波波卡紧盯着他们战线前面的那片满是橡树和松树的森林，同时打断了他的话语，“我敢打赌，盔甲下面仍是血肉之躯。”

“所以，你不觉得与他们和平共处会更好吗？就像托托纳克人那样。”

“我觉得我们应该服从战争领袖的指令。”

---

① 特库德里（tecuhtli）：纳瓦特尔语中有“领主”的含义，然而往往作为人名的前缀（作为前缀时意为“王子”）被赐给那些作战英勇的战士。所以这里奇马尔波波卡的名字实际上是特库德里奇马尔波波卡。

② 卡马德里（Camaxtli）：特拉斯特克人信奉的神明，是创造了世界的四位神祇之一，主管战争、捕猎、命运及火焰。

③ 提奥托（teotl）：很多人将纳瓦特尔语中的这个词语翻译成“神灵”，然而这个词本身所代表的事物更为广泛，带有神性的、神圣的、类似神迹的都可以用这个词语来称呼。提奥托这个词的概念更像是波利尼西亚文明中的“玛娜”（生命力、魔力，很多游戏中魔法的概念都来自这个词语）的概念。

“但是就连西科坦卡特[1]的父亲，长者，都会提出让我们和解。我甚至听到传闻说今天在场的一部分人不打算参与战斗。”

“那么他们一定是在懦夫印记下出生的。”奇马尔波波卡说道。而他自己则是在第一位奥赛罗托[2]的印记下出生的，这代表他的一生将以战俘的身份画上句号，但他一直勇敢地面对，等待命运的来临，而命运仿佛和他开了个玩笑，至今为止都避开了他。

“或许忍让是智慧的体现，”那位战士说道，“而不是单纯的懦弱。”

“如果你是这样想的话，”奇马尔波波卡讽刺道，“或许你该加入那些托托纳克人，帮助他们在曾由你耕种的土地上为那些提奥托建起一座城池……”

海螺号角再次嘹亮地响起，向前方战士示意敌人已经来临。奇马尔波波卡举起了手中的盾牌，他另一只手中的玛卡维多也渴求着这些陌生人的鲜血。在他前方远处的森林里，出现了第一批提奥托。这些骑着巨大的鹿形怪兽、身披铁甲、举着盾牌、持着铁剑的陌生人整齐地排成阵列向奇马尔波波卡冲来。他们还带来了那种能从内部射出石头、电光和火焰，被他们称作火炮的武器。而将火炮拉入战场的正是他们那些来自托托纳克帕[3]的赞伯拉通敌者。在看到那漆黑火炮的大小后，奇马尔波波卡感到一阵恐惧，正因为这样，哈维尔也体会到了那样的感受。哈维尔不知道如果他的祖先就这样死在战场上会有怎样的后果，他也不知道自己是否会因此体会

---

① 西科坦卡特（Xicotencatl）：这里指的是西科坦卡特二世，特拉斯卡拉四个都城中提萨特兰的领主之子、战争领袖。他的父亲西科坦卡特一世，也被称为长者西科坦卡特，是提萨特兰的领主。

② 奥赛罗托（ocelotl）：美洲豹战士，阿兹特克帝国的部队之一，使用玛卡维多作为武器。阿兹特克帝国与周边地区都有人祭的习惯，俘虏会从容地接受自己的命运，成为祭品。而这样的勇士也深受敌国的敬佩，在将其献给神灵之前，会如兄弟亲朋一般生活一段时间。

③ 托托纳克帕是托托纳克人的主要居住地点，在托塔克帝国时代，托托纳克人也曾经占领过名字意为“二十条水源”的赞伯拉。两者都用来指代托托纳克人。

到被剑撕开身体和被火炮轰个粉碎的痛苦。他只知道自己的身体在虚拟场景外很安全，但这却不能令他的恐惧减少，因为他的意识还在这里。这个虚拟场景太过真实，硝烟的气味、他自己身上的冷汗、西班牙征服者身下马匹的嘶鸣，以及他们远比己方战士优越的武器——他知道这样的战争会有怎样的结果，他唯一想做的，就是让他的祖先逃离这里。

当哈维尔开始思考时，他自己的意识就取代了他的祖先，他向后退了一步，离开了前线。虚拟场景顿时不再清晰，就像是画质突然从高清变成了普通。

你的同步率下降了。门罗说道，**让你的祖先来做就行了。**

但在此刻要这么做比之前还难，面对有着火炮和铁剑的西班牙军队，哈维尔清楚地知道奇马尔波波卡的木制武器和盾牌根本救不了他。

“我知道，我正试着放弃控制。”哈维尔说道。

你无法改变这件事。这只是一段记忆。试着记住这点，这件事情是在距今五百年前的过去发生的。你没法避免这件事情发生。如果你这样做了，你会失去同步。

哈维尔从门罗的话中选了一句，当作口号一般在心里默念起来。

“你没法避免这件事情发生，你没法避免这件事情发生，你没法避免这件事情发生。”

而这样做真的产生了效果，这样的认识帮助他将控制权还给了奇马尔波波卡，让虚拟场景恢复了原本的状态。

向他们冲过来的提奥托只有四百余人，而迎击的塔拉斯特克族战士却有一万人之多。奇马尔波波卡因为确信战争很快就会结束而露出了笑容，他很好奇诸神是否会像接受凡人的血液一般接受提奥托的血液，他甚至想着要活捉一个提奥托，将他交给祭司并由祭司在圣祭石上献祭给神明。

他身边的那些人显然没有他那样坚定。不过在他发出一声怒吼后，重新振作的战士们齐声回应了他。他们的吼声与海螺的号角声仿佛晃动了整个山谷，甚至动摇了那些提奥托的士气。

“真神卡马德里与我们同在！”奇马尔波波卡向他所率领的部队喊道，“印记与我们同在！”听到他的喊声后，他所统率的部队发出了一阵欢呼声。

当敌人到达西科坦卡特计划中所说的地点后，奇马尔波波卡高喊着发出了冲锋的指令。随着他一声令下，四周的战士从各个方向冲向了那些提奥托，并将他们彻底包围。

奇马尔波波卡麾下的战士们向敌人发起了一轮进攻，大量的弓箭和长矛如雨点般向敌人抛射而去，不过大多都被提奥托们的盾牌和盔甲弹开，没有造成任何伤害。然而还有小部分的弓箭和长矛却是从敌人防御脆弱的地方穿了过去，钻进了敌人的血肉之中。奇马尔波波卡在看到这一幕后露出了笑容，他带着麾下的战士们吼叫着冲向敌人。不过当他们高举着武器靠近敌人时，远处的火炮发出了数声雷鸣般的咆哮。

奇马尔波波卡身旁两侧都有人在挥出武器的瞬间颤抖着倒下，血液从他们身上被炮弹穿透的大洞中喷涌而出。但他毅然向前冲去，没有丝毫的迟疑。他就这样带领着他麾下的战士又一次冲过了炮火的袭击，紧接着又迎着敌人那些可以穿透任何皮甲的邪恶短箭向前冲去。然而这时，那些提奥托骑着怪兽冲进了战场。他们骑着的怪物无情地将冲来的战士践踏于蹄下。提奥托们挥舞着手中的铁剑砍倒了一位又一位特拉斯特克族战士，随后又砍向那些已然倒在他们脚下的人。

第一批已冲过防线，迎向敌人步兵列队的特拉斯特克族战士向敌人的右翼发起了进攻。然而面对这些外来者坚固的铁盾，他们的进攻只会折断手中的长矛，崩碎木剑上的晶刃。

当奇马尔波波卡最终来到战争的前线时，他暴怒地低吼着，并将手中的剑全力向敌人砍去。他所用的力气大到令一个提奥托失去了平衡，不过敌人不会给他继续进攻的机会，他匆忙地躲过了一个恶魔刺来的长剑。在战场的前线类似的事情不断地重复着。这些外来者保持着队形，坚守着战线，不会因为敌人的逃脱而离开队伍。奇马尔波波卡麾下的战士只能一次次地冲锋，又一次次地退后，不断地发起进攻，却没有造成任何实质性伤害。他们无法撼动敌人的防御，却在一次次进攻中付出惨痛代价。

奇马尔波波卡能够闻到鲜血和泥土混合在一起的气味，血液渗入土壤，仿佛滋润了大地一般。如果他在今日战死，那也算得上是死得其所。他向前跃起，砍中了最高的几个恶魔中的一位。恶魔戴着的头盔抵挡住了大部分的伤害，但他的脖子却以一种诡异的角度扭曲了，他跌跌撞撞地向后退去。然而立刻就有一位身穿铁甲的战士接替了他的位置。奇马尔波波卡在退开前和新来的战士对视了一眼，然而那名外来者眼中传达的情绪，令他再次燃起了斗志。

他和那名战士的距离很近，可以清楚地看见对方的长相，和传闻中的一模一样。这些人——如果他们也是人类的话——有着苍白的皮肤，脸上覆盖着黄色的毛发。但是和传闻中不同的是，奇马尔波波卡从他的眼中看到了恐惧——一个战士对于死亡的恐惧。既然如此，这些提奥托就算不是人类，也绝不会是不死之身。

就在此刻，那些骑着鹿形怪兽的骑士中有一位脱离了队伍。当骑士挥舞着手中的长剑时，骑士身下披着盔甲的怪兽则在人群中扬起双蹄，踢伤和践踏着特拉斯特克族战士。奇马尔波波卡抛开了手中的盾牌，他要将一腔愤怒尽数发泄在这些伪神的身上。他费力地穿过了己方的部队，向那名骑士跑去。他从侧面冲向了敌人，双手高举并紧握着玛卡维多。当他离敌人还有一点儿距离的时候，他高高跳起，冲向了那名骑士，然后从上方一剑斩向鹿形怪兽的脖子。怪兽还没来得及发出任何声音便倒下了。奇马尔波波卡知道自己砍断了它的脖子，因为他能够听到怪兽的骨头在黑曜石晶刃下断裂的声音。

骑士从坐骑上摔了下来，不过他很快又站了起来。他一条腿因受伤而无法站稳，他慌忙地挥动着手中的长剑。奇马尔波波卡打算向他发起进攻，不过另外三名提奥托在他进攻前就脱离战线，冲过来护住了他们的战友。随后四个人一同退回了自己所属的部队。

“他们知道要保护自己的战友，”奇马尔波波卡叫道，“总算，他们对自己的战友还有些人性！”

他们不过四百余人，却能够在万人大军的压迫下岿然不动。奇马尔波波卡环顾了一下战场，突然意识到或许正是特拉斯特克族战士的数量导致了敌人的胜利。正是因为作战人数太多了，才导致他们在平原上行动不便。反观那些提奥托，他们并不像阿兹特克人那样在意战俘，他们或是坚守阵地，或是杀伤进攻的敌人。

但是奇马尔波波卡知道自己的命运，如果他不会死在战场上，那么他就只能继续拼搏。当他的战友们为了方便携带，开始肢解那只鹿形怪兽时，奇马尔波波卡审视了下手中的玛卡维多，他发现即使在斩杀了那只怪兽后，刃牙也没有全部碎裂。

于是他再次向敌人发起了冲锋，在他击退一个提奥托的瞬间，他手中的玛卡维多失去了最后仅有的刃牙。但是这次，他并没有后退，而是低吼着冲进敌方防线的缺口。他顺利地从两面铁盾中穿了过去，那一瞬间他都能闻到这些肮脏恶魔身上散发的恶臭。他再次举起了手中早已失去刃牙、宛如钝器一般的玛卡维多，向敌人的内部发起了第二次进攻。

不过，很快他就被包围了。奇马尔波波卡能感觉到有无数双手落在了他的身上将他牢牢抓住。他用力地挣扎着，踢向那些试图擒获他的人，然而最终他还是被敌人按在了地上，并被绑了起来。敌人将他从战场拖进了自己的军中，并逼迫他趴在被无数人踩踏过的土地上，于是他只能看到敌人用来覆盖脚部的皮革。奇马尔波波卡听着四周族人发出的哀号，而他自己却什么都做不了。他将头抵着草坪，俯首低泣。不是因为恐惧，而是因为那无法摆脱的无力感。

这就是他的命运，死亡即将来临。但是这些提奥托会将他献祭给哪位邪神呢？祭祀的步骤又会是怎样的？

战斗并没有因此结束，死者的鲜血染红了这片土地。海螺号角再次响起，那是撤退的信号，也是一名特库德里战死时响起的哀乐。过了片刻，在骑着鹿形怪兽的骑士们继续追击撤退的特拉斯特克人的同时，奇马尔波波卡被人拉了起来，然后随着敌人的部队退进了森林。敌人的步兵部队拽着奇马尔波波卡向森林深处走了几百杆[①]左右的距离后来到了他们的营地。这里本是一个村庄，而现在却渺无人烟。这些提奥托自然会占领当地的神殿以彰显自己的胜利成果，那么这里也将会是奇马尔波波卡的葬身之地。他们在这场战斗中获得了神灵的庇佑，可他们信仰的又是怎样的神明呢？

一个皮肤惨白的人粗鲁地抓住了奇马尔波波卡的手臂，奇马尔

① 杆（rod）：此处的杆应为阿兹特克帝国时期定制的测量单位 tlalcuahuitl。一杆是 2.5 米左右。

波波卡自然不认识这个人，不过哈维尔却认出了眼前这人正是欧文的祖先——他在记忆回廊中见到的那个男人。他的主观意识再次获得了身体的主导权，他正想开口说话的一瞬间虚拟场景出现了故障，画面开始不正常地晃动起来，头顶的树木也在一瞬间变成了模糊不清的像素。他想起了门罗的嘱咐，他们不能在这个虚拟场景中以自己的身份来进行交流。欧文摇了摇头，什么都没有说。哈维尔却明白了他的意思，他将自己的思绪封闭了起来，以免使整个虚拟场景彻底崩溃。在他的同步率慢慢恢复正常的同时，他仍然保留了一丝自己的意识。这样他就能知道欧文的存在，但又不至于和祖先失去同步。

欧文的那位提奥托祖先拖着奇马尔波波卡穿过整座村庄，来到了一处建筑前，并将他推了进去。奇马尔波波卡重重地跌倒在地，在摔倒的一瞬间，他觉得自己停止了呼吸。在他趴在地上剧烈地喘息时，那名提奥托离开了。

“别反抗。”在阴暗处有个声音传了过来，是另一名被抓来的特拉斯特克族战士，“他们并不想伤害我们，他们只想和我们和平共处。”

“这种和平还真是与众不同。”奇马尔波波卡嘲讽道。与此同时，他侧过身子，看到了之前说话的那个人。他很年轻，或许都没来得及抓到自己的第一个猎物来祭祀神明……他还什么都不懂。不过和奇马尔波波卡不同的是，他并没有被绑住。他将双手搭在自己的膝盖上，面无表情地坐在一旁。

“是我们先向他们发起进攻的。”男孩这样说道。

“你觉得他们就没有敌意吗？”奇马尔波波卡问。

“事情本来不必发展到这一步。”

“对我来说，这是最好的结局。”奇马尔波波卡顿了顿，继续说道，“印记，在我们出生的时候就决定了我们的命运。”

第四章　古怪的匕首

最初欧文并没有认出哈维尔，但他现在可以肯定他们都已经认出了对方。然而在 Animus 中他们并不能根据自己的主观意识来行动，他们的祖先是敌人，若是不想破坏这个共有记忆的虚拟场景，他们只能继续扮演这一角色。这样的身份令他们感到很别扭，以至于主观意识差点儿取代了祖先的记忆，欧文不得不克服这种不适感，再次沉浸到阿方索的记忆中。

然而那些记忆并不能令人感到愉快，不论是在古巴，还是五个月前在玛雅首都波多坎①，阿方索都留下了太多令人不齿的劣迹。

① 波多坎（Potonchán）：纳瓦特尔语中代表“恶臭之地”。是玛雅人建立的国度托瓦斯克（本是行省，大约于 12 世纪独立）的首都。于 1519 年被埃尔南·科尔特斯率领的西班牙征服者击溃。

虽然欧文并没有直接经历这些事情，他甚至都不愿意主动去回想到底发生过什么，但正是之前发生的这些事为方才的胜利染上了特殊的色彩。

这场胜利在阿方索的意料之外，在看到平原上聚集的无数特拉斯特克族战士后，他几乎要不战而逃。但队长一句“受圣雅各伯[①]庇佑，为西班牙而战！”便令他们重振士气，最终赢得了胜利。

这便是埃尔南·科尔特斯率领的探险队。

他们的领队曾带着他们渡过重重难关，不论是奸诈的领主还是阴险的竞争对手都没能阻挡他们的步伐。正是如此，即使是在这次远征中最危急的情况下，这些士兵依然无条件地信任科尔特斯，哪怕因为他，他们所乘坐的船才会在韦拉克鲁斯触礁，以至于断绝了他们撤退的希望，令他们不得不滞留在这片疫病横行的陌生土地上。阿方索始终对他满怀敬意与信任，他甚至愿意带着这份信任冲向冥府的深渊。而他们的目的地对他们来说，和冥府并没有什么区别。

那个地方名为特诺奇提特兰。

阿兹特克帝国的王座，珍宝埋藏之地。一想到那里会有多少黄金，他又能够分配到多少后，阿方索便心跳不已，热血沸腾。

然而在踏入那座富有传奇色彩的城池前，必然要先摆平那些科尔特斯认为会成为他们助力的原住民。阿方索不理解，也不能理解为何科尔特斯会制订这样的计划。他见识过这些异教徒的诡异仪式，他不认为这些印度人[②]值得信任，但是他愿意相信科尔特斯。

---

① 圣雅各伯（Saint James）：因尊重现译《圣经》，照译作圣雅各伯，耶稣的门徒，被西班牙人奉为守护神。

② 原文指印第安人。虽然这本就是一种错误的理解，后因为将印度人与美洲原住民区分开，才有了印第安人这种翻译。在当时的时代背景下，哥伦布始终认为自己所到之地是印度，数次航行都带着女王给印度及中国君主的信件。直到多年后阿美利哥·韦斯普奇的私人信件公开后，人们才意识到了印第安人与印度人的区别。故此处仍译作“印度人”。

“你把那个新的战俘关起来了？”一名离他不远的哨兵问道。

“嗯。”阿方索回应。

“他受伤了吗？”

“一点小伤，不太严重。”

“很好，队长一定会很满意。给他们送点吃的吧。”

阿方索点了点头，有些不情愿地去一处灶火旁拿了几片油腻的狗肉，然后送到他们关押战俘的建筑里。这一带的印度人养殖这种无毛犬，并以此为食。前些天抓回来的那个年轻战俘满怀感激地接过了食物。而另一名刚抓回来的，较为年长的印度人却不愿吃他们提供的食物。但阿方索相信，他坚持不了多久的，因为科尔特斯会说服这些印度人加入他们的阵营。

阿方索走出泥砖小屋，回到了他的岗位。因为他奇迹般毫发无伤地脱离了战场，看守战俘的职责便落到了他的头上。也不是说这些战俘真的需要有人看管。至少早些抓回来的那个战俘不需要。他们后来抓来的那个，砍死胡安·塞德尼奥坐骑的那位，还是需要提防的。他显然是酋长一般的领袖，因为他并不像大多数战俘那样死气沉沉，懦弱不堪。他所表现出的勇气几乎能令阿方索为之赞叹。

那一天，原住民没有再次发起进攻，短暂的和平给了西班牙征服者们足够的时间将死者埋葬。不过尸体都在科尔特斯的命令下被低调地秘密掩埋进了建筑的地板下面。这样能够确保没有印度人能够知道他们口中的提奥托实际上也是肉体凡胎，并非不坏之身或是不死的恶魔。

到了夜里，美丽的玛丽娜在神父杰罗尼莫·德·阿圭勒的陪伴下来到了关押战俘的小屋外。她是阿方索见过的最美丽的印度女人，她本是一个奴隶，在被人送给科尔特斯后加入了他们的阵营，之后她的地位便水涨船高。而这位圣方济各会的神父则是因为八年前的一场海难，才开始终日与这些玛雅人为伍，行为也和这些人有些相似。而他们的职责便是将队长的话翻译成这个地区使用的语言。

当两人靠近时，阿方索挺直了身躯。在这位肤色较深的女士和他擦身而过走进小屋时，他能清楚地感觉到血液涌上了自己的脸颊。然而神父带有职责意味的眼神瞬间扑灭了他心中躁动的火苗。他不敢再看，眼睑低垂跟在他们身后，走进了关押战俘的小屋。

他们来到了新抓回的战俘身旁。阿圭勒神父就这样跪坐在他的身侧，然后用玛丽娜的母语——玛雅人的语言和她交流起来。而她则将这些话用阿兹特克人用的语言传达给战俘。阿方索无法理解他们任何一个人说的话，因为在场的几个人使用的都不是西班牙语。每次看着他们将一种语言转化成另一种语言，再由另一个人再次进行翻译这样的行为，都令阿方索感到不安，因为他永远无法排除这些人在用他听不懂的语言密谋反叛的可能性。

在他们通过这复杂的翻译方式交流了几句后，阿圭勒上前松开了绑缚战俘的绳子。

阿方索向前迈了一步，说道："你这是想做什么？"

"这是科尔特斯的命令。"神父回答。

"但万一他……"

"这是科尔特斯的命令。"阿圭勒重复了一遍，阿方索默许了他的行为，但并没有因此松开握着剑柄的手。

被俘虏的酋长揉搓着被绳子勒出痕迹的手腕，塞德尼奥的坐骑溅射出的血液已经在他身上干透了，像血痂一般龟裂，脱落。这个印度人开口向玛丽娜说了几句话，语气听上去出奇的愤怒，并且咄咄逼人。紧接着，玛丽娜又将他的话传递给阿圭勒。在此之后，他们又按着顺序，来回传递了几次信息。玛丽娜用玻璃珠子编织了一条项链，递给了战俘，试图以礼物来贿赂这位被俘的酋长。

他拒绝接受她的礼物，丝毫不掩饰自己对这种贿赂的厌恶。

阿方索对着神父问道："他说了什么？"

"他不打算配合我们。"阿圭勒站起身说道，"他宁可要我们将他献祭给我们信奉的神灵。"

"你说什么？"阿方索骇然问道。欧文掩饰着自己对哈维尔处境的担忧。欧文不能将自己的情绪表露出来，不然的话虚拟场景将会因此而破碎。"我……"阿方索嗫嚅道，"我不能理解这些野蛮人到底在想什么。"

"他们相信如果他们不将血液献给他们的神明，太阳就不会再次升起，世界也会因此而灭亡。"阿圭勒解释道，"在他们眼中，人祭并非残忍的暴行，而是确保世界生死更替，日月交替的必要事项。"

"你听见你自己说了什么吗？你听上去就像他们的一员。"欧文控制着阿方索的身体，学着他的语气，说出了这样明显带有羞辱性的话语。

但阿圭勒并没有因此而着恼。"我只是来这儿的时间久了，就渐渐试着理解了他们的文化。"

"那么很显然，你也是一个野蛮人。"在阿方索说出这个字眼时，欧文的主观意识再次沉寂了下去。

"你虽然不能理解他们的文化，但你肯定能够理解一名战士的尊严吧？"阿圭勒耐心地说道，"他相信自己的命运便是作为战俘被当作人祭献给神明。然而他并不想逃避这样残酷的命运。他认为答应科尔特斯的要求，以使者的身份回到自己的部族是一个懦夫才会做出的选择。”

玛丽娜和战俘一言不发，听着他们交谈。欧文突然希望自己能够在这个虚拟场景中和哈维尔说上话，尽管那并不切合实际，至少这台由门罗改装的 Animus 没有这样的功能。要压制自己的情绪并放任这位明显带有种族歧视的祖先控制他自己的身体并不是一件容易的事。欧文甚至不愿意承认自己的 DNA 中有着这个男人的基因及基因中蕴含的记忆。

玛丽娜突然对阿圭勒神父说了些什么，阿圭勒神父点了点头，回应了几句。随后两人便大步向门口走去。

“你们这是要去哪里？”阿方索问道。

“去找队长。”阿圭勒回答道。

“但你松开了绑着他的绳子啊。”阿方索指着被俘的酋长说。

“那你最好把他盯紧了。”阿圭勒说完后便与那个印度女人离开了小屋。

阿方索在门前站定，阳光将他的身影放大后映在了屋内的地上。早些时候被抓来的那个较为温顺的战俘对着酋长摇了摇头，带有苛责意味地说了几句话，然后回到了他睡垫所在的那个角落，躺了下去。酋长并没有理睬他，只是狠狠地盯着阿方索，坚毅的下巴微微颤动，这样的举动令阿方索万分紧张，做好了拔剑的准备。

过了片刻，一阵鼾声响起，早来的那个战俘已然入睡。阿方索暗自腹诽这些印度人的怠惰，同时，欧文也不得不经历和忍受他的心理活动。欧文真希望自己能够让阿方索闭嘴，不，是停止思考。然而这是他祖先的记忆，他什么都做不了。他只能默默承受，他无法与哈维尔交流，只能眼睁睁地看着小屋里的气氛越发僵化。

最终，屋外传来了几个人说话的声音。欧文不知道这些西班牙人会怎样对待拒绝合作的哈维尔的祖先。如果他们要对他不利，欧文不知道自己能否就这样眼睁睁地看着他受难。但在那之前，欧文还是深吸了一口气稳住了自己的情绪，让阿方索的记忆取代了自己的主观意识。哈维尔也是如此，他们不得不扮演自己在这个虚拟场景中的角色——看守战俘的卫兵与被卫兵看守的战俘。

科尔特斯来到了小屋前，他还没来得及脱下作战时穿着的板甲。身后的阳光在他的肩甲上折射出刺眼的光芒，令阿方索眯起了眼睛。玛丽娜与阿圭勒跟在他的身后走进了小屋。

“长官留心。那个战俘没有被绑起来。”阿方索低着头提醒道。

“我知道。”科尔特斯说，“但是这算不了什么，别担心。”

探险队队长的声音和他淡然的神色令阿方索放松下来。

“你给过他们食物了吗？”科尔特斯问道。

“是的，长官。”

“干得不错。”科尔特斯转向了一旁的阿圭勒，“你向他说明我们并无恶意了吗？”

阿圭勒点了点头。“我已经说过了。”

欧文无法理解他们的行为，他们怎么能在发起一场战争后声明自己“并无恶意”呢？而阿方索却全然不会去质疑他敬爱的队长。

“再说一遍吧。”科尔特斯吩咐道，“当着我的面，再说一遍。”

阿圭勒将科尔特斯的话翻译成玛雅语，再由玛丽娜翻译后传达给战俘。酋长听了她的话后，并不像之前那般态度强硬了，连回答时的语气也没了之前咄咄逼人的气势。

“他想知道我们什么时候会将他人祭。”阿圭勒说道。

“告诉他，我们会放他走，而且会赠他礼物。”

科尔特斯的话语顺着二人组成的翻译链传达给了战俘，与此同时，他还将队长贿赂和讨好这些印度人用的玻璃珠串再次递给了他。而这次，他并没有拒绝。

“他说他不愿逃避自己的命运。”阿圭勒说，“他相信自己的宿命便是沦为战俘后作为祭品而死。他觉得自己应该成为我们祭祀神灵的祭品。”

“告诉他，比起成为祭品，他对我来说还有更重要的作用。”科尔特斯说，“我要他将我的意思传达给他们的国王。他将会成为维护我们之间和平的纽带。如果他愿意相信我，我会帮助他的国家摆脱阿兹特克帝国和蒙提祖马[①]的暴政。”

当翻译将科尔特斯的话语传达给战俘后，战俘眯起了眼睛。阿方索打量着战俘脸上的表情，等待着眼前的印度人露出尊敬的眼神。因为没有人能在见了科尔特斯后不对其敬慕，不向其效忠。

一时间，整个屋子一片寂静。队长居高临下地看着战俘，仿佛一位坐在由自信与权能构成的王座上的国王。身着盔甲的他就这样站在那里，光芒万丈。他手里握着他一直随身携带的古怪匕首，那是查理五世赐予他的匕首，而这把西班牙皇室流传下来的匕首本是由教宗卡利克斯特三世赐给阿拉贡国王阿方索五世的信物[②]。

就这样，阿方索等待着的奇迹发生了。战俘睁大了眼睛，随后点了点头。战俘对着玛丽娜说了几句话，在阿方索听来，语气无比虔诚。随后玛丽娜通过阿圭勒将战俘的话传给了科尔特斯。

“他愿意成为你的信使。”阿圭勒神父说道。

“很好。”科尔特斯说着松开了手里握着的匕首。

---

① 蒙提祖马：此处指蒙提祖马二世，阿兹特克帝国的特诺奇提特兰君主，曾一度称霸中美洲。

② 查理五世为神圣罗马帝国与西班牙的君主。阿方索五世是西西里及阿拉贡的君主，也是第一任统治了两西西里的西班牙君主。教宗卡利克斯特三世原名阿方索·德·波奇亚，是《刺客信条 2》中教宗亚历山大六世罗德里哥·波奇亚的舅舅。

刚才发生了什么？门罗的叫声突然传进了虚拟场景，令欧文分心，以至于降低了欧文与阿方索之间的同步率，使得整个虚拟场景都变得模糊起来。

那是什么东西？门罗问道。

欧文不知道他问的是什么，但在他提问之前，门罗的声音再次在他耳畔响起。

我要你们退出虚拟场景，就是现在。过程可能有点难受，坚持住。

欧文身处的小屋瞬间爆炸。一束仿佛能将人灵魂撕裂的强光炸裂了虚拟场景中的世界，将科尔特斯、玛丽娜和阿圭勒神父的身影撕成碎片。一阵剧烈的疼痛侵袭了欧文的大脑。在疼痛停止前，他紧紧地闭着眼睛，以免自己大叫出声。

他们再次回到了记忆回廊，仍旧保留着他们祖先的样貌。

"门罗，你搞什么鬼？"哈维尔不满地问道，"你为什么要把我们从虚拟场景里拉回来？"

问题比较……复杂。门罗说道，**当时虚拟场景不太稳定。所以我觉得在虚拟场景崩溃前把你们拉回来比较好。**

"我们刚才经历的还算是比较好的？"欧文抱怨道，"我感觉我的大脑像是着火了一样。"

那还真是抱歉了。门罗说道，**你们就待在记忆回廊里休息会儿，我需要检查一下……**

"检查什么？"欧文问道。

门罗并没有回答他的问题。

"你能想象到当时的那场战斗会有多么激烈吗？"哈维尔站在欧文的身旁问道，"是不是很刺激？"

“嗯。”欧文叹了口气，说道，“可惜我的祖先是个十恶不赦的坏人。”

“看上去并没有那么坏。”哈维尔说，“至少在西班牙征服者中算不上太坏吧。”

“那是因为你不知道他曾经做过什么。”欧文摸着腰间佩剑的光滑配重说，“我都不想去回想他犯下的过错，所以别问我他到底做了什么。”

“我不会问的，因为我大概能够猜到他做过什么事。”哈维尔低下头，看着自己的双手说，“奇马尔波波卡也干了很多令人难以置信的事情。”

“奇马尔波……是什么？”

“奇马尔波波卡，那是我的名字……呃，我是说，他的名字。我都开始分不清自己到底是谁了，你呢？”

“完全不会，我和这个家伙没有任何相似的地方。”

“不过不管怎么说，这个虚拟场景还是挺刺激的吧？”

欧文控制着的阿方索耸了耸肩。“应该是吧。”

好了。门罗突然说道，**我可以将你们带出记忆回廊了，你们准备好了吗？**

“早就准备好了。”欧文回答道。

好的，虚拟场景将在倒计时后终止，三、二、一！

在倒计时响起的时候，记忆回廊慢慢地破碎，不过比之前强制离开虚拟场景时要来得柔和得多。欧文闭上了眼睛，当他再次睁开眼睛时，他已经回到了公交车内的地板上，失去电源的护目镜一片漆黑。他费力地摘掉了头盔，看见门罗正在帮哈维尔解开手臂上的数据线。

“嗯，虚拟场景为什么会变得不稳定呢？”哈维尔问道。

“因为这台 Animus 最初的设计并不是给两个人使用的。”门罗回答道。在哈维尔获得自由后，门罗又弯下腰来帮助欧文解开连着 Animus 的数据线，然后拉着欧文站了起来。他的动作有些粗暴，显得有些手忙脚乱。“我的改装可能会导致系统过载，如果系统过载的话，自然会停止运作。”

“而你在把我们送进 Animus 前就知道会出现这样的问题？”欧文质问道。

“呃，是啊。”门罗说着，并有些强硬地带着他们穿过了所有的显示器，来到了公交车的前门，“真不好意思，我原以为不会出现那样的问题。”

“你这样做还真是有责任心啊。”哈维尔讽刺道。

“嘿，你至少体验过一次 Animus 里的世界了。”门罗说着打开了公交车的门，“现在，你们该离开了。”

“等等。”欧文发起了抗议，很显然门罗是想将他们赶走，但他现在的行为和平时反差很大。学校里的孩子都很信任他，因为他不是那种死板的人，甚至有些叛逆，即使身为 IT 主管他也向来是睁一只眼闭一只眼，很少会管学生在电脑上或是网上做些什么。他的脾气向来很好，而此时的他像是被什么东西吓到了一般。于是欧文再次问道:“说真的，到底发生了什么？”

“什么事都没发生。”门罗摇了摇头，轻轻地推着他们走向台阶，“只是肾上腺素在作怪，我被吓到了。”

哈维尔先欧文一步，走下了台阶，踩在了地上。“等等，我们之前是不是有什么危险？”

欧文也下了车，听到这句话后他转过身向门罗望去。

门罗揉了揉自己的太阳穴。“大概是吧。但我应该及时把你们拉回来了。”

“应该？”欧文问道。

“肯定。”门罗换了种说法，“我肯定及时把你们拉回来了。”

欧文突然感到一阵后怕，他不知道那台机器是否会从某种意义上伤害自己的大脑。

“还是回家吧。”门罗催促道，“快点回家，就不会有事发生。”随后他关上了公交车的车门。

欧文和哈维尔怔怔地站在车外的砾石堆上。两人什么都没说，互相望了一眼后看向了公交车。

引擎发动的声音传来，公交车排放出一团带有焦煳味道的尾气，惨白的车前灯和红色的制动灯随之亮起。换挡后，在引擎的低鸣声中公交车向前开去。欧文和哈维尔向后退开，门罗就这样将公交车开离了他原先停放的位置，然后慢慢地开走了。整座工业园区就只剩下欧文和哈维尔两个人，周围变得越发冷清。

“这到底算是什么情况？”哈维尔问道，“他这是要去哪里？”

“我不知道。”欧文无奈地回答。

“他到底是被什么东西吓到了？”

“在他将虚拟场景关闭前，好像问了什么。”

哈维尔耸了耸肩。“这真是太奇怪了。”

“你是指门罗，还是指 Animus？”

“都有吧，都很奇怪。比如说 Animus，呃，你不觉得那样的经历很夸张吗？”

“是啊。”欧文回答，“的确够夸张的。”

哈维尔将他的双手插进了口袋，然后说道：“嗯，我该回去了。”

“好，我也是。”欧文不知道今晚发生的事情是否会改善两人之间的关系，明天到了学校两人见面又会如何。

于是他们就此作别，欧文再次坐上了来时的公交车，不过因为到他外公外婆家的那班线路已经停运，要到早上才能恢复运营，他不得不多走很多路。当他到达外公外婆家的时候，昏暗的天边露出一角光芒，宣告着夜晚已经过去。不过时间仍旧很早，早到没有人会在这时候醒着。

然而家中的灯却是亮着的。

第五章　依旧绝望

欧文的外公外婆和母亲都醒着，此刻正坐在厨房的餐桌旁。外婆穿着她那件粉颜色的毛绒浴袍，发网下头发上的卷发夹还没来得及取下来。外公穿着一件T恤衫，满头是汗。而他的母亲则穿着一身正装。当欧文走进屋时，他的母亲从椅子上跳了起来，跑到他身边，用力地抱住了他。

“哦，天哪，感谢上帝。”他母亲的情绪有些激动，“我还以为，我还以为你……”她最终没有继续说下去。

“你以为我怎么了？”欧文问道。

“你去哪里了？”欧文的外公出声问道，他此时的语气比昨天下午在店铺时要严厉得多。

“只是出去了而已。”

“出去做什么了？”外公继续追问。

“只是出去走走。”欧文回答道。

外婆叹了口气，将手臂支在桌上，揉了揉眼睛。

“只是出去走走。”外公像是质疑欧文没有说实话一样重复了一遍。

“是啊。”欧文回答，“只是出去走走。”

“没事，你回来就好。”欧文的母亲说。

欧文努力挤出了一丝笑容，对着母亲说：“对不起，让你担心了。”

欧文的母亲又给了他一个拥抱，随后轻轻地松开了他。“我觉得我们应该回到床上，能睡多久是多久。你等会儿要去上课，我今天是早班，所以一会儿也要出门。快抓紧时间休息下吧。”

“听上去是个好主意。”欧文松了口气。他没想到母亲会那么容易放过他，不再追究他一夜不归的原因。

但他的外公却向椅背靠了靠，然后一边像飞鸟振翅一般张开手臂一边说道：“你打算就这样放过他了？他一晚上不回来你就没有什么别的想说的吗？”

“爸，求你了……”

“不行。”他摇了摇头，“不能就这样放过他。你不知道他可能干了……”

“我知道他平安无事地回到了家里。”欧文的母亲说道，“这才是最重要的。”

“那是挺重要的。”外公盯着欧文的眼睛说，“然而更重要的是他在这个时间外出是去做了什么。你不该就这样放过他。你不该……”

“他是我的儿子。”她打断道，“该怎么教育孩子是我的事。”

“但你住在我的家里。”一直沉默的外婆突然开口，“而且如果你还记得的话，他可不是第一个晚上从这个家里溜出去的人。至少就我而言，是不愿意看到历史重演的。”

欧文的母亲怔住了，她没有继续说下去，仿佛她失去了支撑她保护孩子的所有凭据和勇气。欧文知道，这次的责难将再次落到他一个人头上。

“好吧，外公，被你发现了。”他满不在乎地说，“我昨晚出去抢银行了。”

外婆的手无力地落在桌上，手指不停地颤抖。他的外公则瞪大了眼睛。欧文能够听到母亲无力的叹息。

“就是这样。”欧文继续说，“你知道吗，我感觉有种无法抗拒的欲望想去这么做。感觉就像是你饿了就想吃汉堡包或是什么其他食物一样。我感觉我需要去抢银行，好像是与生俱来的本能一样。不过别担心，我把所有抢来的钱都丢到回来的路上一家孤儿院去了，因为我是罗宾汉那样的侠盗。”

“欧文，别说了。”母亲低声道，“这样说对你一点儿好处都没有。”

“那在我需要你的时候，你又做了什么？”欧文质问道。

“你怎么能这样和你母亲说话?！”欧文的外婆用手指着他说，“你给我放尊重点。”

“尊重？”欧文讽刺道，“我都不知道那个词语对你来说代表了什么。”

“你应该知道。”他的外公按着桌子面色铁青地站了起来。被他用腿顶开的椅子和手指按着的桌子同时发出了抗议般的噪声。“至少，我教过你什么叫尊重。”

“你是怎么教的？就靠每天将我父亲说得一文不值这样教的？”

“我们说的都是事实……”他的外婆刚开口就被欧文打断了。

“那根本就不是什么事实！”欧文愤怒地喊道。

“那就是事实。”外婆继续说道，但她的声音渐渐地变小了，像是呢喃一般，“你父亲一直都有赌博的习惯，只是我们不知道罢了。然后他和一些以前的朋友一起去抢了银行。他杀死的那个保安家中还有妻子和两个孩子等他回去呢。你父亲没有被判死刑已经是走运的了……”

“但他的确被判了死刑。”欧文说道。

他的外婆抿紧了嘴唇。“我们不是不允许你爱戴自己的父亲，只是你要认清楚事情的真相，他就是那样的人。”

欧文是个耿直到有些顽固的人，所以他不会相信外婆所说的任何一句话。因为他的父亲不可能会做出那样的事。要麻醉自己，接受这个“事实”其实很容易。而事情的真相，更为令人难以接受的真相是父亲的那些朋友故意构陷，将罪名强加在他头上。

“说实话。”外公说道，“我想知道你昨晚到底干什么去了。别给我耍小聪明，实话实说。因为在这个时间段里我能想到的都不是什么好事。”

欧文觉得眼下唯一的出路便是将昨晚发生的事情……其中的一部分告诉他们。“我去见哈维尔了。”

“那个混帮派的小流氓？”外公问道，“为什么要去见他？”

“他没有参与任何帮派。”很显然说真话并不见得能帮得上他，欧文感受到一阵挫败感，“我……我只是有些话想和他说。”

“什么话？”外婆问道。

“和我父亲有关的事情。”欧文说，“很显然，我是不可能和你们中的任何一个人讨论我父亲的事的。”

一时间，他们都没有再说什么，因为他们想不到任何能够反驳欧文的话。

“你说了实话，这很好。”欧文的母亲说。

欧文耸了耸肩。“真好，不过，这不是你们逼着我说的吗？”

“下次你要出去的时候和我们说一下。”外公说，“我可以理解你需要和同龄人交流，也会尊重你的隐私，但是至少让我们知道你平安无事，别让我们着急。”

“我知道了。”

“记住我之前和你说的话。”外公走到欧文面前，将一只手搭在了他的肩上，“冲动容易令你盲目。所以，三思而后行，知道了吗？”

“我知道了。”欧文回答。

在此之后，再也没有人拦着他不让他回到自己的房间去休息，然而他却并没有丝毫的睡意。

几个小时后欧文走在去学校的路上，他看见哈维尔在等着他。这令欧文有些惊讶，同时也有些高兴。看来他们在 Animus 中度过的时光或多或少改善了他们之间的关系。

“你到家之后没有发生什么事情吧？”哈维尔问道。

“我进门的时候被他们抓了个正着。”欧文回答，“我妈肯定以为我是离家出走了。不过最后的结果算是还行吧。”

“你被他们抓到了？”哈维尔吹了声口哨，“唉，如果我被我妈抓到的话你就见不到我了，我是说真的。她每天都担心我会像我哥那样加入某个帮派。”

他们转过身，并肩走向学校的大门。

“你哥哥，他怎么样了？”欧文问道。

“出狱了，打算不再招惹是非了。”

“那你爸呢？”在欧文和哈维尔关系亲密的那段时间里，哈维尔经常说起他的父亲。不论他再怎么努力，再怎么不服输，都不能令他那白手起家的父亲对他感到满意。

“和以前没什么不同，你的外公呢？”哈维尔低下了头。

“就那样。”

他们到达了校门口后，走了进去。之后他们来到了上课前被学生挤满的公共休息室，有的人坐在这里吃早餐，而其他的人则聚在一起闲聊。从天花板上垂下的旗帜上印着学校的吉祥物——一个戴着有些卡通风格的带角头盔的北蛮人①。不过据哈维尔所说，维京人从来没有戴过那样的头盔。“我想去和门罗聊聊。”哈维尔说，“你去吗？”

“聊昨晚的事？”

“是啊，我想知道他为何会那样急匆匆地关掉了 Animus。”

他们穿过休息室，顺着宽阔的阶梯来到了二楼，来到了学校的主计算机实验室，也就是门罗的办公室门前。他们敲门后，来开门的是一个戴着眼镜、有些秃头的男人。他穿着带扣衬衫和卡其裤子，这显然不是门罗。

“门罗人在哪里？”欧文问道。

“不知道。”男人回答道，“昨晚发了条信息说他不干了。”

“不干了？”哈维尔问道。

① 北蛮人（Norseman）：诺斯人，指的是北欧中部及南部的人，也被称为古代挪威人。

男人点了点头。“本该提前两周通知的，结果他直接走了。我是临时来代替他的。”他侧过头去，看了看身后的办公室，“老实说，我还在琢磨他是怎样干这份工作的。你们有什么要帮忙的吗？”

“没有。”欧文说，“我们没什么事。”

“那好吧。”男人说着转身回到了门罗以前坐的座位。

哈维尔给欧文递了个眼神，然后朝门外点了点头，示意欧文跟上。当他们在走廊上走远一段距离后，哈维尔说道：“这件事情越来越奇怪了。”

“是啊。”

“你最初是怎么认识门罗的？”

“也不是什么特殊的渠道啊，我只是听一个孩子说起他有这样一台由阿布斯泰格娱乐软件公司开发的主机，而且偶尔会让学生使用。他是我认识的人中唯一有这种机器的人，所以我就问他能不能让我用用，然后他就给了我见面的时间和地点。”

“但是现在他人不见了。而且他手里还有我们和其他一些学生的 DNA。”

“你想说什么？”

“我也不知道，但是我确定他肯定在计划着什么。”

欧文想不到门罗到底出于什么样的目的才会这样做，而且他们或许永远都无法想到门罗这样做的理由。在他们想要继续说下去的时候，上课铃响了。

哈维尔看了一眼从他们身边经过的学生，一瞬间他又变回了那个令欧文感到陌生的“新”哈维尔。“那么，再会了。”这句话听上去像是在诀别一般。

“再会。”欧文应道。他突然意识到或许他们之间的关系并没有如他期望的一般回到从前那样亲密。

哈维尔离开后，欧文向课堂走去。

接下来的一天里他都在想着门罗的离开到底是怎么回事。门罗只在这个学校待了一年，但是谁知道他之前是干什么的呢？他曾经在阿布斯泰格公司上班。但他急匆匆地将他们从 Animus 中拽出后当晚就辞职的行为，令欧文不得不相信哈维尔的判断，门罗来学校肯定有什么目的。

而欧文家中的气氛却是明显地改善了，当他走进客厅的那一刻，外婆便关掉了电视机，并主动提出要为他做一个三明治。当他在厨房吃着三明治的时候，外婆便坐在他的身旁，将她照料花园时发生的事讲给他听，随后问起他一天中在学校发生的事。片刻后，外公要出门去汽车配件商店，欧文便跟着他一起去了。他们在回家的路上还买了奶昔。仿佛外公外婆感觉有些亏欠他想要补偿他一般。

“明天我们回去看我们的朋友苏茜。”在他们即将到家的时候，外公说道，“她刚做完手术，所以我们会在她那里过夜。”

“好的。”欧文吸掉了最后一口焦糖奶昔。

“所以在你妈下班前你都是自己一个人。”

“没事啊。”其实他以前经常一个人在家，显然上次的“离家出走”真的吓坏了他们。

“你妈妈明天是晚班，下班很晚的。”外公说道。

“我一个人没事的。”

“那么就这样吧。”

多年前出事的那晚，不仅欧文的父亲没有再回来，同样一去不返的还有欧文的成绩。不过早上的对质也没有再次发生，当然也没有任何人为此道歉。欧文的母亲回来后，久久地拥抱着他，一言不发。和她之间的交流也不过是看着她那双忧郁而疲惫的双眼，眼神中透出无声的绝望。欧文知道，什么事情都没有改变。他的人生再次回到了原本的轨迹，只是……连被他当作救命稻草的选项也已经不存在了。

第二天去学校的路上，欧文感觉到好像有人跟着他。起初他以为是外公在监视他，可当他回过头去，看到的只有平凡无奇的行人与流动的车辆，他很清楚自己的外公动作不可能那么迅速。但是那注视着他的目光，在他到达学校之前都一直跟随着他，如芒在背。

门罗并没有回来。或许，他再也不会回来了。没有门罗的Animus，欧文就不能读取父亲的基因记忆，他必须想出其他的办法来证明自己的父亲是无罪的。在无奈选择 Animus 前，欧文曾给多个针对错判的法律援助机构写过信，然而他们都回绝了他。那些律师说他们会用时间和精力来拯救那些监狱中还活着的客户，而不是为已经死去的人申冤。

他和哈维尔之间的关系稍有改善，不过也就是略微有些好转罢了。第二节课下课后，欧文在走廊里遇见了他。哈维尔朝他点了点头，打了声招呼，不过他的那些朋友在他身旁，所以他没有停下来和欧文交谈，但他在放学后回家的路上追上了欧文。

“嘿，你有没有听到任何有关门罗的消息？”哈维尔问道。

欧文摇了摇头。“我觉得他不会回来了。”

“我感觉他像是在避着什么人似的。”

“我今早感觉有人跟着我。”欧文说道。

“我昨天也有这样的感觉。这到底是怎么回事？”

“我不知道。”

“我打算回工业园区看看。想在天还亮着的时候看下那边是怎么回事。你来吗？”

“现在？”欧文的外公外婆不在家，所以只要欧文能够在他母亲下班前回家就行了。“行啊，走吧。”

于是他们另选了一条路，向公交车站走去。然后他们坐上了欧文那天夜里坐过的公交车，并在不久后来到了工业园区。阳光下的工业园区多了些许生机：停放着的几辆机动车大多是卡车，而两旁的仓库与建筑也有人进出，至少其中有一些建筑仍是有人使用的。他们找到了门罗原先停放公交车的位置，被粗重轮胎碾过的杂草和石砾间的轮胎痕迹依稀可见。他们在四周搜寻了片刻，并没有找到任何线索。

哈维尔有些恼火地将地上的碎石踢向一边。“我们到底是来这里做什么的？”

“我也不知道。”欧文无奈地说，“是你提出要来的。”

哈维尔徘徊了几步，又踢起石头来。“我想要再次回去。”

“回 Animus 里去吗？为什么？”

“我想知道他之后做了什么。”

“谁？”

“奇马尔波波卡，我的祖先。他竟然退缩了，伙计，他退缩了。科尔特斯才刚走进来不久，他就投降了。”

“但是科尔特斯这样征服过很多人啊，他……”

“不，你没办法理解。”哈维尔停下了脚步，一只手握拳用力地砸在另一只手的掌心。“他已经做好了死的准备。他是一名战士，他只为自己而活，不在乎别人的看法，不畏惧死亡。然而遇到科尔特斯后，他就老老实实地投降了，都没想过要挣扎或是反抗。”

欧文知道这令哈维尔心里不太舒服。不过或许是因为他们之间的关系疏远了，欧文并不知道哈维尔到底为何如此。“你到底在担心什么？那都是几百年前的事情了。”

“你以为我不知道这一点吗？但是那感觉根本不像是几百年前。就像是两天前发生的事一样。”哈维尔用力地摇了摇头，“算了，就当我没说过，我回去了。”

“哈维尔……”

“晚些见吧。”他在欧文说出更多话之前就走远了。

欧文目送他离开，再次打量了下整座工业园区后，便向家中赶去。离他母亲下班应该还有些时间，所以他打算步行走过大部分的路，就这样什么都不管，漫无目的地任由自己的思绪和双脚带着自己前行。直到他来到一处街道后，抬头看到眼前的景象，他才意识到或许自己所选的路径并非他自己以为的那样毫无目的，因为控诉他父亲抢劫的银行离这里不过几个街区的距离。

欧文打算在回家之前去看看那家银行。

他只去过那里一次，其实那次也不过是开着车从那家银行的门前路过罢了。那一次，在经过的时候外公外婆和母亲一言不发，车内一片寂静，仿佛他们经过的不是一家银行，而是一副被人撬开的棺材一般。那时欧文便觉得这栋建筑散发着危险的气息，现在仍是如此。通体泛光的建筑富有时代的特色，墨色的玻璃勾勒出道道棱角。而这栋建筑的一层便是那家银行，银行的窗户上印着深红的马耳他银行标志以及宣传利率的横幅。

欧文走进了铺着灰色大理石地板和毫无特色的地毯的大堂，迎面而来的便是空调吹出的微风及纸张的气味。出纳员们安静地在柜台后接待有序排队的客户。那场抢劫似乎没有留下任何痕迹，看不到被杀死的保安，也听不到枪声的回响。好像这一切对于这家银行都没有任何意义一般，在这里交易的人们和流转的资金都没有受到丝毫的影响。银行里的人或是办理存款业务，或是提钱，却不会有人在意眼前的这个男孩因为在这里发生的事情而彻底与幸福绝缘。

大堂仿佛突然缩小了一般，变得狭窄，压迫得欧文喘不过气来，就连空气似乎都凝固了。欧文转过身，走出了银行，并在街对面正对着银行的一张长椅上坐了下来。他就坐在那里，观察着这一切，打量着每一个进出银行的人，直到银行下班保安将门锁上为止，那是下午五点十七分，但他并没有离开，他们说他的父亲便是在这个时间从他藏身的员工休息室中闯进了银行。接下来是在五点二十四分的时候，他的父亲开了枪，在那之后的五点二十七分，中枪的保安因失血过多而死。欧文仍清楚地记得检察官列出的每一个时间点，就像他能够清楚地记得那模糊的黑白监控录像中蒙面歹徒出现的每一帧画面。落日的余晖宣告着夜晚的来临，欧文就坐在那张长椅上，一次次地在脑海中重现着当时的画面，寻找着是否有任何被他遗漏，或是存在纰漏的地方，或是被检察官及辩护律师忽略，但能够引起法官注意，继而让法官对案情产生怀疑的信息。

但是他什么都没能找到。他再一次以失败告终。

天黑了，路上已没有多少行人，欧文知道时间已经很晚了。他因太过深入而忘记了时间，他意识到自己该回家了。他从椅子上站起身来，最后看了一眼银行，然后跑向了一处公交车站，然而班车在几分钟前便离开了车站。欧文觉得与其留在车站等下一班车，不如在这里过马路，然后穿过一条小巷去搭另一个线路的班车，这样的话他还能赶在他母亲回家前到达外公外婆的家中。

那条小巷很窄，而两旁堆积的废品和垒起的旧木板以及成捆的铁丝令小巷更是难以通过。当欧文走到一半的时候，那种被人注视的感觉再一次出现了，就像是有人跟着他来到了巷子里一般。不过这一次他回头去看的时候，看到了一个悄然向他靠近的男人的身影。

第六章　刺客现身

欧文想过要逃跑，想过要和那个陌生人正面对质，询问对方的身份。他也想过躲在小巷的一角来避开那个陌生人。但在当时的情况下，这几个选项都显得有些过激。因为那个人说不定只是像他一样打算穿过这条小巷，去车站所在的那条街道。欧文冷静了一下，继续向前走去，但他加快了步伐，将那个身影甩在身后。

但很快，他便听到了身后那越来越急促的脚步声。声音离他越来越近，他甚至能感到四周传来的回音像只虫顺着背部一直爬到了自己的头皮上，令他毛骨悚然。出于本能，欧文猛然迈开脚步，头也不回地向前飞奔而去。而身后紧追而来的那个身影的脚步声就像是一对鼓槌那样应和着他两腿迈动的节奏，一次次用力地击打在他的胸口。那一刻，欧文明白了自己的危急处境，奋力向前冲去。

“欧文！”一个陌生的声音叫出了他的名字，“我并没有恶意！欧文，别跑了！”

欧文继续向前跑去，直到他冲出了小巷，来到了邻街的灯光下才停下了脚步。因为这条街上有不少人看着，不远处的比萨饼店和烟酒店也仍在营业，欧文相信在这里自己是安全的。于是，他就站在街上等待着那人的出现。他想知道那人到底是谁，又是从哪里得知了自己的名字。

过了一会儿，一个男人的身影出现在了灯光下。他看上去很年轻，脸有些圆，有着一头棕色的短发。身上穿着的灰色西装有着星星点点的污痕，应该是在阴暗小巷中追逐欧文时留下的。当他看到审视着他的欧文时，他叹了口气，随后又点了点头，向欧文走了过来。

“你愿意停下来等我，真是太感谢你了。”他开口说道，“我……”

“你是谁？”欧文打断了他的话，“你为什么要跟着我？”

男人没有马上回答欧文的话，而是朝四周看去。奇怪的是他并不在意周围的街景，而是始终注视着他们的上方，打量着周围的每一个房顶和消防通道。“我们能不能换个地方，这样我们的谈话才不会被别人听到。”

“我不会和你去任何地方的。”

“可以理解。”男人说，“那么我尽量说得简短些。你最近是不是遇到了一个名叫门罗的人？”

“你说谁？”欧文有些疑惑地问道。他觉得这个男人的出现或许和门罗的消失有着什么关联。

“他让你使用了 Animus，是这样吗？”

“你说的 Animus 是什么东西？”这个家伙怎么会知道那么多事

情？欧文在心底歇斯底里地叫道。“再说了，你又是什么人？”欧文镇定地问道。

“门罗手里有很多从公司偷走的设备。”男人解释说，“我们要将其追回，希望你能够配合我们的工作。”

这个家伙是阿布斯泰格公司的雇员吗？不过他的回答倒是解释了为何门罗手里会有一台 Animus，而门罗之所以会离开，或许也是因为他们。

“我肯定配合，可是我什么都不知道。”欧文这样说道。对他来说，门罗可比眼前的这个家伙要可靠得多。“不过，我真的该回去了。”他对陌生人说完转身便想离开，“天色已经很晚了，我要在我妈到家前……”

“我是在银行看到你的。”男人将“银行”两个字咬得特别重。

欧文停下了脚步，缓缓地转过身来。

“我们可以帮你。”男人说，“不过，你也要配合我们。”

“哦？是这样吗？我有什么事会需要你们的帮助？”

“你认为你的父亲是无罪的。”

男人的回答在欧文的意料之外，这令他有些震惊，一时间不知道该说些什么。

“我们能够帮你查出事情的真相，帮你查出那晚到底发生了什么事。”男人继续说道。

“你到底在说什么？”欧文有些激动，向那个男人靠近了一步，高声问道，“关于我的父亲，你又知道些什么？”

“我会慢慢解释给你听的，但你要跟我……”男人没有继续说下去，剩下的话语变成了短促的喘息声。他举起双手挥动了几下，像是想将一只看不到的苍蝇从自己脸上赶走一般。随后他浑身颤抖着，眼睛朝上翻，仰面倒了下去。这时候，欧文看到了那支插在他脖子上的吹箭。

欧文愣愣地看着倒下的男人，几秒后才反应过来刚才发生了什么。他瞪大了眼睛，向周围的建筑望去，目光扫过那些幽暗的窗户以及被阴影覆盖的窗台。那支吹箭一定是从他们上方射出的，欧文不知道自己到底是该弯下腰来帮助那个男人，还是应该找个掩体来保全自己。

突然，他听到了引擎的嗡鸣，那声音很奇特，十分低沉，像是一只巨大的昆虫一般。一辆摩托车突然出现在了街角。通体黑色的摩托散发着奇异的光泽，它冲向了欧文，却又在他的身前猛然停了下来。骑在摩托车上的男人掀开了头盔上的目镜，露出了一张欧文熟悉的面孔。

“门罗？”

“快上来。”门罗催促道，“快点。”他将一个头盔抛了过来，欧文一把将它接在了怀里。

“但是……”

“快点！”

欧文跳上了门罗背后的位置，并在他发动引擎的瞬间戴好了头盔。摩托车沿着这条路向前驶去，两旁的建筑物在欧文眼中迅速远去。而头盔上的目镜在光芒闪动间，将一张网格图和几个移动着的点以及一些欧文不能理解的读数投影在了他的眼前。

门罗的声音顺着头盔内置的耳机传到了欧文的耳朵里。“启动视线干扰。”

“启动……什么？”欧文问道。

随后他的目镜出现了他在 Animus 里见到的那种像是出现故障

一般的画面。只见他们身前的路面上出现了一个又一个摩托车的投影，很快那些投影覆盖了他们的两侧。欧文回过头向后望去，他看见摩托车的后面有着一条像投影一般的轨迹，那条轨迹像是电影中的慢镜头一般一点点地向远处延伸。

“视线干扰已启动。”一个电子合成的女声在欧文耳畔响起。

“那是什么？”欧文问道。

“立体投影。”门罗说着在转角处侧身转弯，“这样他就很难射中我们了。”他再次拧动油门，伴随着引擎尖锐的嗡鸣，他们如子弹一般向前冲去。

“扫描重像信号。”他吩咐道。

“扫描中……”女声回应。

“虫响信号[①]？”欧文不解地问道。

“检测到重像信号。”女声报告。

“获取影像并在显示器显示。”门罗又下达了一个命令。

欧文目镜中的界面被切换了，然后他看见了自己视线的边缘有一个发光的人形。于是他便朝那个方向看去，红外线成像的身影在周围昏暗的环境中显得格外清晰，而那个身影正以一种不可思议的速度向前方冲去。那个身影在一个个屋顶间飞跃，甚至能够爬上垂直的墙壁。而更糟糕的是，他始终跟在他们身后。

“这怎么可能……”欧文愕然，“那是谁？”

“一会儿再解释给你听。你盯着他就好，我要想办法把他甩掉。”

门罗驾驶着摩托车在一个拐角漂移转弯，很快又再次转了个弯。而重像信号显示的身影却一直在屋顶上穿行，紧紧地跟随着他

---

① 虫响信号：原文是 ghost signal，即重像信号，因原文能理解为幽灵信号，欧文并不明白门罗所说的是什么，为便于读者阅读，取谐音。

们。在某段时间里他甚至跑到了他们前面，但那个身影并未继续向前跑去，而是停了下来。欧文觉得他应该是在确定他们的真实位置，对方想用他刚才袭击那个阿布斯泰格员工时用的能够发射吹箭的武器来攻击他们。

“小心。”他对着门罗叫道。

“我已经看到他了，抓紧了。”门罗猛地将车头扭转，差点儿将欧文从车上甩出去，而摩托车也在轮胎发出一声尖锐的噪声后停了下来。然后门罗控制着摩托车在原地一百八十度漂移，朝着相反的方向飞驰而去，欧文注意到了一旁的路标，前面便是高速公路的入口。

欧文指了指路标，问道：“上高速公路能把他甩掉吗？”

“值得一试。”门罗回答道。

他将摩托车驶向高速公路的入口匝道后将车速提升到了极限。当他们飞快向前冲去的瞬间，摩托车的前轮也短暂地离开了地面。欧文回头看了看那个已经逐渐远去的发光人形，并看着它越来越小，最终淡出视线。

“重像信号丢失。”电子女声再次响起。

“哈哈，我们真是走运了。”门罗说，“如果他也是开车来的话，我们就惨了。”

“那个家伙到底是谁？”欧文问道。

“我说了我等会儿会解释给你听……”

“我现在就要知道！”欧文叫着打断了他。

门罗叹了口气。“他是一名刺客。你已经身处危险之中了。”

当欧文听到有刺客来刺杀他时，他几乎想大笑出声。但是那支插在阿布斯泰格员工脖子上的吹箭还历历在目，这令他不得不相信门罗的话。

“那哈维尔怎么办？”欧文问道。

“我之前已经去接他了，现在我们就去和他会面。”

“他在哪里？”

“一会儿你就知道了。”

欧文放弃了向门罗继续打听刺客消息的念头，仔细地打量着四周，判断着他们的目的地。在经过了几个出口后，他们驶上了环路，然后在沿着城市的边缘绕了一大圈之后，他们才在靠近港口的地方下了高速。他们在经过一家精炼厂后来到了一片建筑林立的库房区域，这里和小镇另一面的工业园区有些相似，不过这个地方看上去维护得更好，并不像工业园区那样一片荒芜。不过在这个时间，这里也很空旷，渺无人烟。

门罗关掉了摩托车的前灯，带着欧文来到了一栋被夹在两栋巨型建筑中间的小仓库前。随后他拿出了一个遥控器，打开了那扇机械的卷帘门。他小心地将摩托车从略显狭小的入口驶了进去，随后关上了身后的大门，周围立时一片漆黑。

这时，门罗关掉了摩托车的引擎，从车上爬了下来。“先别下来。”

欧文目镜上的显示画面渐渐暗去，门罗走出了他的视线。过了一会儿，欧文头顶的灯突然亮起，白色的光照亮了欧文的四周。整个仓库巨大而空旷，仅有的便是他们不远处的那辆装有 Animus 的老式公交车。门罗手里提着头盔，再次回到了摩托车旁。欧文将头盔摘下后，从摩托车上爬了下来。在灯光的照射下，欧文细细地打量着这辆摩托车，这辆摩托车的每一个棱角、每一个弧度都似乎是以隐匿性为前提设计的，这令欧文有了一种不真切的感觉，仿佛这辆摩托车不但能在大地上疾驰，还能在空中飞行。欧文曾和自己的父亲一起骑过越野摩托车，而眼前的这辆和他记忆中的摩托车大相径庭。

“这里的东西看起来都挺高科技的。”欧文将头盔放在了摩托车的座位上，“我想阿布斯泰格公司应该挺想要回这些东西吧？”

“应该是吧。”门罗将车钥匙丢进了自己的头盔，并将头盔放在了欧文的头盔旁，“来吧，我带你去见见其他人。”门罗向前走去，言语中带有平日里欧文不曾见他流露过的感情。

“其他人？”

门罗并没有回答，只是走向了紧贴仓库墙壁的狭小楼梯，而第二层楼梯的尽头是一扇门。欧文跟在他的身后，走上了楼梯，瓦楞钢板组成的楼梯在他们的脚下叮当作响。他们来到门前后，门罗在一旁的电子锁上输入了一组密码，一声轻响后门打开了。

“这边。”他对着欧文说道。

他们走进了一个铺有油毡地毯的走廊，地毯上有着斑驳的污痕，两旁的水泥墙还未曾上漆。门罗带着欧文向走廊的另一侧走去，在穿过几扇门后，他们来到了另一扇需要密码打开的门前。在门罗输入密码并打开门后，欧文感到了迎面吹来的清新空气，夹杂着些许的凉意。他还听到电脑运作的声音中掺杂着的说话声。

“就是这里了。”门罗说着向一旁挪了一步。他做了一个欢迎的手势，邀请欧文进屋。

门后是一个如迷宫一般的空旷房间。屋内的几处空间被灯光照亮，而其余的地方却是一片漆黑。欧文听到的声音则是从一张以黑色玻璃为桌面的大型咖啡桌周围的沙发和扶手椅上发出的。坐在那里的是一群和欧文年纪差不多大的孩子，哈维尔也在他们之中。

“我来介绍你们认识。”门罗说着从欧文的身旁向其他那些孩子所在的位置走去。

欧文跟着他一起来到了灯光下，原本热闹的人群突然安静了下来，而哈维尔则站了起来。

“你来了。”哈维尔像是松了口气一般，随后又问道，“你还好吗？”

“还行。这是怎么回事？”

“问他。”哈维尔朝门罗的方向扬了扬下巴，“这是他的主意。”

门罗清了清嗓子，对着所有人说道：“女士们，先生们，这位是欧文。欧文，你已经认识哈维尔了，这两位是格蕾丝和她的弟弟大卫。”门罗微微向前一躬，一只手向一个方向摊开，坐在那里的是一位正在朝他微笑的少女，她有着棕色的皮肤，略微卷曲的头发向后梳着。而她的身旁，则是一个有些瘦小的男孩，他比她还小了几岁的样子，戴着白框眼镜，咧着嘴对着欧文笑了笑。他们身上穿着得体的衣服和名牌的裤子，这些衣物的价格是欧文的母亲永远都不可能负担得起的。

“这位是娜塔莉亚。”门罗指着一位橄榄色皮肤的女孩介绍道。她的眼睛有些小，棕色的头发中夹杂着些许的铜色。她穿着一件白色T恤，外面套着深蓝色的连帽衫。在欧文看向她的时候，她面无表情地点了点头。

“然后，最后一位。”欧文顺着门罗的目光看了过去，他看到了一个坐在轮椅上的男孩。“这是肖恩。”

“很高兴认识你，欧文。”肖恩说道。他留着一头红色的短发，皮肤有些苍白，脸上有一些雀斑。欧文注意到他的肩膀和手臂格外粗大。

“能认识你我也很高兴。”欧文礼节性地回答道，然后他转过身，向门罗提出了来时便想问的问题，“我们来这里做什么？而且你到现在还没有告诉我那个刺客是怎么回事。”

“刺客？”哈维尔问道。

门罗低着头，举起了双手。“别那么着急行不行？就给我一分钟，一分钟后我会告诉……”

“我等不了一分钟了。”欧文打断了他的话，“我必须快点回家，我是说，我的母亲她有危险吗？”

“没有。”门罗回答道，“至少这一点我可以保证。”

“你凭什么保证？”欧文问道。

“她是无辜的。”门罗回答道，“如果对她出手，就违背了信条中的一条。”

“什么信条？”哈维尔问道。

“刺客信条。”门罗回答了他的问题后，有些尴尬地说道，“这下，我把原本接下来要说的先说了。欧文，哈维尔，请你们先坐下。”

欧文和哈维尔对望了一眼，然后慢慢地坐了下去。

“好。”门罗整理了下思路，继续说道，“这里除了欧文和哈维尔，还有格蕾丝和大卫，其他的各位都互相不认识对方。你们来自不同的学校、不同的街区，有着不同的身份和背景。但是你们有一个共同点，就是你们的DNA。你们都使用过我的Animus，而事实上我一直在找你们。”

“你找我们要做什么？”肖恩问道。

门罗侧身从咖啡桌的一个柜子中拿出了一个平板电脑。他的手指在屏幕上滑动，点击了几下后，黑色的玻璃显示屏上投影出一个和桌子一样宽的三维地球，地球沿着地轴缓缓转动，而表面上在许多不同的地点有闪烁的光点。

“哇。”大卫推了推自己的眼镜，惊奇地说道，“这真是太酷了。”

“阿布斯泰格的那群人肯定快被你气疯了。”欧文开玩笑般地说道。

“你也太小看我了吧。”门罗有些不满，“这个平板电脑可是我自己制造完成的，和他们没关系。”

格蕾丝向前靠了靠，看着地球上的光点问道：“这些是什么？”

“事件。历史上发生的事件。”

“什么样的事件呢？”格蕾丝追问。

门罗显然放松了许多，他像往常那样将双手插在口袋里回答道：“我接下来要说的事情将远远超出你们的想象。但是你们不要不信，我发誓我所说的都是真实的。”他慢慢地绕着桌子走动，时不时会看一眼地球的投影。

“从有记载起，便有两股势力为了人类未来的走向而展开斗争。或许在那之前，这两方的战争便已经打响。这两个阵营从远古时期便已存在，他们有过很多不同的名字和称呼，但现在人们将他们称为刺客兄弟会与圣殿骑士组织。”

“神秘组织？”肖恩不屑地说，“你在开玩笑吧？”

“看看你的周围。”门罗说道，“你觉得我像是在开玩笑吗？”

“这么说来，前面追杀我们的刺客，他也是这个兄弟会的一员？”欧文问道。

“没错。”门罗回答。

“那他为什么要袭击那个阿布斯泰格的员工呢？”

“因为阿布斯泰格公司便是圣殿骑士组织用来掩饰自己而存在的企业。”

欧文回想起那个陌生人在被刺客的吹箭射中前所说的话。他提到了欧文的父亲，这令欧文不得不怀疑自己的父亲是否被卷入了这场所谓的秘密战争。

“地球上的这些光点，代表了那些已知的涉及刺客与圣殿骑士斗争的事件、人物及地点。”门罗说着扬起手，点了点在意大利半岛众多闪烁的点中的一个。当他这么做的时候，一张图像覆盖了原先的意大利半岛。那是一个穿着刺绣内甲的男人，衣服的袖子显得格外宽松，他披着一件带着兜帽的斗篷，而那有些尖锐的帽檐则遮住了他的脸。“这是艾吉奥·奥迪托雷，一位出生于十五世纪的贵族，与此同时他也是刺客兄弟会的一员，有可能是历史上影响最大的一位刺客吧。但是这并不是刺客兄弟会第一次在意大利出现，在更早的时候罗马的刺客兄弟会自称自由社[①]。”门罗挥了挥手，关掉了那个界面。然后走了几步，来到了中东的位置，点开了其中的一个光点。这次出现的图片是一座建在山上的古堡。“这里曾经是刺客兄弟会藏身的堡垒，但却在中世纪的时候由于刺杀成吉思汗而惹怒了蒙古人，最终导致蒙古大军入境，摧毁了这栋古堡。”话音刚落，他便伸手拍散了那座古堡的图片，然后再次走到了地球的另一边。他的手指触及了位于美国东海岸的一个光点。“美国的独立战争并不只是一场移民者摆脱英国皇室统治的保卫自我主权的战争，而是一场为了国家的核心精神而展开的斗争，参与到这场战争中的，自然便是那两个阵营。”

门罗只是点开了无数光点中的几个，而每一个都代表了这场秘密战争中的某个事件。这场斗争的局面真是大到超乎想象。所有的一切听上去都有些匪夷所思，但欧文却不会去怀疑这些事件的真实

① 自由社（Liberalis Circulum）：最早出现于“刺客信条”系列漫画第三卷《鹰》之中，其中提到自由社的创始人之一卢格斯曾在埃及发现了两枚伊甸园碎片，分别是安卡和阿赛特权杖。

性，因为他亲眼见到了一位刺客。

“挑起战争的双方大多是因为利益冲突，那么圣殿骑士组织和刺客兄弟会之间的战争又是为何而起呢？”娜塔莉亚突然问道。这是她第一次开口说话，轻柔的声音带着一丝不同寻常的坚定。

门罗将手划过平板电脑的显示屏，地球的投影瞬间消失了。“要回答这个问题，我必须得描绘一下当时的情况了。想象一下，一个即将崩溃的社会，罪犯横行，所有的人贫困潦倒，种族之间又有着不平等的待遇，反正能有多糟糕就有多糟糕。而要拯救这样一个眼看就要分崩离析的社会有两个办法：一个办法是由身处高位的人规划秩序，并以此来杜绝混乱的发生；另一个办法则是相信人性中的优点，将权力交到人民的手中，并让他们自己决定他们想建立怎样的社会。如果是你们，你们会选哪一方？”

没有人回答。就连欧文都不知道门罗这个提问到底是反问，还是真的想知道他们会怎样回答。不过很快，门罗便继续说了下去。

“娜塔莉亚，这就是引发他们之间斗争的根本原因。圣殿骑士组织代表了那些权力阶层，他们想引领人类走向更为正确的方向。而刺客们则是要捍卫整个社会中每个人的人身自由。两个阵营都想让世界朝他们认为的理想状态发展。”

“既然他们想做的事情都一样，为什么要争斗呢？”大卫问道。

“他们想要的或许是同样的结果。”门罗想了想说，“但他们更在意的是得出那个结果前的过程。”

“于是就斗争了成百上千年？”肖恩问道。

“是的，就因此斗争了成百上千年。”

这时，格蕾丝开口问道：“那你为什么要把这些事情告诉我们呢？他们之间的战争和我们没有任何关系啊。”

门罗抱着手臂摇了摇头。“这你就说错了。”

“哪里错了？”哈维尔问道。

“我可是看过了你们的DNA。”门罗回答道，“我也通过Animus见过了你们的祖先。所以从出生起，你们的身份就已被命运确定。在座的各位，不是圣殿骑士，就是刺客。”然后他转过头去，看向了哈维尔，“而你们中的有些人，却两者皆是。”

第七章　自由还是秩序

肖恩看着屋内的其他人，不知道他们是否会相信门罗所说的话。那个叫欧文的男孩说他亲眼见到了一位刺客。如果这个欧文神志清醒且没有说谎的话，自己或许应该相信门罗。

几个小时前门罗来接他的时候，他并没有丝毫犹豫就答应了跟门罗来这里。因为门罗答应了他，会让他继续使用 Animus。因为 Animus 能让他脱离轮椅的束缚，可以给他健全的双腿，所以这样的条件对他有着难以想象的诱惑。但眼下看来，门罗或许隐藏了什么，肖恩不知道自己该如何面对门罗的计划，以及这个所谓的“秘密战争”。

“天哪，这真是太疯狂了。”哈维尔说道。

这家伙姑且算得上是个硬汉吧，话不多，不过估计脑子也不太好使，肖恩心里这样想。

“我事先可是跟你们说过，让你们做好心理准备。”门罗说道，“虽然听上去很夸张，但我说的都是真的。”

“好吧，就算你说的都是真的。那又怎样？”格蕾丝说道，“就算我们的祖先中有刺客或是圣殿骑士，那又怎样？我敢打赌有刺客或圣殿骑士祖先的人还有很多。你为什么选中了我们几个人呢？”

“对，你带着 Animus 去过很多所学校。”欧文开口说道，“你到底有什么目的？”

“那其实是两个不同的问题。”门罗说，“我先来回答第二个吧，因为这个比较容易回答。简单来说就是，我觉得刺客和圣殿骑士都错了。”

“那你觉得该怎样？”肖恩问道。显然，门罗的立场至关重要，毕竟他掌握着在座所有人的 DNA。肖恩知道自己会如何回答门罗之前提出的问题，他会选择秩序。他理想中的世界不会有人酒后驾车……也不会有人的人生因此蒙上阴影。世界上该有是非黑白。人类，不配拥有自由选择的权利。

“我更愿意相信意志自由。”门罗回答道。

“那么你是站在刺客那边的了？”肖恩问道。

门罗摇了摇头。“我并不认为刺客相信意志自由。他们嘴上是这样说的，可是他们要求所有的成员宣誓效忠兄弟会，并坚决执行兄弟会的一切命令。我不觉得我们中的任何一个人应该让任何人、任何信条，或者任何组织束缚住自己的灵魂。必须要有人站出来阻止刺客兄弟会和圣殿骑士组织。阻止他们的方法之一，便是在他们找到你们，并将你们招入组织前找到你们。”

“将我们招入组织？”格蕾丝有些不理解。

“听你这样说，倒感觉你才是剥夺我们自由意志的人呢。”哈维尔说道。

“并不是这样。”门罗叹了口气，“你们觉得自己该怎么做，就怎么做。任何时候都该如此。我做的不过是提醒你们，让你们看清这两个阵营罢了。”

“但是，你将我们带来这里，不会只是想提醒我们吧？”格蕾丝问道。

门罗指了指欧文和哈维尔，说道：“我会把你们带来，是因为他们的缘故。在几天前的夜里，他们进入了 Animus，结果他们发现了刺客和圣殿骑士愿意付出任何代价而去争夺的东西。”

欧文和哈维尔对视了一眼，然后说道：“所以这才是你那晚将我们从 Animus 中拽出的原因，根本不是因为虚拟场景出现了问题。”

“没错。”门罗说，“虚拟场景并没有出现任何问题，我的改装没有出现故障，我构建的虚拟场景也没有崩溃。但我必须切断你们的连接，让你们回到现实。”

“这是为什么？”哈维尔问道。

“只是预防措施罢了。虽然我研究过 Animus 中运行的每一组代码，但是我知道，阿布斯泰格可能隐藏了其中的一部分。而且事实正是如此。这就是为什么阿布斯泰格的特工和那名刺客同时找上了你，因为他们也知道了这件事。”

“什么事？”肖恩问道。

“我们找到了一枚伊甸园碎片。”门罗回答道。

“伊甸园碎片又是什么东西？”大卫向前倾着身体，饶有兴趣地问道。

他的提问赢得了肖恩的好感。大卫很有好奇心，且愿意打破砂锅问到底，肖恩觉得这很好。

门罗犹豫了片刻后说道：“伊甸园碎片是在人类之前的远古文明的遗物。它们蕴含着强大的力量，不可思议的科技。其中有一部分一直留存到了今日。不过大多数都被藏在了难以找到的地方。”

“是那把匕首。”哈维尔突然说道，“是不是科尔特斯手中的那把匕首？”

门罗点了点头。

“原来是这样。”哈维尔一只手握拳，然后敲击在另一只手的掌心，“我就知道当时肯定发生了什么事。那把匕首完全就像是把我……把我的祖先洗脑了一般。”

欧文跟着点了点头。“我的祖先好像也是。不论科尔特斯说什么，他都相信。”

“没错。”门罗说，“每一枚伊甸园碎片都有着不同的作用和功能。你们找到的那枚似乎能够改变他人的信仰，令他人拥护自己。说不定正因为如此，才会有那些认为阿兹特克人将科尔特斯奉为神明的史学家。”

一个可以让人神魂颠倒的东西，光是想想就令肖恩感到有些不适。

大卫问道：“如果这些伊甸园碎片都被藏起来了，我们又该怎么去寻找这些东西呢？”

“基因记忆。”门罗回答道，“当刺客或圣殿骑士确认历史中的某人接触过伊甸园碎片后，他们会让这些人的后代进入 Animus，通过这样来找到碎片。而欧文和哈维尔便是这些人的后代。”

格蕾丝翻了个白眼。“那我们剩下来的这些人又是怎么回事？”

“我认为你们中的每一位都对找寻这枚碎片有着至关重要的作用。”门罗回答道。

“可是欧文和哈维尔已经找到碎片了啊。”肖恩不解地说道。

“他们只是接触到了伊甸园碎片。并不知道碎片最后落在了什么地方。我觉得那枚碎片并没有留在墨西哥。”他将平板电脑从咖啡桌上拿起，桌上再次出现了一个立体投影，那是一栋大楼的黑白照片。“这是十九世纪中叶阿斯特家族[①]在纽约开的一家酒店。阿兹特克俱乐部的成员时常会在那里会面。”

“阿兹特克俱乐部？”哈维尔问道。

“是一小群经历过十八世纪四十年代末美墨战争的退役军人成立的俱乐部。”门罗回答道，“我认为在科尔特斯征服了特诺奇提特兰后，就把那把匕首一直留在了墨西哥市，不过当美国军队进驻后，他们将匕首从西班牙政府的宝库中带走了。至于原因，你们看这个。”立体投影上的画面切换成了几个男人的合影。肖恩认出了其中的一位，那是尤利西斯·S.格兰特[②]。“虽然这个俱乐部参与人数不多，可是成员中却有六位总统候选人，其中三位还当选了。剩余的人中也有数位议员及其他政要。很巧合吧？我觉得这个俱乐部的成员之所以能够身居高位，是因为他们使用了那枚伊甸园碎片。”

大卫想了想，问道：“那么你的意思是说，这些人全都是刺客？

---

① 阿斯特家族：最早将阿斯特家族带上历史舞台的是约翰·雅各·阿斯特，也正是此处阿斯特家族酒店的出资人，在经历早年的不顺后，他来到美洲大陆与当地原住民进行皮草贸易，渐渐走向成功。他去世时，留有的遗产是当年美国国民生产总值的一百零七分之一。该家族在接下来的岁月里开枝散叶，向各地迁移的同时，也将阿斯特家族酒店一同向外传播。中国上海便有一家由理查德·阿斯特出资建造的浦江饭店（旧名礼查饭店，英文名 Astor House Hotel，即阿斯特家族酒店）。

② 尤利西斯·S.格兰特：出生于俄亥俄州，毕业于西点军校后，参与了美墨战争，并在6年后退役。南北战争打响后再次从军，因其出色的指挥能力，被任命为联邦政府军总司令。战后荣升陆军上将，接下来两年担任陆军代理部长。两年后，当选美国总统，并成功连任。

或是圣殿骑士？”

“我可没有这样说。”门罗将平板电脑抱在怀里，“不过，他们中或许的确有这两个阵营的人存在呢。”

“那么……他们中到底哪一方是好的呢？刺客还是圣殿骑士？”大卫追问。

“两方都不是。当然从某种意义上来说，两方都是好人。他们都有着好的出发点，然而他们也曾犯下不少罪孽。”

“我还等着你的解释呢，你找我们来到底是做什么的？”格蕾丝有些不满地问道。

“行，现在就讲到我为什么要把你们找来了。”他说着切换了立体投影上显示的画面，六组 DNA 双螺旋横向在众人面前展开，之间保持着相同的距离。“你们来到这里的原因，便是你们的基因记忆有着非常高的相容性。”几道竖线将六组 DNA 中匹配的点连在了一起。门罗继续说道：“你们的祖先或是见过那枚伊甸园碎片，或是在相同的历史事件中见过彼此。”

肖恩突然很希望自己并没有理解错门罗的意思。

“是哪个历史事件？”欧文问道。

“一八六三年的征兵暴动。就是纽约的征兵暴动。”

“征兵暴动？”哈维尔问道。

“那是南北战争时候的事了。”格蕾丝回答道，“联邦政府征兵去和南部同盟军开战，但如果你足够富有的话，你也可以出钱来避免服役。”

“说得没错。”门罗接着说，“于是便引发了暴动，成百上千的帮派成员和暴徒席卷了整个纽约。当时的场面一片混乱。”

“他们还袭击了整座城市中所有的黑人。”格蕾丝补充道，“他们甚至烧毁了所有收养黑人儿童的孤儿院。”

“所以……那就是我们要去的地方吗？要去那么混乱的地方？”肖恩问道，在了解情况后，他突然觉得自己好像不是那么想要使用 Animus 了。

“选择权在你们自己手上。”门罗说，“不过我还是希望你们能够同意。你们中的任何一个人都可能提供有关伊甸园碎片的重要线索，那能帮助我们在刺客和圣殿骑士前找到那枚伊甸园碎片。”

“但是，我们为什么要去找这枚伊甸园碎片呢？”娜塔莉亚问道。

这是肖恩在见到她后，第二次或是第三次听到她的声音。不过她每次开口，肖恩都会聚精会神地聆听。她身上有种特殊的感觉吸引着他，毋庸置疑，她很漂亮，但真正吸引他的地方肖恩又不知该怎样形容。但他并没有向她搭话，因为他们离得太远了。他若是想那样做，就必须得滑着自己的轮椅到她的身边。不过至今为止，他都没有遇见过不介意他身下轮椅的女孩。

“再说了，你找到那枚伊甸园碎片后，又打算如何处置呢？”

“我会将它再次藏起来。”门罗回答道，“藏到没有任何基因记忆可以找到的地方。重点是，这枚碎片不能落到刺客兄弟会或是其中任何一个成员的手里。”

“但我们怎么知道你会不会将它占为己有，甚至用它为非作歹呢？”哈维尔问道。

门罗环视了一圈，目光在每一个孩子身上都停留了一会儿。“你们要相信我，就像我信任你们一般。这样的话，你们愿意帮助我吗？”

“你要我们怎么帮你？”欧文问道。

“进入 Animus，回到过去。”门罗回答道，“我会构建一个由你们六个人共享的虚拟场景。让你们经历你们祖先的记忆，运气好的话，应该能找到伊甸园碎片的下落。”

“运气好的话？”哈维尔皱着眉头问。

“好吧。”门罗关掉了立体投影，并将平板电脑放回了桌上，“我承认这一切都是我的错，因为我，你们才会身陷险境，我真的很抱歉。我原以为这台 Animus 在我的改装下是绝对安全的，但不知为何它还是将信息传给了阿布斯泰格。我原本只是想提供给你们一个选择的机会，在他们之前让你们接触到自己的祖先。不过没想到适得其反，现在刺客和圣殿骑士都知道了这枚伊甸园碎片的存在，在真正找到这枚碎片前，他们是不会停手的。不过，你们有权利选择是否要参与到这个行动中来。”他向后退了一步，和坐着的孩子们保持了一定距离，“我是说真的，一切全凭你们自己的意愿。”

“那我们家里该怎么办？”娜塔莉亚问道。

“Animus 中的一切都是在你脑内发生的，所以和现实时间会有很大差别。”门罗说道，“就像是做梦一样，你在记忆中过了几天，而现实世界中可能只过了几分钟，或者几个小时。所以你们应该能在日出前回到现实世界。”

肖恩握紧了轮椅上的扶手。他不打算放弃任何一次使用 Animus 的机会。谁知道自己是否还能再次使用 Animus 呢？他这样想着。于是他对门罗说：“我愿意进入 Animus。”

所有人都回过头来看着他。

肖恩在轮椅上坐直了身体，然后充满自信地迎接众人投来的目光。“谁打算和我一起去？”

“我。”大卫回答道。

“你什么你？”格蕾丝一脸怒容，瞪着自己的弟弟，“你知道你自己在干什么吗？”

大卫耸了耸肩。“我只是想帮忙罢了。”

“为什么？”格蕾丝皱着眉头问道。

“他想帮忙，需要理由吗？”肖恩反问道。

“需要理由吗？”格蕾丝讽刺般地重复了一遍他的话，“你难道没有听到我说的话吗？征兵暴动那段时间发生了什么，你不知道吗？先别说话，想想老师在历史课上说了什么。上次我和大卫进入Animus中，就因为我们从公用饮水器里喝了水而被人教训，这次可比那次还要糟糕，不，糟糕太多了。”

肖恩的确没有考虑过这些，他因尴尬而陷入了沉默。

“反正，我是打算进入Animus的。”哈维尔无所谓地说道。

“那么也算上我。”欧文说道。

“我也是。”娜塔莉亚惜字如金。

于是便只剩下格蕾丝和大卫两人还未做出决定。虽然大卫说了他想帮忙，但是肖恩知道，他是否会加入取决于格蕾丝的选择。大卫就这样望着自己的姐姐，而格蕾丝则看了一眼其他的孩子，最后看向了自己的弟弟。“你怎么知道这样做能够帮上我们？”她对着门罗问道，“我关心的只有这个。既然你说我们现在有危险，那么告诉我，为何你觉得我们这样做就安全了？”

“至少比什么都不做要来得好些。”门罗说道，“如果我们率先找到伊甸园碎片，并将其藏好，你们的基因记忆对他们来说就失去了意义。这样他们也没必要来找你们了。”

肖恩发现格蕾丝的立场有些动摇，她似乎不那么抗拒了。“好吧。”过了一会儿，格蕾丝说道，“我也会进入Animus。”

“好的。我们越早行动越好。Animus就在那边。”门罗指着黑暗房间中另一片有着亮光、摆满了电脑和各种机器的地方说道。

其他人便从沙发上站起身来，向那个方向走去。肖恩则要滑着轮椅从沙发间退出来，然后绕过咖啡桌旁的家具，然而在这个过程中，他的轮椅卡住了。这样的事已经很久没有发生过了，他有些烦躁地磨了磨牙。

欧文朝他走了过来。“需要我推你一把吗？”

“我自己能行。”肖恩意识到自己的语气太过尖锐，虽然他此刻的确非常愤怒，但他并没有想过将怒气宣泄在欧文的身上。那次事故已经过去两年了，但肖恩不知道这样的挫败感与愤怒是否会有尽头，或许有一天他再也承受不住这些埋藏在内心的情感的煎熬，所有的情绪会像炸弹一般一触即发。他只希望自己至少能够知道怎么回应他人的善意，这是为他们好，也是为自己好。肖恩长长地呼了一口气后说道：“没事，我一会儿就过来。”

欧文点了点头。“那好吧。”然后他便向其他人走去。但肖恩注意到了他走路的速度明显是刻意放慢了，欧文应该是不想让他感到自己落后于他人，但欧文的善意却令他的内心更为焦躁。

当肖恩最终来到其他人身旁的时候，他们都围在 Animus 前，很显然这是由门罗从公交车上搬下来的那台。Animus 被放置在围成一圈的躺椅中央，躺椅的头枕向内，指向整个圆圈的圆心。

门罗朝那个躺椅围成的圆圈扬了扬下巴。“选一个椅子躺下吧，放轻松就好。”

“但这样不会出现上次那种情况吗？”哈维尔问道，“这样的话 Animus 不是又会将信息传给阿布斯泰格了吗？”

肖恩对哈维尔有了新的认识，或许这个家伙并不像他想得那么迟钝。

“这次不会了。”门罗回答道，“我已经把那个程序彻底隔离了，而且在这里我能够建立比在车上时更强大的防火墙。所以这一次我们应该是安全的。”

肖恩滑动轮椅，来到了一个躺椅边上，然后将轮椅的轮子锁上。随后他撑着扶手从轮椅上爬了起来，坐上了躺椅。

“哇。”站在一旁的哈维尔惊叹道，“你的力气可真大。”

“算不上吧。”肖恩耸了耸肩，“只是掌握了用力的方法罢了。”

其实他一直都是这样强壮有力，至少在车祸前是这样，那时候就连他的教练都对他的身体素质惊叹不已。至今他的上半身仍保持着原先的状态，而他的双腿则因车祸而变得瘦弱无力。肖恩扭了下腰，然后用双手将两条腿分别抬上了躺椅。当这一切都做完后，他便能躺下了，躺椅很舒适，但肖恩此刻并不在乎这些，他几乎按捺不住内心的激动。他仍然记得初次使用 Animus 的自己是多么兴奋。他的祖先只是爱尔兰一个再普通不过的农民，或许对其他人来说这样的记忆是乏味的，但是肖恩可以行走在自己祖先的麦田，在田里忙活的时候，他可以从日出走到日落，对他来说，这就足够了。

“你们都已经体验过 Animus 了。”门罗说道，“不过你们中只有少数几个人进入过共享的虚拟场景。简单来说，在虚拟场景内，不要以自己的主观意识去和场景内的任何人和事发生互动，不然的话你就会失去同步。也不要试着去寻找其他人的祖先，更不要对着场景内的人物说出一些你祖先不会说的话，不然是会失去同步的。听明白了吗？”

他们确信自己已经牢记这些规则。

门罗绕着圈，一个个地走过去，将他们连接上 Animus。“我们要找的伊甸园碎片是一把匕首。”他嘱咐道，“我们在墨西哥的时候没能看清匕首的样子，不过看上去很特别。你们要留心一下。”

他走到了肖恩身旁，并递给他一个头盔。肖恩顺手将头盔戴上，在一片黑暗中耐心地等待着。当门罗将头盔分发给所有人后，肖恩能够听见门罗走向他们中间的脚步声，他应该是走向了Animus的主控平台。

你们能听到我的声音吗？门罗的声音从头盔内部传来。

他们点了点头。

好的。给我一点时间，我会将你们先送到记忆回廊中。肖恩对接下来将发生的事情充满了期待，他紧握着双手，耐心地等待了片刻。

准备好了吗？门罗问道。

“准备好了。”所有人齐声说道。

好，将在倒计时后进入记忆回廊，三、二、一！

肖恩的护目镜出现了一阵强光，将他带入了那个名为记忆回廊的虚空。当他周围的画面开始慢慢清晰的时候，他第一个注意到的便是自己又站了起来，不需要任何人的搀扶，站得好好的。而且他好像很高，不，应该说是非常高。

“你看上去像是一位警察。”站在肖恩身旁的一个男人说道。他戴着一顶高高的毛绒礼帽，身穿一件绣有花纹的红色马甲，外面披着一件垂到膝盖的风衣，下身穿着一条格子条纹的西裤。他的脸颊到下巴都覆盖着浓密的络腮胡，腰间则插着一把长刀。

肖恩低下头看到了自己身上的那件黄铜纽扣的深色高领外衣，然后他拽着帽檐将帽子摘了下来，那是一顶窄檐帽，上面的大都会警徽格外显眼。“你说得没错。”肖恩说道，“我的确像是一个警察。但我都不知道你这装扮像是什么人物。等等，你是哪位？”

“欧文。”这个男人嗓音嘶哑地说道。然后他转向了另一边。“我想我……”他低着头看向自己的手腕，当他用力握紧拳头后，一截剑刃从他外套的袖子下弹射了出来，然后又在一瞬间收了回去。

“我大概是一名刺客。”欧文轻声说道。

肖恩听到后，迅速退了一步。“现在知道了真是万幸。”

“我觉得我好像是一名圣殿骑士。”身后又传来了一个男人的声音。

肖恩转过身来看到了那名男子和站在他身旁的其他人。第二个向他搭话的男人身材高大，当然，并没有肖恩那么夸张，他说话的时候带着明显的爱尔兰口音。他并没有戴帽子，只是在不怎么干净的白衬衫外套了一件马甲，袖子高高卷起，脖子上扎着一条围巾，腰间扎着短小的围裙。看上去应该是一家酒馆的服务生。

“哈维尔？”欧文看了看他后问道。

酒馆招待点了点头。“我就知道我妈肯定有爱尔兰血统。”

在他身旁则是一位一头白发的老人和一位少女，都是黑人，侍从打扮。女孩穿着黑色的衣服，还披着遮住她前胸和双肩的白色围裙。而老人则穿着黑色的大衣与裤子，大衣下白色的衬衫外套着一件马甲。

“拜托了，告诉我，我们不是奴隶。”女孩说道。

“你们不是奴隶。”他们身旁，一位长相柔美的女孩说道。她穿着优雅的红色裙子，裙边镶着黑色的蕾丝。她有着一头如丝缎般柔滑的黑色长发，五官精致而柔和。“纽约州在南北战争前便是自由州，这里是不存在奴隶的。”

“娜塔莉亚？”肖恩看着女孩问道。

“是我。”她回答道。

"我，呃……我好像是你的父亲。"大卫对着格蕾丝说道。

"好像的确是这样。"格蕾丝皱了皱眉说，"但我希望你记住一点，在这里你是我的父亲可不代表这里你说了算。"

好了。门罗的声音传了过来。**你们祖先记忆的虚拟场景已经差不多要完成了。你们可以开始适应一下你们祖先的身份了。我在一会儿后便会载入完整的虚拟场景。但是在那之前有些事情必须要让你们知道。**

"什么事？"格蕾丝问道。

和其他人不一样，大卫经历的将会是推定记忆。

"那是什么？"大卫问道。

嗯，从技术层面来讲，你没有你祖先在怀上女儿后的任何记忆，因为在那一刻他的基因被传给了下一代，也就是说，下一代基因中他的那部分就在那一刻定格了。所以，你只有在那一刻前的记忆，没有之后的。不过，因为你的祖先曾与在这儿的其他几位有过交集，所以 Animus 正在用他们记忆中对你的印象来补全你这位祖先的记忆。

"那么这对他有什么影响吗？"格蕾丝问道。

这代表了他将会在这个虚拟场景中有更高的自由度。因为我们并不知道他的祖先所经历的一切，所以他不会轻易失去同步。但也是因为如此，他才必须要在正确的时间和正确的地点和你们相遇。

"如果我没有及时出现在相遇的地点呢？"大卫问道。

那会导致整个虚拟场景的崩溃。

"哦，那真是太好了。"大卫讽刺地说道，"一点儿压力都没有。"

好，就是这样，各位准备好了。

肖恩感觉到了他第一次进入 Animus 时的那种冲击感，像是有一股浪潮朝河里的他袭来。他可以选择牢牢地站在原地，或者是被那股激流冲向下游。他感觉到那股激流正在改变形状，各种声音和念头传进他的脑海，然后让他对自己有了新的认识。

他的名字叫汤米·格雷林，是由中央警局派往百老汇精英部队的一名巡警，在此之前则是在十八警区任职。而更早的时候他在弗吉尼亚州参与了第一次布尔河战役①，一枚子弹射穿了他的大腿，不过万幸，他并没有因此而失去那条腿。当他回到纽约市的家中后，才发现自己从一个战场上退下来后又来到了另一个不同的战场。这里没有战地和硝烟，有的却是小巷中的鏖战，一场由小刀和碎砖打响的战争。

“我是一名歌手。一名歌剧演员。”穿着华美服饰的娜塔莉亚说道。她的外表令汤米感到一丝熟悉，虽然汤米对这位女士心存爱恋，但肖恩很清楚，刚才说话的是娜塔莉亚，还不是汤米钟情的那个人。肖恩不难听出娜塔莉亚现在的内心充满了恐惧。娜塔莉亚是个怕生的女孩，从见到肖恩她就没说过几句话，而成为一名在舞台上表演的演员对她来说无疑是一场噩梦。

一切都准备好了。门罗说道，**我会在三秒倒计时后启动虚拟场景。你们小心了。征兵暴动中的纽约算得上是人间地狱。**

---

① 第一次布尔河战役：也叫第一次马纳萨斯战役，南北战争中第一次重要战役。南北双方将领分别是托马斯·“石墙”·杰克逊和欧文·麦克道尔，石墙杰克逊因此战一战成名。

第八章　娜塔莉亚的噩梦

娜塔莉亚独自一人坐在化妆镜前。她失神地望着镜子，而镜子中的那人却不是她自己。而此刻镜中人的灵魂正在娜塔莉亚的潜意识中不安分地叫嚷着，挣扎着，试图获得身体的控制权。镜子中身影的一头黑发在煤气灯下闪闪发光，一双大眼睛周围涂抹着厚重的眼彩。娜塔莉亚依稀能够记起她身上穿着的红色长袍是从巴黎买来的，娜塔莉亚计算了一下一百五十多年的通货膨胀后，不由得对这件衣服的价格瞠目结舌。

而且她还是一位歌剧演员，还不是那种混迹在路边的无名演员，她是阿德丽娜·帕蒂[1]。是的，那位阿德丽娜·帕蒂，素有神童之名的她七岁便能登台，如今二十岁的她在美国和欧洲等地巡演。去年她甚至被请去白宫为总统亚伯拉罕·林肯及他的夫人玛丽·托德做私人演唱。

有人轻轻敲了敲门。“小姐[2]？”

娜塔莉亚小心地将自己的主观意识藏进幕后，是时候轮到阿德丽娜上台了。“有什么事吗？”

“是我，威廉。”男人说道，“我带着钱来了，小姐，我可以进来吗？”

“请进。”阿德丽娜回复道。

尼布罗花园[3]的经理打开门，走进了她的化妆间。他身量有些矮，肚子有些大，而其他的地方却又不显得胖，看上去有些怪异。他靠近后将一个随身携带的小皮箱放在了她脚边的地板上。

“我这样直接将钱交给您真是太过粗俗了，我深感抱歉。”他这样说道，“如果不是您的经纪人突然生病，我们……”

“谢谢你，尼布罗先生。”阿德丽娜打断道，“您不需要道歉。我想这次演出费应该是一次付清的吧？”她弯下腰，抓着皮箱的提手，将它拿了起来。她提了提皮箱，大约只有八磅[4]重，按照现在

① 歌剧女王阿德丽娜·帕蒂，生于西班牙马德里的一个意大利家庭。家中两位姐姐也均为歌剧演员，长兄则是一位小提琴演奏家。她有法国护照，前两任丈夫也皆为法国人。这也是为何之后威廉会用法语和她交流。而 5000 美元则是她在成名后定下的价格，此外她还要求剧院务必以黄金支付。

② 原文此处为法语。

③ 尼布罗花园：最早的尼布罗花园更像是一家咖啡店，主要贩卖咖啡、冰激凌、柠檬汁等饮品，建筑的中央则会有歌手、乐器演奏者表演。1834 年，威廉·尼布罗接手后对其进行整修，1835 年在此表演的费尼尔司·巴纳姆一炮走红。1845 年，哈金森家族合唱团的表演“驾离轨道”更是将其名声推到了极点。就这样，以前的咖啡店成为 19 世纪中叶的百老汇最出名的剧场。而此处的尼布罗花园是在 1849 年重建的，原先的建筑于 1846 年被焚毁，重建后的剧院门票售价 2 美元一张。也就是说观众坐满也不过 6000 美元的收入，所以威廉没能凑够阿德丽娜的演出费。

④ 1 磅约等于 0.45 千克。

的金价，这次演出费应有十磅黄金。“不是一次付清吗？”

威廉从口袋里拿出了一条手巾，擦拭着额头的汗水。“很抱歉，帕蒂小姐，这不是全部的演出费。我带来了价值四千美元的黄金。我保证在演出的门票售出后就会将最后的一千给您送来。”

“我想我的合约上把我的要求说得够清楚了。”阿德丽娜不满地说道。

“是的，您说得非常清楚。”

“五千美元，以黄金支付，在演出前付清。全部付清。不然的话，我是不会登台的。”

“是的，应该的。”威廉不得不再次拿出手巾擦拭了一下额头上渗出的汗水。“我想您或许……”

“我或许会怎样？你认为我或许会为你破个例？”

“是的，我正是这样想的，也希望您能够破一次例。”威廉的头越来越低，以至于最后他的视线停留在了地板上。阿德丽娜能够看出这个男人快崩溃了，而且他也不知道该怎么解决眼下的问题。

“好吧，威廉，我告诉你接下来该怎么做。你可能已经注意到了，我还没有穿上鞋子，而我可以告诉你，在拿到演出费前，我是不会穿上它们的。所以你可以下去看看门票卖得怎样了，然后从门票的收入中抽出一部分来填上那剩下的一千美元。不过我愿意为你破一次例。”

威廉激动地抬起了头。“是吗？”

“这次我愿意收钞票。”

威廉一下子颓废了下去，他点了点头。“好的，小姐。”他微微鞠了一躬后退出了化妆间。屋内又只剩下她独自一人。

娜塔莉亚从自我意识的帘幕后打量着这一切，阿德丽娜展现的自信和气魄都令她为之折服。娜塔莉亚不是一个自卑的人，只是她很少会将自信的那面展现在他人的眼前。很多人认为她是害羞怕生，其实并非如此。她并不会因为身处人群而感到焦虑或者恐慌。她认为自己只是性格更为内敛罢了。而阿德丽娜则毫无保留，将自己展示在所有人面前。虽然知道等会儿上台演出的并不是自己，但这虚拟场景模拟出的回忆太过真实，令她有些畏惧。她突然希望威廉无法凑够演出费，回到这里。

有意思。门罗说道。

“你是指什么？”娜塔莉亚问道。

阿德丽娜·帕蒂有过三次婚姻，但是记录中并没有任何子嗣。

“但她是我的祖先，所以她肯定是有过孩子的。”

她的确有过几个情人。或许是和他们中的一位生下的私生子。

“三次婚姻？几个情人？”娜塔莉亚无奈地摇了摇头，“她还真是与众不同。”

看起来的确如此。

过了片刻后，威廉敲响了房门，娜塔莉亚再次将身体让给了阿德丽娜。

“进来。”阿德丽娜吩咐道。

威廉打开房门，走进了屋子，手中的手巾仍擦拭着头上的汗水。

“钱拿到了吗？”阿德丽娜问道。

“我只拿到了八百美元。”威廉说着从外套中取出了一卷纸币，递给了阿德丽娜。“希望这些对您来说还够。这个剧场都坐满了，我想您应该不会让观众等太久吧。”

阿德丽娜笑着接过了他手中的纸币，并将其放在了装有黄金的皮箱边上。随后她拿起了鞋子，套上了左脚。看到这一幕，威廉长长地呼出了一口气。

“谢谢你，小姐，谢谢你。我——”

阿德丽娜从地上拿起了另一只鞋子，塞到了他的手里。威廉感觉手中的鞋子像火一般滚烫，但他又不敢将鞋子掉在地上。阿德丽娜光着右脚，靠上了椅背。“等你拿来剩余的两百美元，我才会穿上那只鞋子。观众们可以等着。”

他的脸色瞬间变得苍白起来，嗫嚅着说不出话。随后匆忙鞠了一躬后便跑了出去，手里还握着她的鞋子。

这女子身体中的娜塔莉亚差点儿笑出声来。在一个女性没有太多选择空间的年代里，阿德丽娜凭借着自己的天赋为自己谋得了足够的财富，但她还获得了比金钱更重要的东西——社会地位。

不过她上台表演的时间即将到来，阿德丽娜早已习惯了这样的场面，而娜塔莉亚则截然相反。

当威廉回来的时候，屋内响起了焦急又绝望的敲门声。

“进来。”阿德丽娜有些得意地吩咐道。

他喘着粗气，冲进了房间。“全部在这里了，小姐，请您收下。”他将又一卷纸币和她右脚的鞋子递给了她，“两百美元。演出费付清了。”

她将鞋子和纸币接了过来，优雅地点了点头。“谢谢你，尼布罗先生。”在威廉打开怀表，确认时间的时候，阿德丽娜将两卷纸币放进了皮箱，然后穿上了鞋子。“现在我就有表演的心情了。”

“如果您不介意的话，可否让我陪同？”威廉说着将手臂叉在腰上，露出臂弯。

她戴着手套挽上他的手臂。“当然可以。”

他们离开房间后，威廉锁上了房门。然后他们穿过了剧院的后台。这个不可思议的地方或许是阿德丽娜见过的最现代化的剧院。

煤气灯所用的管道足有数英里之长，穹形的屋顶下交错着工作人员穿行的狭窄走道，以及由无数的绳索与滑轮组成，用来升降布景的复杂系统。而外面的观众席更是能容纳三千多人。

这一切令阿德丽娜无比兴奋，而娜塔莉亚在得知观众的人数后神经紧绷到了极致。

当夜的开场演出已经表演完毕，那是一段短小的喜剧小品，娱乐观众的同时为之后的压轴节目调整气氛。此刻，主持人正在台上向观众介绍接下来的表演。阿德丽娜站在帘幕后，静静等待着她登台的时刻。

站在她身旁的威廉侧着身子，在她耳旁低语道："您知道吗？您一周的收入比美国总统一年的薪水还高。"

这时，主持人叫到了她的名字。"下面有请世界知名的天才演唱家，阿德丽娜·帕蒂小姐。"随之响起的便是观众席雷鸣般的掌声。阿德丽娜知道自己该登场了。

"那么，威廉，下次你请总统先生来唱歌就行了。"阿德丽娜对着他笑了笑，然后走出帘幕，登上了舞台。

在她走进聚光灯下的那一刻，掌声更为热烈了。阿德丽娜停下了脚步，优雅地鞠了一躬。主持人已经从舞台上退了下去，于是阿德丽娜便接替了她的位置，来到了舞台中央。她看到眼前的剧场中坐满了观众，从乐队席到楼上带有金边阳台的包厢，一直到第三层的最后一排都没有任何空座。过了几分钟后掌声仍未停息，阿德丽娜向两侧包厢①中的观众笑着点了点头。当掌声渐渐停下后，在乐

① 美国百老汇剧场的观众席大致分为以下几种：Stalls/Arena 是大厅中靠前的座位，Balconies/Galleries 有两层，三层是类似阳台的包厢。Boxes 是位于大厅前排两侧的包厢，相当于贵宾席。House seats 是整座剧场最好的位置，通常在 Stalls 的正中央，一般提供给演员或者剧院特别邀请的宾客，不过在空出的时候也会卖票。

队指挥的带领下，乐队有序地演奏了起来。在音乐响起的瞬间，娜塔莉亚意识到自己正做着现实生活中自己不可能去尝试的事情。

阿德丽娜出生于一个洋溢着娱乐和表演气氛的家庭，家中有数位歌唱演员。而娜塔莉亚家中只有祖父母年轻时经历的苦难回忆，她从小受到的教育便是低调做人，勤奋做事，只有这样才能令生活变得美好起来。如果说阿德丽娜是一只热爱歌唱的鸟儿，娜塔莉亚便是一张终日埋在地里的耕犁。

不过现在娜塔莉亚却要在三千多名观众前演唱歌剧，这是平日里的她想都不敢去想的事。她反复提醒着自己站在台上的并不是她本人，最终她的主观意识沉寂了下去，将舞台交给了阿德丽娜。

她首先演唱了《唐·乔凡尼》中泽琳娜的咏叹调，紧接着便是《清教徒》中埃尔韦拉的部分，最后以唐尼采蒂的《军中女郎》中的玛利亚唱段收尾①。她如蜂蜜般清亮而富有层次感的歌声在剧场内响起，瞬间得到了无数观众的喜爱。最初，娜塔莉亚只是待在意识中的一角，保持一定距离地看着阿德丽娜表演。但每唱完一段歌剧，她便向前靠近一段距离，她逼着自己从意识的帘幕后走出来，到了演出最后的部分，她鼓起勇气，决定要尝试一下面对台下的观众。当阿德丽娜鞠躬致谢的时候，娜塔莉亚鼓足勇气掀开了意识的帘幕，来到了聚光灯下，将阿德丽娜的记忆推了回去。

观众席上的人群震撼了她的心灵，灯火通明的穹形剧场中掌声

---

① 由莫扎特作曲，达·彭特作词的诙谐喜剧《唐·乔凡尼》(*Don Giovanni*)，融入了喜剧、悲剧及超自然事件等元素。文森佐·贝里尼流传下来的三部作品中的《清教徒》(*I Puritani*)，其中高难度的美声片段被奉为美声唱法的经典教材。葛塔诺·唐尼采蒂的《军中女郎》(*La fille du régiment*)，另译作《军团的女儿》，是唐尼采蒂在法国居住期间创作的法语歌剧，这部歌剧中最出名的便是玛利亚那句“Ah! mes amis, quel jour de fête!（啊，朋友们，这是多么值得庆祝的一天！）”中的连续九个 high C。

雷动，仿佛炮台般轰击着娜塔莉亚。娜塔莉亚觉得喘不上气来，像是胃被人勒住了一般。Animus 中的虚拟场景开始出现故障，剧院中的最远处化为了一团灰色的迷雾。

一切还好吗？门罗问道。

“没事。”娜塔莉亚呢喃道。她逼着自己站在人群中，承受着观众席上传来的压力。一方面是出于好奇，而另一方面则是对于自我的一种挑战。她学着阿德丽娜那般挺直了身躯，虚拟场景慢慢地恢复了正常。她扬起了头，直视着和高层包厢平行的刺眼灯光。她笑着鞠了一躬，在确定虚拟场景完全恢复正常后将身体的控制权交给了阿德丽娜。

在演出结束后，威廉带着她来到了一处装修精致的房间，这里大多是常来剧院且颇有地位的人物私下聚会的地方。娜塔莉亚躲在意识的帘幕后，惊叹着看阿德丽娜穿梭在人群中，亲切地和所有人打着招呼。她喝着冰镇的香槟酒，品尝着牡蛎、糕点及其他一些开胃小菜。这里还有橘子及香草口味的冰激凌，好让夜晚的屋内不那么闷热。但娜塔莉亚渐渐地察觉到了阿德丽娜的回忆传递过来的情绪，她很孤独。不知为何，哪怕她身处人群之中，都始终像是孤独一人。阿德丽娜非常清楚地知道这些剧院的老主顾根本就不在乎她。若非她能够唱歌来供这些人消遣，这些人恐怕理都不会理她。

比起阿德丽娜本人，娜塔莉亚倒是对她直接或间接听到的对话深感兴趣，但她却不能去和对方攀谈。她能做的只是留心别人的对话，记录有用的信息，毕竟这只是阿德丽娜在当晚留下的记忆罢了。

“这些该死的‘铜斑蛇’①都该下地狱。”一个满头白发，蓄着一脸浓密白胡子的男人说道，“顺便带上特威德和他的坦慕尼协会。”

“说话注意点，科尼利厄斯。”和他在一起的一个男人说道。

“怎么了？李②的部队就像是夹着尾巴的败犬一样逃回了弗吉尼亚。格兰特在维克斯堡获得的胜利足够扭转战局，这是必然的，我有信心。我根本就不怕这些同情南军的民主党人。”

“你也太过莽撞了，科尼利厄斯。”另一个男人劝道，“战争的最后结果还不明朗。而且不管战争输赢，你都是要继续做生意的。既然谨慎小心一点就能够避免树立更多敌人，何乐而不为呢？”

“呸，我才不怕！”科尼利厄斯啐道。

阿德丽娜继续向前走去，她来到几位穿着华丽的蕾丝衣裙，戴着昂贵首饰的妇人身旁，和她们攀谈起来。友善地打过招呼后，便是对阿德丽娜今夜演出的赞美，随后回到了阿德丽娜来之前她们所讨论的话题。

“所以他们仍要继续征兵吗？”一个红发女子问道。

“是的。”一位满头白发的妇人回答道。

“我总觉得这是个错误。”

“征兵？”阿德丽娜问道。

“啊，对了。”红发女子解释道，“你住在英国，所以你不知道。林肯总统想要招募一些身强力壮的志愿军来对抗叛军，但是你瞧，

---

① 铜斑蛇：即铜头派，是当时共和党人给反战派的民主党人起的带有明显讽刺意味的绰号，共和党人将反战派民主党人比作非洲的毒蛇，而原文 Copperhead 一词本身也能理解为铜头像，反战派民主党人认为这个头像便是自由的象征，于是对这个绰号欣然受之，并将当时印有自由女神头像的大美分银币上的头像切下来，作为徽章佩戴在胸前。

② 罗伯特·爱德华·李：南北战争时期南方军队的最高总司令，出色的将领和教育家。当尤利西斯·格兰特在维克斯堡取得胜利后不久，乔治·米德率领的部队在葛底斯堡战役中击溃了为解救守军而北侵的李所率领的军队，李率军逃回弗吉尼亚，最终再也没能发起第三次北侵。

城里的人都是挺反对这样的做法的。我原本还以为有那么多人抵制，政府就会放弃征兵呢。”

“西摩州长和市长都是反对征兵的。”年长的妇人说道，“但是伍尔少将[①]却一意孤行，一定要将征兵执行下去。”

“那么您呢，您家中有男孩吗？”阿德丽娜问道，“您是不是担心家中的孩子会被征兵的人叫去？”

“不用担心。”女人笑着说道，身上佩戴的钻石在灯光下璀璨夺目，“征兵的时候说了，上交三百美元就能免于服役。就算我的儿子们应征入伍了，也不会上战场的。”

“的确是一笔不起眼的金额呢。”红发女子附和道。

尽管阿德丽娜自己身价不菲，她还是明白这所谓的“不起眼”对于那些在五街顶、鲍尔里街那般肮脏环境下生活以及在工厂和大街上工作的人来说，或许比他们一年的收入还要多。他们，无法用自己的财富来躲过战场的残酷厮杀。但是阿德丽娜并没有站出来反驳，而是将这个念头彻底埋在了心里。

随后讨论的话题便渐渐转变成了日常家用之类的事项，阿德丽娜和娜塔莉亚都对此失去了兴趣。当聚会结束的时候天色已晚，威廉小心翼翼地将她领上了一辆马车，并将装有她此次演出费用的皮箱递给了她。

“我真的希望您能考虑让我送您回去。”威廉劝说道，“如果您觉得我令您不快的话，我也可以找别人陪您。”

“并不是那样。”阿德丽娜说道。威廉之前没有将演出费用准备好的无礼举动未曾令她有过一丝的不快。“是我自己认路。”

---

① 约翰·埃利斯·伍尔：美国爱国将领，曾经历过 1812 年战争、美墨战争及南北战争。南北战争开始时，他已 77 岁高龄，仍旧坚守一线，一直到战争结束。

“我并不怀疑您的能力。我真切希望您的经纪人能够跟随在您身旁。”

“我却不喜欢有人跟着，你也不会喜欢的，除非你希望他将病症传染给你。”

威廉勉强地笑着点了点头。“那好吧。”

“晚安。”阿德丽娜说道，“你的剧院非常漂亮，如果有机会的话，我希望能够再次来此演唱。”

“我也是那么希望的。”威廉说道，然后他吩咐车夫将阿德丽娜送到她入住的第五大道酒店。

七月夜晚的热意还未散去，至少纽约市的空气比她在伦敦的家外烟尘弥漫的空气要新鲜得多。不过她更期待月底的行程，那是令她耳目一新的德国水乡，曼海姆与法兰克福。

载着她的马车沿着百老汇向前驶去，虽然早已过了午夜，但奇怪的是这里仍旧一片喧闹。街上站着的那些男人令阿德丽娜有些不安，他们看上去像是恶棍，像是暴徒，又更像是混迹在五街顶及下城更远处的鲍尔里街的帮派分子。他们在街上来回跑动，从街的一端跑向另一端，他们一定是出于某种目的，便在事前计划好了一切，而阿德丽娜并不知道他们的目的是什么。

但娜塔莉亚却是知道的。此刻帮派首领们或许正齐聚一堂，谋划着这次的行动，暴乱一触即发。而阿德丽娜却在凌晨两点，独自一人带着价值四千美元的黄金和一千纸币坐上了这驾马车。娜塔莉亚初次使用 Animus 时的情景并没有任何危险，那是她祖母第一次踏上美国国土时的记忆，畏惧中夹杂着兴奋和喜悦。而这一次……却截然不同。

她祈祷着，希望自己能够用某种方法提醒阿德丽娜，但在经过了几条街以及联合广场后，马车停了下来。娜塔莉亚几乎叫出声来，她想告诉阿德丽娜，让她快点逃跑，但是——

“车夫？”阿德林娜叫道，“我们怎么停下了？”

但是车夫并没有回答，而一个男子的面孔出现在了车厢一侧的窗户前。

“小姐，晚上好。”他轻轻说道。

“车夫！”阿德丽娜再次叫道，随后她意识到了一点——他们是故意将马车驶到这里停下的。

她伸手抓向车门的把手，试图阻止车外的人打开车门。但是那个男人用力地拽住了把手，然后蛮横地拉开了车门。他扫视着车厢内的一切，最终盯住那个皮箱。他猛地抓向了皮箱，而阿德丽娜也在同时握住了皮箱的把手，他们低吼着，咒骂着，拉扯着箱子。男人用脚顶住车厢的门框，拼尽了浑身的力量，拉扯着皮箱，而阿德丽娜也同样蹬在车厢的内壁，始终不愿意放手。她所展现出的力量令娜塔莉亚不敢置信。

“放松点！”男人喊道，“我只要你的包就行！”

“救救我！”阿德丽娜大声叫道，“来人啊，救救我！”

男人为了从她手中抢过皮箱，俯身钻了进来。这时，阿德丽娜在车厢的座椅上调整了下姿势，将另一只脚踢在了男人的脸上。男人咕哝着，头向后仰去，当他将头低下的时候，鼻血顺着他的上嘴唇一直流到了下巴上。他松开了皮箱的把手，但阿德丽娜能够感受到他的愤怒。当他咆哮着冲进马车的时候，阿德丽娜做好了被他殴打的准备。

娜塔莉亚想要离开这个虚拟场景。她可没答应门罗要经历这样的回忆，她不想经历这样的回忆。

“快放我出去！”娜塔莉亚和阿德丽娜同时尖声叫道。

第九章　格蕾丝的觉悟

格蕾丝靠墙站在一户人家的餐厅内，餐桌旁坐着四个男人。她身旁的餐柜上摆放着食物，令她感到好笑的是此时餐柜的另一端有一个正盯着她看的白发老人。她知道那是大卫，但一想到自己的弟弟在这个虚拟场景中成为自己的父亲，她便有些想笑。他是那么天真，那么真诚，总是容易轻信别人。但这一切都是她疼爱他的理由，她很害怕他的这些优点终有一天会被残忍的社会消泯殆尽，所以在现实生活中，她才是守护对方的那个人。

“伊莉莎，一切还好吗？”餐桌旁的一个男人问道。

他身形硕大，有两百五十磅到三百磅重的样子。依稀能够看出年轻时肌肉的轮廓，但最终在岁月的流逝中变成了脂肪。此刻，他和餐桌旁的另外三人向格蕾丝望了过来。他们都穿着风衣、西装和西裤组成的三件套，隐隐露出口袋中精致怀表的表链，领口的胸针和袖口的宝石袖钉在灯光下折射出奇异的光芒。

“我很好。”格蕾丝说道。

她的回答令四个男人皱起了眉头，其中的一个男人还带着讥讽意味对她笑了笑。格蕾丝感觉到自己的行为遭到了虚拟场景的排斥，她周围的世界变得模糊起来。她朝大卫所在的方向望去，大卫睁大了眼睛，仿佛在恳求她做些什么，或是说些什么，不过更关键的是她得扮演自己祖先的身份。

这正是 Animus 最令格蕾丝讨厌的一部分。她不愿意将自己的意识让给他人，一个人的内心本应该是无人可以染指的圣地，那里是她的皇宫，是她的神殿，更是她的秘密花园。而此刻却有人想要闯进来，外来的意识正试图爬上宫殿的围墙，占领她的一切。

“伊莉莎，你到底是怎么回事？”身形硕大的男人问道。

“没事。”格蕾丝说道。她意识到自己是这个男人的仆人，但这个想法令她深恶痛绝。或许这个男人正等着自己屈膝行礼，然后尊称他为先生吧。

“特威德先生，一定是天太热了。”大卫声音颤抖着说道。但格蕾丝知道那并不是大卫本人，他的眼神中有着一丝沧桑，流露出不同以往的忧虑。“先生，如果她需要躺一会儿的话，我可以负责上菜的。”

格蕾丝眼前的虚拟场景更为模糊了，仿佛这个世界在她面前关上了大门，准备离她而去。

那个男人将注意力转移到了格蕾丝身上。“是这样吗，伊莉莎？你需要躺一会儿？”

那道外来的意识越发焦急，努力地争夺着身体的控制权。如果格蕾丝仍不打算打开大门，放那道意识进来的话，她就会被迫离开 Animus 中的虚拟场景。那样的话，大卫就是一个人了。而这正是格蕾丝不愿意看到的，她咬紧了牙，越发痛恨 Animus 和逼她进来的门罗，最终放下了内心的壁垒。

伊莉莎的记忆冲进了格蕾丝的内心深处。这是一个温顺的女孩，自从母亲在她八岁去世后，之后的九年里是她慈爱的父亲给予她全部的关怀，这些年里父亲为了她一直在特威德先生家中做事，所以她不愿意因为自己让父亲受罚。

“很抱歉，特威德先生。”她屈膝行了个礼后说道，“我刚才有些失神了。可能的确是太热了。对不起，特威德先生。”

“没关系。”特威德先生将一双宽大的手掌搭在自己硕大的肚子上，说道，“你现在好点了吗？”

“我很好，先生。”伊莉莎说道，“已经不晕了。”

“很好。”特威德先生说道，“再给我拿些鸭肉。”

“好的，先生。”伊莉莎转身，面向盛放着菜肴的餐柜。餐柜上除了鸭肉之外还有牡蛎、烤牛腩、浇有香槟酒酱汁的猪肉和一些甜点。她小心地拿起装有鸭肉的浅盘，走到了特威德先生的身旁。在他取了几块后，她又端着盘子走向了桌子对面的宾客。

“老板，你的厨师和兰霍夫[①]的手艺不相上下。”康纳利先生说道，他是一个面孔方正的硬朗男人。

---

① 查尔斯·兰霍夫：德尔莫尼克餐厅的主厨，19 世纪纽约最负盛名的厨师，著有一本一千多页的菜谱《大美食家》。德尔莫尼克餐厅则更为出名，是曼哈顿下城最为奢华的饭店之一，火腿蛋松饼的发源地，肉眼牛排更是以这家餐厅的名字命名，另外出名的还有这家店的鸡皇饭（chicken à la king）。

“该死的，如果是那样就好了。”特威德先生说道，“我可是专门把她送去德尔莫尼克餐厅随他学艺的。还有，别叫我老板。”

“我觉得这个称呼挺好的。”哈尔先生夹鼻眼镜后的眼睛闪动着某种神采，精心修饰过的胡子下的嘴角露出一抹笑容。“特威德‘老板’。我觉得很适合你。”

“也不知道会有多少人这样叫你。”斯维尼先生说道。他一脸愁容，嘴角浓密的八字胡呈现出一个古怪的弧度。

“如果他们愿意这样叫，就让他们叫好了。”特威德先生说，“我知道这座城市里的人都是怎样的德行，他们想怎么叫我，就怎么叫我。但是在这里，要么叫我特威德，要么叫我比尔，明白了吗？”特威德先生停顿了一下，换了种更舒适的姿势向后靠去，打趣道，“当然如果你们想叫我大酋长[①]的话也行。”餐桌旁的众人发出了善意的笑声。“很可惜今晚桑福德将军[②]没来，不过我确定他明天是会配合我们行动的。”

“他会劝说军队不插手这件事？”斯维尼先生问道。

特威德先生点了点头。

伊莉莎与她的父亲继续照料着客人进食，大约一个小时后，餐柜上再也没有任何食物，大半都进了特威德先生的肚子里，酒也喝完了，不过大多是几位客人喝的。

“先生们，”特威德先生说道，“虽然今晚到现在之前都过得非常好，不过在我们解散前还有些重要事情需要讨论。虽然我的妻子没有明说，不过她希望我在天亮前回去。所以，我们现在就去书

---

① 坦慕尼协会称政治领袖为“大酋长”。

② 查尔斯·桑福德：商人、律师，同时还是美国民兵团与炮兵团的高级军官。直到南北战争打响后，纽约市的每一次社会纠纷大多都是由他带领民兵团第一部队进行阻止，其中最为出名的便是 1863 年的纽约市征兵暴动。

房吧。”

其他人并没有异议，从椅子上站起身后，走出餐厅，向大厅走去。片刻后，书房的门被关上了，再也听不到他们的声音。

“我们把这些用过的餐具收拾一下吧。”伊莉莎的父亲说道，“然后我们就能去厨房看看玛格丽特今晚为我们做了什么吃的。”

“我真希望特威德先生能请更多的人来帮忙。”伊莉莎将桌上的银制餐盘叠了起来，说道。这栋豪宅虽然算不上大，但是对于在这儿工作的两个用人、一个厨师以及一个洗碗工来说，工作量还是相当大的。而且为特威德先生打扫卫生并不是她想要的生活，她想要像其他的黑人男女那般为自己而活，开家属于自己的店铺或是餐馆什么的……

“对他来说，没有雇用别人的必要。”她的父亲解释道，“特威德先生又不住在这里，若非他经常和朋友在这里聚会，我不觉得他会雇用我们中的任何一个人。你应该感激他给了你一份工作。不然的话，我们的生活可能比现在还要糟糕。外面有很多兄弟姐妹……”

他没有继续说下去，但伊莉莎明白他的意思。纽约市中心和布鲁克林这些年来了那么多德国人和爱尔兰人，而工作岗位又远远不够。对他们来说，黑人就是竞争对手，他们自然不希望有更多被解放的黑人从南方来这里谋生。所以就有人传言说整座城市就要背叛联邦政府军，倒向叛军。不过这也是为何纽约市的铜头派民主党人会偏向南部同盟一方，甚至希望联邦政府军被南部同盟军[1]击败。

① 美国南北战争时期，北方为美利坚合众国政府，其军队即文中的联邦政府军，南方为“南部同盟”，其军队即文中的叛军和南部同盟军。

当这些想法涌入格蕾丝的脑海时，她感受到了她在曾祖母的记忆中看到“有色人种不得进入”的标牌时同样有过的愤怒和无力感。格蕾丝清楚地知道这些是不对的，可她却无力改变历史。这，只是一段回忆。她看向自己的双手，那种突然袭来的雷同感令她束手无策。她上次进入 Animus，她的曾祖母也是在有钱的白人妇女家里洗碗。那一刻的格蕾丝突然绝望地怀疑是否自己世世代代的祖先手里握着的都只是眼前这般的脏盘子。

她将手中握着的托盘重重地摔向餐桌，以至于将桌上的一把公用勺弹到了地上。她一动不动地站在原地，哪怕虚拟场景在她身体周围渐渐模糊，她也不管不顾。

“伊莉莎？”眼前既是大卫又是伊莉莎父亲的老人问道。大卫经历的是推定记忆，他此刻的行为就和伊莉莎记忆中表现的一致，所以他并没像格蕾丝那样险些失去同步。“你怎么了？”

“没什么。”格蕾丝回答道。

“可是你看起来却不像是没什么的样子啊。”

格蕾丝耐着性子，从地上捡起了勺子。虚拟场景渐渐恢复了正常。

“我知道你是担心我。”伊莉莎的父亲说道，“但比起我自己，我倒是更担心你。我至少要确保将来我离开这个世界后，有人能够照顾好你——”

伊莉莎打断了他的话：“请您不要说——”

“我说的话都很实际。”他举起了布满老茧的手，示意伊莉莎不要打断他，“不要自欺欺人，人总有一天是会离开这个世界的。你的祖母最终都没能等到解放的那天，但我至少让我的孩子获得了自由。我知道对你来说，这些还不够，我也希望你能够过上更好的生活。总有一天，你会过上自己想要的生活的。我相信你能够做到。现在外面一片乱象，而你却有一份工作和一个非常善良的雇主。”

伊莉莎和格蕾丝都愣住了，片刻后才意识到他说的是对的。格蕾丝再愤怒也无法改变已有的历史，若是试图强行改变历史，她便会被踢出这个虚拟场景。她进入虚拟场景，便是为了找寻那枚伊甸园碎片，因为门罗说要想确保自己与大卫的安全，这是最好的办法。所以她该做的就是将身体的控制权交给伊莉莎，然后留心碎片的下落。

“父亲，我明白了。”伊莉莎说道。

她走到父亲的身旁，帮着老人清理起桌上的银制餐具。

“你坚强又勇敢。”她的父亲说道，“你绝不会辱没了你祖母的名字。”

“如果真是那样就好了。”伊莉莎说道。

格蕾丝将自由还给了被她关在意识宫殿角落的伊莉莎，同时将整座宫殿的控制权让了出来。伊莉莎一获得身体的控制权，就立刻清理起餐具来，效率和速度都与她的父亲相差无几。父亲这些日子来速度却已经明显地慢了下来。他的身体已经不如当初稳健，他时常会在女儿不注意的时候，因关节的疼痛而皱眉蹙额，这一切，伊莉莎都看在眼里。但到目前为止，特威德先生都没有让她父亲离开的打算。

他们将所有的碟子带到了厨房，作为玛格丽特副手的洗碗工会将这些碟子清洗干净。之后便由伊莉莎的父亲擦亮这些银器。玛格丽特原先为客人准备了一只煮羊腿，但后来特威德先生吩咐他们不要将羊腿端上餐桌。于是用人们便难得地享用了这一顿美食。他们一起在厨房的桌子旁坐下，吃了起来，他们吃得很快，因为不久后客人就会陆续离开。玛格丽特甚至取了些薄荷酱放在羊肉的边上，让他们用羊肉蘸着薄荷酱一起食用[①]。

当他们快吃完的时候，他们听到了书房大门开启的声音，男人们交流的声音也传进了大厅。伊莉莎和他的父亲来到了大门前，查看在门前站着的宾客们可有需要帮助的地方。他们目送着客人们一位接一位地坐上马车，向远处驶去，直到他们的身影渐渐地消失在温热的夜色中。当他们全部离开后，特威德先生单独将伊莉莎的父亲叫到了书房中，然后关上了书房的大门。

这令伊莉莎有些不安，她冒着被发现的风险，来到了书房外走廊上、靠近地板的一个金属栅栏旁。那是书房连通外部的通气口，所以她可以听到屋内两人的对话。

“还有什么办法可以阻止这件事发生吗？”她的父亲问道。

“我怀疑到了眼下这个地步，就连停止征兵都不见得有用了。所以我们已经无法阻止这件事情发生了，能做的也就是将损失控制到最小。”

“情况会有多糟？”

“会比这座城市经历过的任何劫难都要来得糟糕。”特威德先生说道，“严重的话，或许会变成这个国家都未曾见证过的灾难。”

“比前些年的警员暴动[②]还糟糕吗？”

---

① 薄荷酱煎羊排在当时算是较为奢侈的法国料理。

② 1857 年纽约州州长费尔南多·伍德任命查尔斯·德夫林为巡城警备专员，而不是更得人心的丹尼尔·康诺夫。当时有人传言说德夫林是花 5 万美元从州长手中买下的官位，最终导致市政府警局的警员和大都会警局的警员发生了械斗。直到最后查尔斯·桑福德带领民兵团镇压后，这场闹剧才画上了句号。

“我是这么认为的。不过经历过这场劫难后，幸存下来的便是值得培养的人。那时，我会借着坦慕尼协会的力量，用智慧和手腕重建这座城市。但我们必须马上行动。你愿意承担这项重任吗？”

“我愿意，特威德先生。”伊莉莎的父亲回答道。

“我有封信需要你去送。送信的人不能引起任何人的注意，而且必须是我信任的人。这么多年来，你已经赢得了我的信任。所以没有比你更合适的人选了。”

“那么，先生，我要将这封信送去哪里呢？”

“第四分区的南边有一栋建筑。”特威德先生说道，“‘墙中洞’沙龙[①]，听说过吗？”

“听过，先生。那可是个恶名昭著的地方。”

“的确如此。在那里有个名为科吉尔·寇马克的酒馆招待。”

“短棍[②]？我想那应该不是洗礼时神父为他起的名字吧。”

“的确不是。”特威德先生说道，“不然的话，洗礼时的神父估计会被这样的名字吓个半死。你把这封信交给他就行了。”

“好的，先生。要在什么时候送到呢？”

“今晚。”

“今晚吗？”

“是的，你能做到吗？”

“我一定做到，特威德先生。”

---

① “墙中洞”是19世纪早期至中叶最出名的纽约地下世界集会场所。这里的顾客大多是有数条人命在身的凶徒，就连这里的门卫都是诸如凯特·弗兰纳瑞和盖鲁斯·梅格这样的女性罪犯。这里经常会举办黑拳赛事，据说盖鲁斯经常会在拳赛中将对手的耳朵咬下，并作为收藏。1855年有两位黎明之子的帮派成员在这里约战，最终导致一方死亡，负责调查的警长托马斯·伍瑟·索恩最终带人查抄了这家沙龙。对此也有另一种说法，索恩是在1861年后才被派去了第四分区，并在1861年至1866年这段时间内查抄了黎明之子作为总部的一家廉价酒馆，所以这就和之前出现了矛盾，很可能一方的记载出现了错误，沙龙并未在1855年被人查抄。

② 科吉尔（Cudgel）一词本身是短棍的意思。

“好伙计！”特威德先生称赞道，“现在我该回去了，希望特威德太太并没有等得太着急。在离开前，我有话和你女儿说。”

“我这就去叫她，特威德先生。”

伊莉莎并不知道特威德先生想和自己说什么，但她尽可能不发出任何声音地从她偷听两人交谈的栅栏旁离开，然后跑到了前厅里，当书房大门打开的时候，她像是正好从门前走过一般。

“啊，伊莉莎。”特威德先生招呼道，“我正和你父亲说到要和你谈谈呢。”

“您请说，特威德先生。”伊莉莎说道。

“坦慕尼协会传来的消息说，明天街上可能会有些麻烦。这也是今夜康纳利先生、哈尔先生和斯维尼先生来这里的主要原因。”

“请问，是什么样的麻烦呢？”伊莉莎问道。

“都是林肯提出的那该死的征兵计划。”特威德先生抱怨道，“第一批被选上的人的名单会在明天公布，到时候肯定会有人上街抗议。但我们觉得他们可能会采取更暴力的行动，所以你最好从明早开始就不要上街了。”

“好的，特威德先生，但是——”

“伊莉莎，到时候有着像你一般肤色的人都可能成为他们攻击的对象。”特威德先生盯着她的眼睛说道，“愤怒就像是燃烧的煤炭一般炽热。而愤怒的人们总会想找地方发泄自己的怒火。那些人将眼下的状况全部怪在你的同胞身上。所以请你记住我的话，不要上街。在这里，你是安全的。”

伊莉莎低下了头。“我明白了，特威德先生。”

“这听上去很残忍，我很抱歉，但这就是眼下的现实。”他向前门走去，并从门口的衣帽架上取下了自己的帽子与手杖，“你知道我对任何种族、任何信仰都没有恶意。我看一个人，眼中看到的只有一样东西，你知道是什么吗？”

“是什么，先生？”

“一个有可能为我投票的选民。”特威德先生打开了前门，说道，“如果议会觉得将选举权交给狗也行的话，我便会带着人将猫赶尽杀绝，然后成立专门消灭跳蚤的委员会。那么，晚安。”

这话令伊莉莎很好奇特威德先生是否认为狗比黑人及妇女更可能获得选举权。“晚安，特威德先生。”

伊莉莎的父亲陪着特威德先生走出大门，来到街上，然后帮着他挤进了一辆马车。当马车远去后，她的父亲回到了屋内，并将房屋的钥匙递给了她。

“在我离开后，把门锁上。”

“父亲，别去。”

“去哪里？”伊莉莎的父亲问道，然后侧过脸，看着她，“你是不是又偷听了？”

“我忍不住就偷听了，因为我很担心。”

“担心什么？担心我吗？”

伊莉莎低下了头。她已经没有了母亲，每次想起母亲都像是撕开伤疤一般，令她难过。她无法想象万一父亲也离她而去了，自己的人生会变成怎样。

“伊莉莎，”他叫着女儿的名字，轻轻说道，“当年为了躲避抓捕逃奴的赏金猎人，我在沼泽里待了几周，徒步跑了几百英里，藏身在别人家中毫无光亮、空气混浊的阁楼和地窖里，始终没有被人发现。正是因为上帝庇佑，林肯总统手下的联邦政府军获得了胜利，你才没有目睹我当时经历过的恐怖场面。”他搂住了女儿的肩膀，在她的额头上轻轻一吻。“我相信自己能够安然无恙地去城市的对面送信后回来，哪怕是‘墙中洞’那样的贼窟也难不倒我。”

“那你小心点儿。”伊莉莎说道。

“我会的，我应该在几个小时内就能回来。把门锁好，但是先别睡，等我回来。我可不想在门外等一整夜。”

“我知道了，父亲。”

他从正门走了出去，然后站在人行道上向伊莉莎点了点头，看着她用自己交给她的钥匙锁上了门后才离开。伊莉莎则回到了餐厅中，将房间收拾干净，把桌布送去洗衣房，将洗碗工已经清洗好的银器拿在手里，小心地擦拭着。这是她唯一能为她父亲做的事了。

没多久，她便将屋内的工作都完成了。往常这时候，她会像玛格丽特一样回到自己房间休息，但今晚，伊莉莎要等她的父亲回来。况且在确认父亲回来之前，她也无法安心入睡。于是，她决定去书房找一本书来读。特威德先生从未特意嘱咐过他们，不允许他们进入书房，所以她小心翼翼地走进了房间，打量着四周的书柜，屋内环绕着淡淡的烟草和皮革气味。

书架上的书实在令人提不起兴趣。不过这里毕竟不是特威德先生的主要居所，甚至都算不上居所。虽然他在楼上有一间装修好的卧室，但在伊莉莎的印象中，特威德先生从未在屋内留宿过。

她穿过房间，来到他的书桌前，一块宽大的木板在上漆抛光后成为这张桌子的桌面，在桌面的四角刻有方正的十字架花纹。桌面上摆放着许多东西，其中最令人瞩目的便是一沓白纸，特威德先生让她父亲去送的那封信或许用的正是这种信纸。她不知道到底是什么信息那么重要，特威德先生才会让她的父亲在暴乱前夕将那封信送出，又是什么样的信息才值得他父亲冒这样的风险。

她将最上面的那张纸拿起，仔细地打量着。特威德先生写信的时候执笔很用力，以至于在这张纸上留下些许的痕迹。不过不知怎的，伊莉莎很轻易地就看到了特威德先生信中的内容，她也不感到奇怪，因为她时不时会做出这样神奇的事情。就像是他人所写的信息突然开始散发微弱的光芒一般，她能够感受到那样的光芒，所以她能够看清信上写了些什么。而信中的内容令她感受到一阵寒意。

寇马克大师：

组织近日发现有一名刺客潜入了纽约市中。他的名字叫维琉斯，我们得知他为完成任务，会在今晚潜入阿斯特家族酒店。我们并不知道他为何而来，但既然能让他们在如此动荡的时刻潜入城内，那必然是对他们来说很重要的事物。你必须要找到那名刺客，并且阻止他。若有必要，就将他杀死。我相信你的判断。明晚将他身上所带之物送到我在三十六街的家中。我有机会就会前来与你碰面，不过在那之前，我必须出席明晚的公众会议，以免引起市长及市议会议员的不满。

我们的计划不容有失，任何影响到我们计划的人和事都要将之铲除。明天这座城市注定要被火焰洗礼，这样乔治·欧普戴克[①]和西摩州长都会因此下台。这座城市和整个纽约州都会落入坦慕尼协会和组织的手中，而一旦有了纽约这个支点，我们就能扭转这场战争的局面，重新夺回

① 乔治·欧普戴克：当时的纽约市市长，种族主义者，在卸任后，他仍试图阻止黑人出席林肯总统的葬礼。

这个国家。你的猎物已经出现了，狩猎愉快。

最高大师

伊莉莎愣住了，她颤抖着，感觉手中的信纸仿佛变得越来越烫。虽然她无法理解信中的大部分内容，但她意识到了其中蕴藏的意图是多么凶悍无情，显然特威德先生并非像他表露出的那般善良。她明白若是这封信送到对方手里，这座城市便无法逃脱被毁灭的命运，然而这还只是对方计划中的第一步。她的父亲绝不能将这封信交到对方手里。

不过伊莉莎身体中的格蕾丝却看懂了这封信中的内容。信中提到了阿斯特家族酒店，那件很重要的东西定然是指伊甸园碎片。格蕾丝为了不失去同步，忍耐着夺回身体控制权的欲望。但很快，她便放弃了斗争，因为伊莉莎从桌旁站了起来，然后向大厅跑去。

虽然明白自己不太可能及时追上父亲，但伊莉莎并不打算就此放弃。她从门前衣帽架上取下一条围巾，遮住自己的头发，打开自己锁上的大门，踏进了夜色之中。

第十章　刺客哈维尔

站在“墙中洞”沙龙吧台后的哈维尔知道今晚会是个不同寻常的夜晚，因为有很多准备工作需要他在天亮前完成。探子们已经回来了，看来城里的那群肥猪、伪君子和他们手下的走狗还没有意识到第二天自己会迎来何等的灾难。而那些分区老总，对此应该是有所察觉的，但他们知道这件事情由不得他们插手。特威德应该去“问候”过他们了。

“科吉尔，”盖鲁斯·梅格来到他身旁，附在他耳边说道，“你往酒里掺水了？”

“是的。”科吉尔回答道。

“为什么要往里面加水呢？我们没酒了吗？”

“并不是。我只是想确保他们的脑袋到了早上还好使。如果他们到时候站都站不稳，或者直接睡着了的话，对我们可没好处。”

盖鲁斯·梅格点了点头，侧了侧身子，然后走到一旁去了。她和科吉尔差不多高，穿着一条吊带裤，腰间的皮带上别着一把手枪和一只装满了湿砂的袜子，当她需要的时候，这只袜子可以轻易地将人抡晕。不过，今夜显然是用不上了。

今日一整天都有其他帮派的人挥着休战的白旗，带着各自首领的留言进出这里。这座城市中所有帮派的首领都会参与明天的暴动。鲍尔里小子帮、拟鲤卫、黎明之子及其他的小帮派①都决定暂时放下仇恨，因为若是这次的行动顺利，他们获得的可不只是彼此间厮杀所争夺的那几条马路，整座纽约市都会变成任由他们瓜分的蛋糕。

一个客人来到了吧台前，掏出三美分拍在了桌上。他对着吧台后酒柜上的一个木桶扬了扬下巴。“我不要杯子。”他这样说道。

科吉尔点了点头，将橡皮水管的一端递给了他。当男人咬住水管，示意他准备好了后，科吉尔拧开了酒桶上的阀门，“墙中洞”沙龙最便宜的劣酒宣泄而出。然后他便看着男人吸吮着水管中的酒液，一口口吞下，而在他需要换气的那一刹那，科吉尔便会关上阀门。他干这份工作已经有些时日了，他能够轻易地把握男人即将换气前的表情，那睁大的眼睛和微红的脸颊便是最好的证明。他甚至能够在最精妙的时刻关上阀门，以至于一滴酒都不会漏出。

---

① 鲍尔里小子帮前文已经介绍过。拟鲤卫却只是该帮派成员因为自己的地盘建立在五街顶的聚集池（今纽约唐人街聚集池公园）旁而起的称号。但当时媒体记载时，大多将这个帮派称为“死兔帮”，也有人称他们为“黑鸟帮”。电影《纽约黑帮》中出现过这两个帮派。而黎明之子这个成立于 19 世纪 40 年代末的帮派组织成员大多是未成年人，档案记载，黎明之子的成员在 1850 年至 1852 年间犯下不下 50 起杀人案。随着 1858 年的枪击案导致 12 个帮派成员死亡，这个帮派就变得低调起来，但在之后的数十年里，这个帮派的成员陆陆续续地成为手中沾有无数鲜血的杀人狂。

男人踉跄了一下，用夹克上的衣袖擦了擦嘴。科吉尔并不认识他，也不觉得他能够在明天的计划中起到任何作用，不管清醒与否。

“要再来一口吗？”科吉尔问道，“铜板够吗？”

男人摇了摇头。“不用了，喝了点酒舒服多了。”

科吉尔点了点头，将水管抽了回来，然后盘在了盖鲁斯·梅格浸泡人耳的罐子旁。那罐耳朵就像奖杯一样放在柜子上，警告着那些想要在她的地盘捣乱的家伙。山羊萨迪①曾经在无意中招惹了盖鲁斯·梅格，有一件见证了那一场搏斗的证物正躺在罐子内的一处，红色液体中的那只耳朵估计还记得自己的主人不过是询问了梅格的年龄。

又有几个平时在河边混迹的帮派成员走了进来，科吉尔看着他们，向沙龙深处的一个角落扬了扬下巴，那里正有人在给这些帮派成员分配工作。这次行动成功的关键便是要在同一时间发起进攻。因为城内的民兵如今远在宾夕法尼亚州，城市内唯一的抵抗力量便是大都会警局，所以只要他们在多个地方同时发起进攻，便可以轻松地瓦解这些警力。

这时有一个穿着侍从大衣的年老黑人男子颇有些莽撞地推门走了进来，引得沙龙中几人侧目，盖鲁斯·梅格更是走到了一旁，做好了出手的准备。男人有着一头白发，背有些驼。他冷静地环视四周，最终走到了吧台前。

在科吉尔身体中的哈维尔很快就认出了眼前的男子。他在记忆回廊中见到过这个人，这是大卫的祖先，他不知道大卫有没有认出自

① 山羊萨迪：即萨迪·法瑞尔，是美国有名的罪犯，帮派首领及海盗。她最早在“血腥”第四分区，鲍尔里小子帮的地盘中偷盗，她会撞向目标，再由她的同伙用狙击枪打死目标。在被盖鲁斯·梅格咬下耳朵后，她灰溜溜地来到了哈得孙河上，当起了河边海盗。在多年后回到纽约成立了查尔顿街帮，在和梅格和解后，她将梅格还给她的耳朵穿上绳子戴在了脖子上，一直到死都没有拿下来过。

己，不过他并不想在这个坐满了人的酒吧里因为说错话而失去同步。

“我是来见‘短棍’·寇马克的。”侍从说道。

“你是谁？”科吉尔问道。

“我的名字叫亚伯拉罕。”男人回答道，“我为威廉·特威德先生工作。”

科吉尔已经几周没见到最高大师本人了。因为他们之间的接触只会为计划带来不必要的风险。要想顺利实施计划，特威德和坦慕尼协会必须在危急关头平息暴乱，既然如此，自然不能让其他人知道他才是那个煽动人心的罪魁祸首。

“我就是科吉尔·寇马克。”

亚伯拉罕从本杰明衫①内侧的口袋中拿出了一封信。“特威德先生让我将这个交给你。”

科吉尔从他手中接过了信封，亚伯拉罕转身便要离开。“等等。”科吉尔叫住了他，“等我看完再走。”他这么做是因为通常特威德的信件中都会交代他该如何处置信使。

亚伯拉罕点了点头，回到了吧台旁。

科吉尔将印有圣殿骑士标记的蜡封破开后取出了信件。信中的内容令他血脉偾张，他能够清楚地听见自己的心脏犹如命令他重回战场的战鼓声一般跳动着。

他的祖父谢伊·寇马克是一位令人敬畏的刺客猎人。而今夜，科吉尔接到的命令会让他走上和祖父一样的路，并继承祖父的名号。今晚过后，维琉斯的下场不是被科吉尔杀死，便是被押送回圣殿骑士组织。

---

① 本杰明衫：19 世纪初的一种男子紧身大衣。释义出自多佛出版社 1998 年版《衣着与时尚词典：古代与近代》（*A Dictionary of Costume and Fashion: Historic and Modern*）。

“我可以走了吗，先生？”亚伯拉罕问道。

科吉尔扬了扬手中的信。“特威德先生很信任你啊。”

“所以我尽量不辜负他的信任。”

“很好。作为回报，我会护送你平安回去的。”

“我能够照顾好自己。”亚伯拉罕拒绝道。

“我相信你的能力。”科吉尔说道，“但那并不代表我会让你一个人回去。”说着他将手拢在嘴边喊道，“盖鲁斯·梅格！”

“怎么了？”她的声音从沙龙的另一端传来。

“老板要我帮他办点事。”

闻言，她向沙龙的大门扬了扬下巴。“那你就去呗。”

科吉尔将腰间的围裙摘下，从吧台后走了出来。“在这里等着。”

看见亚伯拉罕点了点头，科吉尔便转身走进了沙龙的地窖。他要为今晚的行动做好准备，首先，他拿出了几片强韧的皮甲，分别套在了脖子后、背后及胸前，随后披上了自己的皮革风衣。然后他戴上了一对指虎，并将几把小刀和一柄手枪别在了腰间的皮带上。他将赫歇尔红外望远镜[①]放进口袋后，将气步枪和装有吹箭和手雷的子弹带挂在肩上。这把设计精巧的武器是科吉尔的祖父传下来的，正是这把得自本杰明·富兰克林的气步枪帮他立下了赫赫战功。

这次的祖先比之前要年轻些，这令哈维尔很高兴。奇马尔波波卡的身体时常因为年龄的原因产生一阵阵的疼痛，那对于哈维尔来说是一种奇怪的体验。就像是奇马尔波波卡对于那个翻译——玛丽娜的爱慕一般令他有些不适。虽然科吉尔也很喜欢女人，但他身上传来的痛觉大多只是训练和搏击时留下的旧伤。

---

① 弗里德里希·威廉·赫歇尔是英国天文学家，他制造了许多大型天文望远镜，1800 年他发现了红外线。

科吉尔回到了楼上，亚伯拉罕看着全副武装的他仿佛被吓到了一般。科吉尔无声地从他身旁走过，对他说道：“出发吧。”

他带着亚伯拉罕从沙龙走出，来到了街道上。负责跑腿的混混们在人行道上奔走忙碌着，为即将到来的战斗做着准备。其中一部分人将装满砖块和铺路石的手推车推向了马路的另一端。两人顺着多佛街向西走过一个路口，来到了珍珠街。这时，科吉尔注意到了一旁的瘦皮乔和他的马车后吹了声口哨，将他叫了过来。

“我要你把这个人送回家。”科吉尔命令道。

瘦皮乔打量了一眼亚伯拉罕，不可思议地问道：“他？”

“他是特威德老板的人。”科吉尔有些不满地说道，“你有什么意见吗？”

“先生，我真的一个人回去也没事。”亚伯拉罕说道，但科吉尔并没有理会他。

瘦皮乔耸了耸肩。“如果他是老板的人，我自然没意见。”

“很好。”科吉尔很反感黑奴制度，他本人和这座城市的黑人居民也没有什么过节。这一切并不是他们的错，但他知道对于这些黑人来说，明天会是如同地狱般的一天。最高大师本人也不认可黑奴制度，他曾说过这个注定不会长久的制度唯一的作用便是放慢人类文明的进程，但他可以利用废除黑奴制度的议题在这个国家的人民心中留下一颗钉子，激化双方的矛盾。于是，待战争结束后，圣殿骑士们便能在此构建他们理想的国度。“他想去什么地方，你就送他过去。”科吉尔对瘦皮乔吩咐道，“确保他安然无恙地到达目的地。”

在亚伯拉罕爬上马车后，瘦皮乔轻轻拍了拍身下的坐骑。马车沿着珍珠街向前驶去。当他们在某处转弯，消失在视线中后，科吉尔便转向了今晚任务中的另一个目标。

阿斯特家族酒店离“墙中洞”沙龙不过半英里的距离，却俨然是另一个世界一般。这里的女人浑身珠光宝气，仿佛铁门上的雕花一般，而这里的男人喝酒时用的不是橡皮水管，而是精致的水晶杯。科吉尔曾看到过绅士宴会厅①的菜单，每天夜里他们会在有着大理石柱子和白色餐桌的大屋内举行这种有着浓汤、鱼肉、酱汁烧烤、主菜、糕点及甜点六道菜的盛宴。第四分区的居民从未来这里捣过乱，因为特威德不仅需要帮派成员的武力，还需要来自上流社会的资金。秩序令整座城市呈现出一种平衡的状态。

但在某些时候，调整和变化也是有必要的。

科吉尔沿着珍珠街来到法兰克福街，左转后他继续向前走去，途中路过坦慕尼大厦，最终来到了市政府公园前的哈勒姆城市轨道旁。明天计划中的一部分便是破坏战略要点附近的轨道交通，这样巡警便无法及时赶到交火的地点，武器的运输也会变得困难。然后再将电话线路破坏，这两件事足以提供那些帮派成员夺取整座城市所需的全部优势。

科吉尔可以看到树林中如同纯白堡垒一般升起的阿斯特家族酒店，那是在公园最南边的一角附近，公园大道与百老汇相交的地方，从他所站的角度望去，三一教堂圣保罗附属教堂的塔尖便在酒店旁，稍微向南一点的位置。他决定要充分利用祖父和父亲的潜行训练，抓着墙上的缝隙、楼体的边缘和水管爬上最近一栋建筑的屋顶。以往，这是刺客才会使用的技巧，但这早已成为寇马克家族师夷制夷的传统。

① 绅士宴会厅（Gentlemen's delight）：据美国新英格兰大学出版社 2016 年出版的《饮食波士顿：餐饮历史书》（*Dining out in Boston* : *A culinary history*）中亨利·茅尔的回忆，这是“一间有着精致比例、优雅装饰、设备齐全的超长宴会厅”。

科吉尔在屋顶飞跃着，穿过了斯普鲁斯街和毕克曼街，他在疾驰中避开了一根又一根烟囱，身形掠过一栋栋建筑的尖顶，他的身影惊动了在屋顶栖息的鸟儿，它们拍打着翅膀，惊慌失措地飞走了。整座城市在他脚下，头顶上只有漆黑的夜空。当他到达安街与百老汇的交界处时，他停下了脚步。对面便是圣保罗大教堂和他今晚的目标阿斯特家族酒店。他选择了一处视野开阔的位置，望向了下方。

科吉尔知道维琉斯不会从酒店的大门进去，因为他自己也不会这么做，于是他将注意力放在了两侧的窗户和楼顶上。但一个小时过去了，他仍未看到刺客的踪迹。

科吉尔认为他有必要换个位置，一个能够提供更好视角的有利地点。于是他跃下了楼顶，穿过百老汇，跑过圣保罗大教堂的四根圆柱，就像是一名刺客那样踩着教堂西南角的外角，一直爬上了钟楼的顶点。

曾几何时，这座教堂的尖顶是这座岛屿的最高点。但现在远处其他几座教堂出现在了科吉尔的视线内。圣马可教堂和三一教堂犹如两柄利刃一般刺穿这座城市的血肉，屹立在大地上。

现在科吉尔能够清楚地看见阿斯特家族酒店周围的一切动向了，夜色渐渐深了，然而刺客始终没有现身。整座城市还是一片歌舞升平景象，仿佛科吉尔本人一般激动得有些颤抖。

然后，科吉尔看到了他。从教堂街的西边走来的刺客轻松地爬上屋顶。此刻他还在气步枪的射程外，所以科吉尔只是耐心地看着他，并未采取任何行动，他并不想过早地暴露自己所在的位置。他咧开嘴笑了，享受着自己占据的优势。维琉斯如同寻常的鲍尔里小子帮成员那般穿着带有长摆的外衣，不过他并没有戴那顶标志性的海狸皮礼帽。当然如果他真的是鲍尔里小子帮的成员也不是不可能，毕竟鲍尔里小子帮放弃了这次的合作，倒向了共和党人，站在了坦慕尼协会和圣殿骑士的对立面。

到目前为止，哈维尔一直放任科吉尔的记忆控制自己的身体，但他认出了记忆回廊中欧文祖先的衣着。他潜意识中的一部分想要叫住欧文，但他知道，这样做就与科吉尔和大卫的祖先在“墙中洞”沙龙中的相遇那般，有着失去同步的风险。

身为欧文祖先的刺客显然清楚地了解这栋建筑的布局，他爬上屋顶后，立刻沿着屋檐跑到了某个特定的位置，然后如同蜘蛛一般抓着楼体的边缘向下爬去，最终顺着窗户钻进了一个没有开灯的房间。

科吉尔很好奇酒店中到底是什么样的东西吸引来了这名刺客。正如最高大师所说的那般，肯定是极为重要的事物。可能是一件物品，也可能是一条信息。前者很容易便能带回组织，但对科吉尔来说，显然后者更为有趣。他会先用自己的拳头为这个家伙赐福，若是不够的话，科吉尔很乐意介绍自己的小刀给他认识。

但他身体内的哈维尔已经知道了维琉斯此行的目的，至少，他是这样希望的。

那把匕首，那枚伊甸园碎片。

这便是为何哈维尔任由科吉尔操控身体的原因。在他看到最高大师的信件的一刹那，哈维尔就意识到了这便是门罗让他们进入 Animus 所要寻找的物品。

科吉尔动了一下，圣殿骑士的记忆试图获得身体的控制权，哈维尔的意识再次沉寂了下去。科吉尔从教堂的高塔上跃下，落入了教堂后的墓地，夜晚的墓地像是一张漆黑的大嘴，林立的墓碑便是口中的牙齿。他穿过墓地后，伏下身躯躲在了一棵树后。从这里，他可以清楚地看见那扇窗户，于是他取出一枚催眠吹箭装进了气步枪中。虽然被射中的刺客可能会摔死，但科吉尔愿意承担这样的风险。他有种预感，这名刺客要寻找的恐怕是一件物品，而要从一具尸体身上抢走一件物品再轻松不过了。

等待无疑是沉闷的。没有一丝风吹过头顶的树枝，闷热的天气格外难过。一只蚊子将口器扎入他的脖子后贪心地飞到了他的耳朵后面。但他的视线始终未曾离开过那扇窗户。

最终刺客外套的长摆从黑暗中向外扬起，科吉尔耐心地等待着，直到男人仿佛向上爬去后，他才扣动了扳机。吹箭从气步枪的枪膛射出，吹箭发出尖锐的声音，射向了那名刺客。但当吹箭打中外衣的一瞬间，整件衣服就像是打破的蛋壳一般向内折去，随后便被拖进了窗内。

科吉尔上当了，那是刺客诱使他开枪的圈套。

他咒骂着自己，将气步枪重新背在了肩上，迅速地爬上了树，然后跃出了教堂的围栏，来到了维西街上。他翻滚着落地，随后飞快地向酒店的那扇窗户爬去，但在进入房间前的一瞬间，他犹豫了。毫无疑问，那名刺客肯定会在屋内伏击他。

他一只手紧紧地抓着窗户的边缘，松开了另一只手，然后从子弹带上取出了一枚烟幕弹，丢进了屋内。在听到烟幕弹发出的闷响后，科吉尔双手用力，从窗口钻了进去。

他落在了厚实的毛毯上，然后迅速地远离了窗户和滚滚烟云。在那一瞬间，他便意识到屋内只有自己一人。刺客有可能已经逃离了酒店，也可能只是被烟幕弹逼离了房间。不管是哪一种可能性，科吉尔都必须要找到他。

他无声地向窗户和麻纱窗帘后唯一的光源靠近。房间内铺着土耳其地毯，家具一应俱全，有一张圆桌、一张书桌以及几张躺椅，但目前还无法判断有谁使用过这些。有两扇通往屋外的门，而光正是从他左侧的那扇门射进屋内的。

他将两把小刀握在了手里，颇有些明目张胆的意味，和刺客的标志性武器——袖剑——形成了鲜明的对比。他在门前停了下来，屏息听着门外的动静。可他什么都没听到，既没有呼吸声，也没有心跳声。于是他冲了出去，而出现在他眼前的是另一个装潢精致的空房间。科吉尔注意到壁炉的炉架上有一个纹章，那是一枚军功十字章，中间的圆形部分上印有“攻占墨西哥城”的字样。

这些房间的所有者是阿兹特克俱乐部，最高大师曾怀疑这些人与兄弟会有关。但若真是这样，维琉斯为何要闯入他们盟友的办公室呢?

科吉尔紧握着手中的小刀，继续向前走去，推开门后，来到了一个铺满大理石的房间，这间房显然是这个套房的玄关。玄关有一扇通往右侧的门，门后是这个套房的餐厅，科吉尔顺着餐厅来到了书房，然而那名刺客就像是消失了一般。在他推开书房的另一扇门后，他意识到这便是他最初从窗户进来看到的那扇闭着的门。

那名刺客带着他绕了个圈。

科吉尔冲到了窗户旁，在看到街上没有人后，飞快地扭头向上望去。正好看到刺客飞扬的衣摆消失在屋顶的屋檐处。

他将小刀放回了刀鞘，紧跟着刺客向屋顶爬去。爬到屋顶后，科吉尔躲在了一处掩体后，耐心地等待着。四处的建筑都离酒店很远，刺客是不可能通过屋顶逃跑的，既然如此，他一定还在这里，就在这由天窗和烟囱组成的迷宫内的某处。

“我不知道你的脑壳里在打什么鬼主意！”科吉尔叫道，他的声音在屋顶上回荡着，“但你肯定不是我的对手！我的祖父专门猎杀你这样的刺客！就连你们中最厉害的那几个都败在了他的手上！”

屋顶上一片寂静。

随后，他突然听到了迎面而来的飞刀发出的尖啸声，赶忙蹲下，刚好躲过了险些射中他脑袋的利刃。飞刀继续向前飞去，随后落下屋顶，掉在了街边。

“你的祖父曾是一名刺客。”一个声音从科吉尔的右侧响起，“但他背叛了兄弟会，背弃了曾经发誓遵守的信条！他是一个懦夫，一名叛徒，除此以外他什么都不是！”

“他从来没有放弃对于真相的追求！更没有背叛过圣殿骑士组织！”科吉尔将另一枚催眠吹箭装进了气步枪的枪膛，“更关键的是，他教会了我如何杀掉你这样危害社会的渣滓。”

科吉尔知道刺客有办法伪装自己的声音，让他听起来像是站在另一个地方一般。所以他闭上了眼睛，放缓了呼吸，仔细地听着其他的声音。当他听到左侧有衣服布料的沙沙作响声后立刻将气步枪瞄准了声音传来的地方。他并没有睁眼，凭借着听觉和直觉扣动了扳机。

在他听到刺客的低呼后，他睁开了眼睛，然后冲向了刺客跃下的那一片屋檐。

第十一章　预谋的暴动

汤米沿着百老汇走向他从战场回来后一直居住的豪宅。那是一栋位于麦迪逊公园不远处，竣工不久的现代风格建筑，是他富有的兄嫂置办的房产。他们并没有子嗣，所以家中有很多空房间。汤米受伤退役后，他们便很大方地让他住下，即使在他伤势恢复后都没有要赶他走的意思。汤米并不是讨厌和兄嫂一起居住，而是他觉得兄嫂无法理解他，也不知道他在战场上有过怎样的经历。汤米有时候觉得整座城市都没有人能够理解他。即使有人相伴左右，他都觉得孤独万分。或者说，越是在有人相伴的时候，他才越发觉得孤独。这样的感受肖恩深有体会，即使他沉浸在获得健全双腿的兴奋中，汤米的心理活动仍令他黯然不已。

巡逻刚结束不久，汤米还未来得及脱下警服，而此刻街上的行人对他的态度和往常截然不同。他们一直盯着他，虽然他们没有靠近，但汤米可以察觉到他们毫不掩饰的敌意。

他看到了鲍尔里小子帮和拟鲤卫的人，这些在治安极差的曼哈顿下城活跃的帮派分子，现在却出现在了这里。他们走在街上，一个接着一个，仿佛因为某项严酷的任务而放下了相互间的仇恨。他们抱着木棍、砖块、斧头以及钢筋之类的武器。

汤米感到有些不对劲儿。

“你们带着这些东西想要去哪儿？”汤米向身旁的男人问道，那人看上去像是在五街顶附近活动的爱尔兰人。

“明天你就知道了。”男人龇牙咧嘴地笑着低吼道，“我发誓。”然后便不再理会汤米，径直向前走去。

汤米本可以将他擒下，然后从他嘴里套出他们的计划。但夜已深了，巡逻结束后的他孤身一人，而街上却站满了这个男人的同伙。所以汤米打消了这个念头，照着原来的路线向家中走去。

他的哥哥通过制造业赚了不少钱。汤米在前线的时候，他和其他士兵使用的便是他哥哥卖给部队的物资。大多数物资在送来的时候就已经不能使用了，进水后就会破开的鞋子，还未打开便已经变质的罐头食品。他的哥哥表示自己并不知道送去军队的物资中会有这样的次品，并且表示愿意做出补偿，汤米希望哥哥并不只是随口说说而已。

当他骑着马路过乔治·华盛顿的雕像，来到联合广场后，他听到前方传来女子呼救的声音。汤米从皮带上取下了他的洋槐木警棍，向广场公园的南方飞快地跑去。汤米身体中的肖恩享受着奋力冲刺时风从头发间拂过的感觉，倾听着脚下皮鞋落在砾石上的脆响。

当汤米到达公园的另一边时，他看到一辆停在百老汇附近的马车。两个暴徒站在车门外，汤米注意到他们还有另一个同伙在车厢内，一只脚露在外面。车夫像是什么事情都没发生一般，坐在马上，显然他和那几个暴徒也是一伙的。而周围的行人都早已散开。

“别动！”汤米叫道，同时挥舞了下手中的洋槐木警棍，“警察！”

“塞克斯，扫兴的家伙来了！”一旁围观的一个人叫道。这时，那两个站在马车前的暴徒转过身，看向汤米。其中一个人手里拿着一根木棒，而另一个手中则握着一把刀。

汤米慢慢走到了几码[①]外的人行道上，他活动着手臂，挥动了几下手中的警棍。

“老天，他可真像个巨人，不是吗？”一个暴徒对着他的同伙说道，“不过个子越大，摔得越惨。”

“你认为你们两个可以打倒我？”汤米嘲讽道，“可以试试看啊，伙计们，我可是百老汇特警部队的警察。”

他的话显然令那两个家伙有些畏惧，踟蹰不前。车厢中的那人钻了出来，站到了他的两名同伙身旁，汤米注意到他的鼻梁断了，鼻子还淌着血。他们身后的车厢中有一名女子探出头来，头发有些凌乱，除此之外，似乎并没有受到什么伤害。虽然汤米的记忆影响了肖恩的判断，但他还是认出了眼前的女子，那是娜塔莉亚的祖先，那名歌女。

“我听说要想干掉一个百老汇特警部队的笨猪至少需要五个人，”领头的那个家伙将一对布满钉刺的指虎戴在了手上，说道，“但我敢打赌我们三个就足够了。”

① 1码约等于0.9144米。

“如果换作是我来押注的话，伙计们，我可不会把钱押在他身上。”汤米摆开了架势，嘲讽道。

三个暴徒同时冲了过来。汤米侧身躲过了向他砍来的刀，然后大刀阔斧地挥动着手中的警棍，击中了另外两个暴徒，一个家伙被他砸中了手臂，而另一个则被砸到了肋骨。当他们因为疼痛而后退的时候，汤米一拳砸中了拿着刀的暴徒的嘴巴，打落了他不少牙齿。当他瘫倒在地后，另外两名暴徒再次围了上来。

汤米躲过了指虎的袭击，但他也因此被木棍击中了肩膀，虽然险些令他失去平衡，不过并未对他造成实质性的伤害。他站稳了脚步后，抓起警棍对着那名暴徒就是一顿抽打，在折断了对方武器的同时，还打断了对方的手臂。然后他转身面向另一个正向他冲来的暴徒，一棍抽在了对方戴着指虎的手上，指虎上那些致命的钉刺全部插进了那家伙手指骨骼的缝隙中。那人滚倒在地上，抚着自己的伤口，惨叫连连。

“小心！”车厢中的女人叫道。

汤米转过身来，注意到那名牙齿被打落的暴徒正要将手中的刀朝他的方向扔过来。不过在武器脱手前，那名女子已从车上跳下来，用一个看上去十分沉重的皮箱砸向了他的后脑。那名暴徒一头栽在了地上，失去了意识。

那名车夫无疑被眼前这一幕惊呆了，眼看到手的财富就这样没了，他用力地一扬马鞭，驱赶着马车向百老汇的另一端驶去。

“您箱子里是什么东西？”汤米问道。

“几磅重的黄金。”女子喘着粗气回答道。她看上去美丽而纤小，但她方才挥动皮箱的爆发力却远远超出汤米的想象。“幸运的是，黄金足够重。”她笑着说道。

“真的吗？”汤米问道，“您带着几磅黄金干什么？而且还是在这么晚的时候？还独自一个人外出？”

“你怎么这样问呢？”她反问道，“难道你想说我遭到强盗的袭击全是我的错喽？”

“的确，看起来——”

“看起来你想要在坏人触犯了法律后，责怪受害人。或许你还想责怪为何天气会热得如此吓人。作为一个警察，你这小市民一般看问题的视角还真是奇怪。”

汤米哑然，张了张嘴却什么都没说出来，随后他强忍着笑意说道：“或许您说得没错。”

“我肯定没错。”

“但我觉得我们最好换一个地方谈谈。”他用脚尖踢了踢躺在地上呻吟的一个暴徒，“能让我送您回去吗？”

“你不打算把他们抓起来吗？”

“法官的判决再怎么样也没有我刚才给他们的教训来得有意义。所以，结案了。”

她点了点头，说道：“好吧，我的确需要有人陪我回去。你有没有受伤？”

“大概就一两处皮外伤吧。”他拎起她装有黄金的皮箱，问道，“您住哪里？”

“第五大道酒店。”她回答道，“其实，离这里也不远。”

汤米绅士地向前伸出手，示意她可以出发了，随后他们便沿着百老汇向前走去。两人靠得很近。他如巨塔一般高大的身影几乎能够将她瘦小的身影彻底盖住。“我觉得你很眼熟，”汤米说道，“但我却不知道为何会有这样的感觉。”

"或许是因为我的脸经常会出现在海报上吧。"

她的脸的确足够精致，出现在海报上也不足为奇，但汤米好奇的是为何她会反复登上海报。随后他想到了什么。"我想到了。"他说道，"您肯定是一名歌女。"

"没错。"

"您不介意的话，能问下您的名字吗？"

"阿德丽娜·帕蒂，你呢？"

"汤米·格雷林。"他自我介绍道，"很乐意为您效劳。"

"看出来了。"她调侃道，"什么事情都愿意做吗？"

她略有些轻佻的语气让他脸颊微红。他举了举手中的皮箱，转移了话题。"帕蒂小姐，您经常会随身携带几磅重的黄金吗？"

"通常只在收到演出费后才会。"

"您今晚登台了？"汤米问道，"是在哪里？"

"尼布罗花园。"

那是一家只有富人才会去的剧院，汤米的哥哥和嫂子偶尔会去那里观看演出。汤米唯一去过的剧院便是鲍尔里街，而那里上映的只有血腥的闹剧，每次观影都算不上愉快。"大都会酒店就在尼布罗花园旁边，您为何不住在那里呢？"

"第五大道酒店比大都会装潢得精致许多。"她回答道，"你知道他们酒店里还有一座'竖直螺旋铁路'[①]吗？"

"您说什么，帕蒂小姐？"

"升降机。"她解释道，"用蒸汽为动力的升降机。它可以带着你从一楼一直升到顶层。而且，珍妮·林德也在第五大道酒店住过。"

---

① 这里提到的"竖直螺旋铁路"，实际上是升降机发明之初，人们由于对其缺乏了解而做出的一种形容。

“珍妮·林德又是哪位？”

“你还真的是一位歌女都不认识啊？她的歌喉挺细腻的，比我大几岁。你看，我不能让别人知道我住的酒店比她差，不然的话，剧院的经理会认为我不如她。这份工作，天赋并不能代表一切，你还要擅长包装自己。”

汤米无奈地摇了摇头。“小姐，您的经历对我来说就像是另一个世界一般。”

“你的生活对我来说又何尝不是如此呢？你一直都是一名警察吗？”

“不，小姐。”汤米犹豫着要不要继续说下去。因为那样会让他的精神陷入那个危险又混乱的世界，在那里现实与过往的经历难分彼此。战争中的经历令他喘不过气来，刺鼻的硝烟混淆了他的视线，以至于不管看哪个方向他都只能看见十码内的情形。叛军可怕的咆哮声依稀可闻；脚下传来的感觉清晰得令人恐惧，不用看都知道那是从身体上掉落的肢体。但他觉得有她在身边，他不会深陷于那个世界。“在此之前，我是一名军人。”

“是真的吗？”

“嗯。”

“那你当时的敌人是谁？是联邦政府的部队吗？”说到这里她意识到了什么，伸出手摇了摇，“真是抱歉，我不该问的，你或许不愿意提起过去的事。”

“不用道歉，没事的。”他轻轻地说道，“虽然您没有说错，我很少提起过去的事，但我的确上过战场。如果不是中了枪，估计我现在还在前线——”

她倒吸了一口冷气。“你中枪了？”

“嗯。”他卷起裤脚，露出了小腿上犹如弹坑一般隆起的伤疤，“子弹没有射中骨头，所以我幸运地保住了这条腿。战场上有太多的人没有我这般好运。而我担心会有更多人踏上战场，最终遭遇不幸。”

“你是说征兵计划吗？”

他点了点头。“这次的征兵将城市闹得一片混乱。”但这次征兵并不代表战争会就此结束。联邦政府军及南部同盟军都渴望胜利，哪怕胜利的希望再渺茫，他们都愿意一搏，汤米担心这场战争可能会一直持续几年。就算联邦政府军近日在盖茨堡[①]获得了胜利，击退了南部同盟军，但李和他率领的南军是不会安于现状，退守弗吉尼亚的。

“我现在住在伦敦。”帕蒂小姐说道，“那里更适合我发展，因为我时常在欧洲巡演。不过正因如此，我对这里发生的事情都不太了解。”

“您喜欢巡演吗？”他很高兴两人没有继续之前的话题。

“有时候挺喜欢的，但有时候巡演的途中总觉得特别寂寞。我身边总是有那么多人，但我却觉得自己像是孤身一人一样，是不是很可笑？”

“我倒不那么觉得。”汤米回答道。

她抬头看向了他，就这样怔怔地注视着他，直到他被看得不好意思，羞红了脸颊，她才开口说道：“你的确不那么想。你能理解我的感受，我是这样觉得的。其实很少有人能够明白我们的想法。”

他们最终到达了麦迪逊广场上的公园前，而她居住的酒店就在

---

① 盖茨堡之战（Battle of Gettysburg）于 1863 年 7 月 1 日至 7 月 3 日在宾夕法尼亚盖茨堡及其附近地区进行，是盖茨堡战役的一部分，也是美国内战中最血腥的一场战斗，经常被看作美国内战的转折点。

不远处。那是一栋五层楼的建筑，周围有着各式各样的华丽店铺，但因为时间的缘故早已停止了营业。汤米继续向酒店走去，走出几步后，他才注意到帕蒂小姐在一旁的人行道上停下了脚步。于是他便转过身，看向了她。“有什么问题吗，小姐？”

“你愿意陪我在公园里走一圈吗？”她轻声问道，随后又仿佛是因为觉得自己的问题太过突兀而失笑，“我知道这么晚了，还提出这样的请求有些奇怪。但在经历了刚才的刺激后，我恐怕是睡不着了。而且有你陪着的感觉还不错。”

汤米的喉结动了动。严格说来，他现在已经下班了，别人可能会觉得她的请求不怎么得体，但他并不在乎。不知为何，和她在一起的时候，他总是很放松，甚至能够静下心来去回想那些他平时不愿意想起的过往。“我也很享受和您一起度过的时光，小姐。”汤米轻声说道。

“叫我阿德丽娜。你愿意陪我走走吗？”

“我很荣幸，阿德丽娜小姐。”

到目前为止，虚拟场景中发生的一切都令肖恩欣喜若狂，他心满意足地将身体的控制权让给了汤米。他很喜欢汤米·格雷林的生活态度，昂首挺胸，面对敌人毫不退缩。但他意识到接下来的记忆中两人可能有了一段感情，他更清楚地知道站在他身旁的那个人正是娜塔莉亚，他心仪的姑娘。他想着 Animus 中发生的事或许会让她在离开虚拟场景后不那么介意他身下的轮椅，但这些念头又令他很难将控制权交还给汤米·格雷林的记忆。

当他们走进公园后，帕蒂小姐说道：“我在伦敦的家旁边也有一处和这里类似的地方。我有时候会在深夜里去那里漫步。”

“为何要在深夜里呢？”汤米问道。

"因为难得的宁静。没有观众，没有聚会……没有我自己唱歌的声音。"

"那我试着不打破这难得的宁静吧。"汤米说道。

"你并没有打扰到我。"

然而，此后的一段时间里，两人都没有开口。他们只是沿着公园中的一条小道向前走去，两旁的橡树、桦树及悬铃木像是彻底静止了一般，没有一丝风吹过。不过夜间的燥热却渐渐散去，隐隐有了一丝凉意。头顶的星空仿佛是想和酒店的灯光以及路灯一争高低般绽放着光芒，试图引起人们的注意。离他们不远处便是汤米哥哥的家了。他们在聊天的时候曾经谈起过双方的家人，两人出生的家庭有着许许多多的差别。她出生于一个在西班牙生活的意大利人家庭，在她很小的时候便来到了纽约；而他却是在布鲁克林出生的，因为他的祖父母在结婚后便从德国来到了这里。他们两人一直走了几个小时，在夜色褪尽前，沿着同样的小路，走了一圈又一圈。

当太阳升起，将第一笔色彩涂抹在公园东边的林间和建筑上时，帕蒂小姐表示有些累了，然后在公园中的一张长椅上坐了下来。她将手掌放在她旁边的位子上。"过来，陪我坐一会儿。"

汤米点了点头，坐了下来，将手中的皮箱放在了地上。"如果这个问题冒犯到您的话，我道歉。但是您是不是每次演唱都会赚那么多钱呢？"

"一直都是如此。"她回答道，"从无例外。"

"里面到底有多少钱？"

"四千美元的黄金。"她爽快地说道，没有丝毫犹豫，"还有一千美元的纸币。"

汤米不由得重新审视了一下地上的皮箱。"那真是……"他不知道该如何表达，只是摇了摇头。箱子中的钱比他在军队中服役时的全部所得加起来还要多得多，一瞬间，他说不清这样的情况到底是合理的还是错误的。“是您应得的。”

她好看的眉毛皱了起来，在夜色尚未完全褪去的树荫下，表情显得有些夸张。“我不会为此道歉的。”

“我没有要您道歉的意思。”

“但我可以看出来你对我的所得是不以为然的。”

“我并没有那样的意思。”汤米解释道，“只要有人愿意付钱，您要价多少那都是您的自由。如果真要说我有什么不满意的，那便是那些有钱享乐的人。”

她的表情有所缓和。“那是因为你没有听我唱过歌。”她抚平了腿上的裙摆，说道，“但我同意你的观点。”

“我没有表明什么观点。”

“你自己都说了。我一直告诉自己我是在用我的歌喉对这个社会造成一些影响。”她看向了汤米的小腿，“可是一颗价值几便士的子弹所造成的影响却比我所有唱过的歌剧加起来还要大得多。”

“摧毁永远都比创造要容易得多。”

“战争到底是怎么样的？”她问道，“我觉得自己应该对眼下的世界有所了解。”

汤米很欣赏她的善意和真诚。她略显天真的问题令他反复思考着该如何回答。“那是第一次布尔河战役，我随着第十四军离开了布鲁克林。叛军占据了一处叫春山的制高点，我们的任务便是从他们手中夺回春山。但是他们早就挖好了战壕，并且有大量的武器。我们前后数次冲锋，死伤惨重。他们的榴弹炮将我们打得落花流水。”汤米为了不彻底陷入那段满是血腥和屠杀的记忆中，停顿了一下，“居住在那里的一家人叫它亨利坡[①]。那家主人大概是一名医生，他已经去世了，不过他的遗孀仍住在上坡的房屋里。战争打响的时候，八十多岁的她因染病而无法下床。”

帕蒂小姐惊恐地捂住了嘴。“那时候她还在屋子里？”

汤米点了点头。“我们炮兵连的一位少尉里基茨认为屋子里有人向我们射击，于是他便下令将炮台对准了那栋房屋。一轮炮击将房屋夷为平地。当时，亨利太太她——”他停了下来，不知道是否应该将剩下的事情讲给她听。

但帕蒂小姐将她温热的小手放在了他的手背上，牢牢地握住了他的手。“请你讲下去。”

“她……她当时伤得很重。我记得她有条腿几乎完全脱离了身体。她没坚持多久便去世了。根本就没有什么叛军，整栋屋子里就只有她，一个孤独寡居的老人。而我们却杀了她。”汤米的声音因为这被他埋藏在心中的悔意而变得嘶哑，“那便是战争，阿德丽娜小姐。我只能用这样的故事来回答您的问题，诸如此类的故事还有很多。战争听上去像是什么大规模的事件，但真正写下的便是这样点点滴滴的小人物的故事，每一条生命都有存在的意义，每一次死亡都应该引起他人的重视。”

两人沉默了，只有草坪中的蟋蟀像是不满这沉闷的宁静般欢声鸣叫。

“很感谢你能将这件事讲给我听。”她轻声说道，仿佛像是呢喃一般。她低头看向地上的皮箱，问道：“如果是你，你会怎么使用

① IMM 出版社 2016 年整理出版的《战地：探索曾经的战场 1805—1945》（*Battlefileds: Exploring the Arenas of War,1805—1945*）中详细地记载了此次战役的参加人数及双方将领，以及双方的优劣势。原文是这样说的：“布尔河从两座山坡中流过，马修坡及亨利坡（1861 年称春山）。”

这个皮箱里的钱？”

汤米不想回答这个问题，因为他察觉到了她的意图。在听他说了他对其他士兵的担心后，她或许打算将这些钱交给他。但这并不是他将自己的经历告诉她的理由，他不想承担这份责任，更不想要她的怜悯。“我会拿去赌钱，打菲罗牌①。”

“你不会的。请你诚实地回答我。”

“诚实？”他微微向长椅的一侧挪了挪，“当我回来的时候，有很多人的状况要比我糟糕得多。他们有的失去了手臂，有的失去了腿脚，还有的人两者都没了。他们无法工作，他们的家人也因此失去了经济收入。有些人更是濒临绝望的境地。我会用这些钱去帮助他们。”

她点了点头，坚决地说道：“我希望你收下这笔钱。就像你说的那样，用这笔钱去帮助你的战友。”

“阿德丽娜小姐，我——”

“别，叫我阿德丽娜就行。”

“阿德丽娜，”汤米说道，“你的善意我接受了，但是……”

“但是什么？”

他注视着她的眼睛，从她的眼睛中他看不到真诚以外的神采。他能想到的回绝辞令似乎都变成了对她这一片善心的侮辱。“没什么。”他说道，“谢谢你。你真是太好了。”

“这没什么。”她说道，“如果我能够——”

公园西南角传来的骚动打断了她的话。汤米站了起来，他看见一大群男女大吵大嚷地拥入了南面的百老汇。他们身上都带着“武

① 菲罗牌（faro）：发源于17世纪末法国的一种纸牌赌博游戏，和扑克类似，却更为简单，在“二战”后渐渐消失了。

器”，诸如干草杈、木棍、斧头、刀子之类的，手中还举着写着潦草字迹的告示牌：反对征兵。这一支一百多人的队伍花了整整一分钟才消失在他们的视线里。

“他们这是要去哪里？”阿德丽娜小声地问道。

“看起来应该是游行。”汤米回答道，但他清楚地知道眼下的情况可比游行要糟糕得多。他想明白了前夜为何这些帮派会有那么反常的举动了，就像是那个五街顶的帮派成员发下的誓言那般——明天你就知道了。

不管会发生什么，这件事都是有预谋的。而且更危险的是，这项计划将鲍尔里街、五街顶和第四分区的所有混混都拉扯到了一起，显然他们有了一致的敌人。

“要发生暴动了。”汤米低声说道。光是从现在的情况来看，这座城市恐怕就要迎来前所未有的灭顶之灾。

“军队没办法阻止他们吗？”

“问题是纽约现在没有军队。”汤米回答道，“这座城市的所有军队都接到指令，去宾夕法尼亚州了。所以现在能够阻止他们的只有警察了。”

“我的天哪。”

这座城市需要所有的警力，汤米明白这一点。可是在他赶往警队之前，这里还有他必须要做的事。“我要先把你送到安全的地方去。”他对阿德丽娜说道。

第十二章　得而复失的圣物

维琉斯独自一人坐在大西洋花园[①]的露天啤酒厅内，他将饮品放在桌上后便再也没动过。周围的人群平静得有些反常。所有人都忽视了台上表演的钢琴师和舞者，聚在一起严肃地讨论，好像在筹划着什么。

他曾试着阻止鲍尔里小子帮参与到这场暴动中去，可他失败了。他的影响力毕竟有限，他没能说动帮派的首领铁匠雷迪，最终鲍尔里小子帮和五街顶的帮派以及河边海盗组成了这个不可思议且

① 大西洋花园：德国人威廉·克莱默于 1858 年出资建造，由露天啤酒厅和音乐厅两部分组成。位于纽约鲍尔里街 50 号，鲍尔里剧场旁。露天啤酒厅最早出现于巴伐利亚，是一种充满 gemütlich（惬意，不拘束）气氛、伴有音乐及歌唱表演、提供啤酒和吃食的露天餐厅。

令人不安的同盟，因为在这场暴动中，他们有着共同的敌人。

正因如此，兄弟会不得不就原先的计划做出调整。维琉斯早早便来到了约定的地点，等待着新的指令。虽然他不知道新的指令会以怎样的方式传达给他，也不知道自己犯下的过错会面临何等的责罚。

对此，他有过很多猜测，但他从未想过导师本人会在此出现。他看着那个拄着拐杖的身影悠闲地走进了啤酒厅，拐杖末端的银边格外显眼。虽然导师是个黑人，并且生活在这样一个黑人不太受欢迎的城市中，但导师从未有过半分畏惧，更不会向任何人屈服。而那些试图对他口出恶言的人……维琉斯想起他们的下场就不由得可怜起那些人来。导师穿着如同海底般深邃的蓝色天鹅绒外套，剃着光头的脑袋上戴着同样颜色的礼帽，一枚中国金币被他当作耳坠挂在了左耳上。

他看到维琉斯后，就穿过人群，走到维琉斯的桌边坐了下来。

“导师。”维琉斯轻声招呼道。

“你可曾见过这么多人如此热切地迎向自己的灭亡？”导师问道。

“这不是他们的错。”维琉斯说道，“这是圣殿骑士通过坦慕尼协会多年经营的结果。”

“我们早该料到这一切的。”导师扫视了一圈啤酒厅中聚集的帮派成员，“结果我们没能提前阻止。而你，你也不该眼睁睁地看着这一切发生。”

维琉斯曾用同样的话斥责过自己，但他从未被兄弟会的其他成员这般指责过，更别说导师本人了。他因羞愧而低下了头。“我很抱歉。”他轻声说道，“我能知道是什么原因让您从华盛顿赶到这里的吗？”导师会来到这里，说明这里即将发生比暴动严重得多的事情。维琉斯不知道导师是否会撤去自己的职务。

导师从桌旁站了起来，低声说道：“这个我们去别的地方说。”

维琉斯点了点头，跟着他走出啤酒厅，来到了鲍尔里街上，随后两人向南面走去。他们看到周围的帮派分子从窝点蜂拥而出，他们执行着各自头目的命令，准备好武器，并将消息传递给其他的帮派。

“暴动虽然会留下不少麻烦，但胜在快捷高效。”导师一边走着，一边说道，手中拐杖的银制末端敲打着铺路的石子，“这一点值得称赞。”

“我们只有手中的袖剑，”维琉斯皱着眉头说道，“而圣殿骑士们却有着足够的资金和任凭他们驱使的帮派分子。”

“他们在巴黎也干过类似的事情。”

“但这次不一样。这里的人民并非对贵族阶级怀有愤懑。他们敌视的只有总统一人以及他出台的这项政策。如果市政府能够取消征兵的话——”

“圣殿骑士便会寻找另一根火柴来点燃导火索。帮派实力或许只是一柄粗陋的武器，但在圣殿骑士团手里却发挥了适当的作用。”

他们来到了四十二号鲍尔里小子帮开的俱乐部前。不过维琉斯并没有走进去，而是带着导师走进了一侧的小巷，最终来到一处地窖的门前。他将门上的锁打开后，两人沿着石板铺成的台阶向下走去，走到了一处狭窄的走廊。走廊尽头是另一道上了锁的门。当维琉斯将一把特殊的钥匙插进锁孔，按某种规律拧动了几下后，一个入口出现在了一旁的砖墙上。砖墙上的入口将两人带进了另一条地道，最终来到了维琉斯的藏身点。

“自上次和你父亲相见后，我就再也没有来过这里。”导师说道。

“他一直都对您推崇备至。”维琉斯说道。

屋内的情景映入了两人的眼帘。粗大的木桩支撑着石质肋拱形成的穹顶，墙壁上煤气壁灯闪烁着不稳定的光芒，照亮了如同长蛇一般盘在墙上的煤气管道。屋内有一张书桌、一个书架，以及一个盛放着维琉斯一应装备的武器架。导师走到了书桌旁，他将双手展开，掌心撑着桌面，背靠着桌沿坐了上去。

“纽约明日会面临灭顶之灾。”他这样说道。

维琉斯向他靠近了一步。“导师，我能够阻止——”

导师举起了一只手，制止了他。“不，你只能眼看着灾难来临。你已经没有任何办法阻止这场暴动了。这场战争，是我们输了。”

维琉斯觉得屋内变得越来越热，他擦拭了一下眉间的汗水。“那我该如何弥补犯下的过错呢？”

“没什么需要弥补的。你会这样问，足以体现出你的高尚。但是，维琉斯，这件事影响的并不只是你和你家族的荣誉那么简单。我们现在该将注意力移向更高层面的战争，并且努力赢得胜利。”

“更高层面？”

“伊甸园碎片。”

当听到那个字眼后，欧文的主观意识瞬间将维琉斯的记忆推向了一边。欧文和其他人进入 Animus 中的任务便是找寻那件上古遗物。而眼下看来，他的祖先也被赋予了同样的任务。他很好奇门罗是否正在观看他这边的虚拟场景。

“一件神器？”维琉斯问道，“您是得到了一件神器吗？”

“我们知道其中一件的下落，就在纽约市内。”

“在什么地方？”

“阿兹特克俱乐部。”导师说道，“在阿斯特家族酒店。那是一把曾为埃尔南·科尔特斯所有的匕首。”

“如果您知道它的下落，为何我从未听您提起过？”维琉斯顿了顿，继续问道，“还有……请原谅我的无礼，我们又为何要将其留在那里呢？”

“我们也只是最近才得知它的存在。阿兹特克俱乐部的成员们并不知道这把匕首的真正意义，不然的话，我们会更早发现它的下落的。他们只是迷信地将其当成了一种图腾来信仰，并没有发现它真正的能力。”

“您需要我做些什么呢？”

“你必须要把它偷来。就在今晚。把它带出这座城市，然后送到密西西比州格兰特将军的手里。他也是阿兹特克俱乐部的成员，所以他应该能够认出这把匕首。你必须要让他意识到这把匕首的重要性，但是别将伊甸园碎片的事情告诉他。”

“尤利西斯·格兰特？”

“是的，当他取得维克斯堡的胜利后，我们认为他是最适合对抗李将军的人选，在他手里联邦政府军很有可能赢得这场战争。但前提是林肯愿意信任他，他率领的部队愿意听命于他，北军的所有人都愿意将生命交付于他。”导师起身朝维琉斯走来，“如果南部同盟军取得胜利，或是逼得联邦政府军签订条约，圣殿骑士就会彻底掌控这个国家。你明白吗？”

“我明白。”

“那代表着我们的全部成果，我祖母在新奥尔良为之付出的一切，都会被圣殿骑士付之一炬。”

“导师，我绝不会失手的。”

导师点了点头。“我相信你的能力，维琉斯。如果有任何人试图阻拦，就带他们找回内心的平静吧。”

“我会的，导师。”

“你还很年轻，但你同样也有巨大的潜力可以挖掘。你是你父亲的儿子，兄弟会始终与你同在。”

随后，导师便离开了。屋内再次恢复了往常的冷清，不过，维琉斯早已适应了这样的孤独。导师当时制订的计划便是撤走纽约市中大部分的刺客，以此来消除坦慕尼协会中圣殿骑士的戒心。因此，在他父亲去世后，他便成为纽约市中最后一名刺客。也正因如此，父亲留下的重担便落到了维琉斯的身上。他父亲几乎是独自一人挡住了圣殿骑士组织对于这座城市的侵略，令敌人不敢有任何动作。此次暴动是因为维琉斯的失职，更是将他的缺点暴露无遗——他太容易因自我的感情而影响判断，更容易被坦慕尼协会的政治口号轻易地蒙骗。

维琉斯走到屋内另一端的武器架旁，开始为今晚的行动做准备。虽然他听说英国的刺客已经使用上了带有绳索发射器与飞镖的新式护腕，但维琉斯还是更喜欢简单纯粹的袖剑，他可以轻易地将其藏匿于外衣的袖子下。他取出十二把飞刀和一把左轮手枪，放置于皮带的插槽中，然后将一对指虎塞进了口袋。最后他带上了自己常用的开锁工具，临出门时，他脱下了海狸皮的高礼帽。

回到街上后，他沿着贝尔德路向西走去，进入了本是敌对势力的地盘。但在今晚，由于几方签署的休战协议，他得以顺利地在巴克斯特街转弯，并向南走去，一直来到了乐园广场——五街顶的中心，暴徒与恶棍的乐园。这里便是拟鲤卫帮派势力最核心的位置了，虽然维琉斯引来了数道充满敌意的目光和几句爱尔兰语的谩骂，但并没有人走过去向他挑衅。随后，他便顺着沃斯街一直向西走去。穿过百老汇后，他在下一个路口左转，来到了教堂街上。

随后他顺着一旁的建筑墙壁爬上了屋顶，他的动作敏捷而流畅，奔跑腾挪间，无声地在建筑的楼顶移动着。他就这样掠过了之后的九个街道，穿过巴克莱街后，终于来到了阿斯特家族酒店的门前，而圣保罗大教堂就在不远处的南面。教堂钟楼的尖顶高耸入云，沐浴在夏日夜晚的炎热之中。维琉斯甚至都有些希望自己能爬上高地来判断地形了，不过他还是将注意力集中在酒店内部，延伸着自己的感官去寻找酒店中阿兹特克俱乐部的所在。

他的鹰眼视觉比大多数刺客都要弱许多。不过维琉斯从未因此而感到自己技不如人。他的感官足以察觉到伊甸园碎片的所在——任何知道该如何寻找伊甸园碎片的人都不会错过它放射出的强烈光芒。

维琉斯将注意力放在整栋建筑上，鹰眼视觉穿过建筑外层冰冷且毫无生机的石质表面，透过其中的砖墙和砂浆、木板与金属。他用尽全力望向建筑的内部，搜寻着上古遗物所携带的力量，直到双眼因干涩而流泪后，他才稍做休息。

不久，他的视线感受到了一下轻微的震动，仿佛有人试着拉扯了世界帷幕的边缘一下。他知道这是那枚伊甸园碎片发出的信号，位置……在五楼。

维琉斯从他藏身的制高点落向街道，穿过马路后，他顺着酒店的墙壁爬上了屋顶。随后便沿着屋顶的边缘向前跑去，每跑一步他都能感觉到那枚上古遗物离他越来越近，直到确认伊甸园碎片就在自己的正下方后，他才停下了脚步。他抓着楼体的边缘，顺着墙壁向下爬去，最终从五楼一扇开着的窗户爬了进去。

房间内部很暗，他脚下踩的是一张土耳其毯子。在壁炉旁有一张桌子，桌子的四周围着几张铺有软垫的椅子，在不远处还有一张书桌。伊甸园碎片并不在这间房中，于是他凭借着鹰眼视觉和上古遗物散发出的能量波动，推开了左侧的那扇门。

他眼前的这个屋子比之前那个要大一些，屋内有三张桌子，三堵墙前都有水平排开的座椅。而第四堵墙上则有个大型壁炉，壁炉上方的墙壁上挂着阿兹特克俱乐部的徽章，炉台的两侧摆放着各式各样的纪念品，有的是他人赠予的纪念礼物，有的却是从当地带回的战利品。除此之外，炉台上还摆放着诸如手表、手枪及军功章之类的物件，维琉斯注意到了那把匕首。

他穿过房间，来到壁炉旁，将其取下，他能感受到匕首中蕴藏的力量顺着他的指尖向上涌去。这把匕首的造型颇为古怪。它并没有刀镡，刀尖微微弯曲，刀柄的一旁有个尖锐的突起，就像鱼叉上的叉齿一般。刀柄的握手处裹着皮革，外部缠绕着金丝，但它的形状却是扁平的，就像是有人强行将一截刀刃做成了刀柄一般。而刀柄上的配重或许是这把匕首最为醒目的地方了，那是一个类似三角形的装饰，略显锋利的边角说明了这把匕首是可以和其他的部件组装在一起的。维琉斯最终判定，这并不是一把匕首，而是一把大型武器的一部分。

他从外套中取出了一截丝巾，小心地裹住了那枚伊甸园碎片，并将其放进了口袋里。随后他回到刚才的房间，并准备要从来时的窗户爬出去。但他靠近窗户的一瞬间，就察觉到了一丝异样，之前他将注意力集中在了伊甸园碎片上而忽视了的异样感觉。

他被人发现了。

发现他的人如果是酒店的安保人员或是普通路人的话，他们应该早就拉响警报，大喊着有人入室偷盗才对。相反，发现他的人保持了沉默，只是耐心地观察着他的动向。

既然如此，那人定然不是普通人。维琉斯必须要想办法将那人引出来，弄清对方的真实身份，因为伊甸园碎片不容有任何闪失。他蹑手蹑脚地来到窗户边上，躲在阴影处向窗外看去，鹰眼视觉随着他的控制向外延展而去。

那人此刻正在他的下方。躲在圣保罗大教堂的教堂墓地中，等待着他的出现。维琉斯脱下外衣，将其挂在小臂上，将手伸了出去。墓地中的人影扣动了扳机，瞬间，一枚吹箭射中了他小臂上的外衣。

维琉斯小心地避开箭尖并将吹箭拔下，塞进了口袋中。随后将大衣从窗外抽了回来，披在了身上。下面那个人是一名圣殿骑士，还不是普通的圣殿骑士，而是一名猎人。那人接受了和刺客一样的训练，是极其厉害的对手。维琉斯曾听说过纽约有一名刺客猎人，若是换作平时，他可能会主动地向那名刺客发起进攻。但伊甸园碎片太过重要，绝不能落到圣殿骑士的手里，所以他并不打算应战。

当他听到烟幕弹的爆炸声后，他退入了阿兹特克俱乐部的更深处，一直来到了铺有大理石的玄关。他默默等待着，待猎人走进陈列室后，他才推开另一扇门，溜进了餐厅中，随后又跑进了书房。当他听见猎人的脚步声在大理石地板上响起后，他推开了书房的门，回到了最初的房间，冲过烟幕弹留下的浓烟，来到了窗前。

他急匆匆地跃出窗外，然后爬上了屋顶。当他双脚落在屋顶砾石间的一刹那，便躲到了离他最近的一处烟囱后，将其作为掩体。屋顶上有几十个烟囱，这为他提供了一个由砖瓦砌成、可以藏身的迷宫。

片刻后，猎人脚下的皮鞋重重落在了屋顶，发出了一声闷响。

“我不知道你的脑壳里在打什么鬼主意！”猎人叫道，直到此刻，维琉斯才意识到追赶他的人是一名男子，“但你肯定不是我的对手！我的祖父专门猎杀你这样的刺客！就连你们中最厉害的那几个都败在了他的手上！”

那家伙的话只能证明一件事：这名猎人是谢伊·帕特里克·寇马克的后代——兄弟会有史以来最大的叛徒，在谋害了那些信任他的刺客后，还将自己的导师打成了残废。这令维琉斯大感愤怒，他从皮带上抽出一把飞刀，掷向了对方，可猎人及时躲开了。

“你的祖父曾是一名刺客。”维琉斯怒吼道，他刻意让自己的声音从自己左侧几码外的地方响起，因为烟囱和天窗的回音，他的声音越发显得飘忽不定，“但他背叛了兄弟会，背弃了曾经发誓遵守的信条！他是一个懦夫，一名叛徒，除此以外他什么都不是！”

“他从来没有放弃对于真相的追求！”猎人叫道，“更没有背叛过圣殿骑士组织！”

现在，维琉斯对自己的对手有了更加全面的了解，这令他更加着急。自己恐怕不是这名猎人的对手，眼下，他只有一条路可走——逃跑。这枚伊甸园碎片怎样都不能落到坦慕尼协会的手中。

他无声地向屋顶的边缘跑去，但在到达的一瞬间，他听到了猎人开枪的声音。吹箭从侧面射中了他的身体，维琉斯知道在毒性发作前，自己只有几秒钟的时间。他决定冒险一试——在下落的过程中一开始先交给自由落体，在快落地的时候才进行控制——用双手抓住楼体的边缘，以减缓自己的下落速度。

他重重地摔在了地上，然后迅速地站了起来，还好没有摔断骨头。他费力地将那枚吹箭从飞刀袋的韧皮束带上拔了出来。吹箭的针头并没有彻底刺入他的皮肤，所以他可能并没有摄入那么多的毒素。但他还是感到有些异常，他感觉脚下的大地前后左右地晃动，周围的建筑也开始摇摇欲坠。现在的他，绝无还手之力。

维琉斯跌跌撞撞地穿过百老汇，沿着安街走进了附近的一条小巷，然后将自己深深隐藏在了黑暗中。躲在藏匿点的他看见猎人从屋顶跃了下来，落地后便打量着四周。然后猎人也走向百老汇，又穿过了马路，不过最终停下了脚步，像是不知道该如何做才好一般。维琉斯想，或许他已经成功将猎人甩掉了。

人们仍在大街上来来回回地忙碌着，为次日的暴动做准备。猎人对往来的行人毫不在意，只是从他的皮革风衣中拿出了一件东西。在看清猎人手中拿着的东西后，维琉斯痛苦地闭上了眼睛。那是一副赫歇尔红外望远镜，可以通过人体的温度来找到黑暗中的敌人。

维琉斯试图要逃，但他发现自己的双腿像是叛变了一般不听指挥。他低头看向自己的双腿，不听使唤的双腿此刻更像是别人的肢体。吹箭的毒素最终还是剥夺了他对自己神经与肌肉的控制权。

猎人拿起望远镜，慢慢地转了一圈。在面向维琉斯时停了下来。随后他将望远镜收了起来，悠闲地往枪膛中填了一枚吹箭。维琉斯什么都做不了，只能眼睁睁地望着猎人瞄准自己并扣动扳机。

吹箭射中了他的肩膀，深深地刺进了他的身体，不过此刻的维琉斯只感受到针头进入皮肤时产生的压力，并没有感到疼痛。几秒之后，他觉得自己的意识越发模糊，渐渐被一团云雾包围，他甚至都无法想起自己身在何方，脑海中只剩下一个念头——他又一次辜负了父亲和兄弟会的期望。

一个身影站在他的眼前，对着他说了些什么。虽然维琉斯的意识渐渐模糊了，但欧文还是认出了眼前的这个人。那是哈维尔的祖先。“如果是我祖父的话，他肯定会杀了你。”猎人说道，“我原以为自己也会这么做，不过我改变主意了。我是科吉尔·寇马克，我更想让你带着这份耻辱痛苦地活下去。”

维琉斯意识中的云雾渐渐变成了一个没有星光也没有月亮的暗夜。对欧文来说，他眼前的虚拟场景变成了一片漆黑。他飘浮在一片类似记忆回廊的虚空中，不过记忆回廊中好歹有些石质感，这里只有纯粹的空缺和虚无。

“这是怎么回事？”他对着虚空问道。

你的祖先失去意识了，门罗的声音在他耳旁响起，**不过他并没有死，所以虚拟场景还没有结束。**

“那我该做些什么呢？”

耐心地等待。如果虚拟场景中只有你一个人的话，我倒是可以直接加快进程，让你跳过这一部分，但是我要确保你和其他人的记忆相容性不被破坏，所以你只能等了。

“我见到那枚伊甸园碎片了。”欧文说道，“我原本都将它拿到手了。”

我看到了。

“但现在被哈维尔抢去了。”

那不是哈维尔，而是他的祖先。你要记住这其中的差别。

“我都有些分不清了。”

的确会这样。

“不过不管怎样，我们现在都知道了它的所在，不是吗？我们应该很快就能结束这个虚拟场景了吧？”

恐怕还不行，门罗说道，**因为这段记忆似乎离结束还早呢。**

第十三章　设定的规则

坐在驶向特威德先生家的马车上，亚伯拉罕释然，甚至有些愉悦，但他是不会将自己此刻的心情分享给任何人的，尤其是他的女儿伊莉莎。他体内的大卫也松了口气。因为亚伯拉罕衰老的躯体就像是由一堆失去水分的树枝拼接而成的，仿佛用点力就会折断。这样的感觉对大卫来说怪异且别扭。但亚伯拉罕只能默默承受着关节处传来的不满和抗议，不然，抱怨的话恐怕便会脱口而出，而这正是他曾经发誓不会再做的事情。

“明天，这座城市便会被火焰吞没。”瘦皮乔侧过头，对着背后车厢内的亚伯拉罕说道，“到时候定然火光冲天。”

“我也是这么听说的。”亚伯拉罕说道。

听着，门罗的声音在大卫耳旁响起，**你进入了另一段推定记忆。所以在接下来的一段时间里，Animus 会通过历史资料、其他人的记忆，以及你基因中祖先年轻时的记忆来推演出一段记忆，填补虚拟场景中的空缺。别紧张，你只要试着像亚伯拉罕一样思考就行了。不过记住一点，虽然推定记忆会给你一定程度的自由，但万一你做出了和你祖先性格截然相反的行为，你也是会失去同步的。**

“有老板罩着你，算你走运。”瘦皮乔这样说道。言语中隐隐带有一丝恐吓的意味。

“为何这么说？”亚伯拉罕问道。

“明天对于黑人来说，可不是个好日子。”

大卫不知道该如何理解这句话。特威德先生早些时候也是这样提醒他的，虽然他不知道亚伯拉罕本人是否会提出这样的问题，但他还是问道：“你觉得这么做是正确的吗？”

瘦皮乔皱皱眉，与此同时，虚拟场景的画面出现了故障。

等等。门罗的声音传了过来，**我刚才怎么和你说的？你不能做和你祖先性格截然相反的事情。你还要在接下来的时间赶去和其他人相遇的地点呢，如果你把这个家伙惹怒，导致他对你出手的话，你就无法准时出现了。**

“正确？”瘦皮乔不满地反问道，“小子，你这是在质问我吗？”

“我只是想问你是否觉得这一切都是我们的错。”

“我不知道这一切算不算是你们这些黑人的错，但是，老天做证，这场战争可是因为你们而起的，不是吗？那些可怜的家伙参军后，为了解放你们而战，但他们很快便会意识到，正是这些被他们解放了的黑人抢走了他们的工作。”他的声音因激动而变得越发尖厉，“正是你们这些‘无辜’的黑人导致了眼前这一切。而明天，哦，我向上天起誓，我们会好好教训你们这些黑人的。”

大卫知道亚伯拉罕对这样的话无动于衷，他会老实地坐着，一言不发。因为科吉尔的命令，瘦皮乔是不敢对自己动手的。但大卫本人却因为眼前这个带有种族歧视的蠢货的言论怒火中烧，这是从进入虚拟场景后便开始积累的怒意。他最终没能忍住，说出了那句话。

“或许你自己反而会被人教训——”

伴随着一声尖锐的响声，虚拟场景崩塌了。大卫感觉自己的身体向内爆开，仿佛就要回归没有任何事物存在的奇点[1]。他的意识在强烈的冲击下变得扭曲，眼前的一切显得光怪陆离。他大声尖叫，却没有任何声音发出。然后一切都沉寂了下去，只剩下一片黑暗。没有虚拟场景，也没有任何其他的事物，他很好奇自己是不是死了……

“放松。”门罗说道，“那句话让你失去同步了。”

大卫感觉到有人摘下了他的头盔，睁开眼，他已经回到了仓库中，头顶的灯光刺得他眼睛生疼。突然，他感到一阵头晕，而且这次比以往任何一次都严重得多。大卫感觉自己的胃像是被人提起来了一般。他侧过身子，看到了门罗手中提着的水桶，便靠着水桶呕吐了起来。

稍微停歇后，他又吐了起来。没过多久，又是一阵恶心。

“很难受吧？”门罗将一块毛巾丢给他，让他擦去嘴角的秽物，“Animus 中的时间流速和现实不同，失去同步会导致你大脑中负责时间和空间判断的顶叶出现错乱。不过，很快就没事了。”

---

① 奇点：大爆炸理论中宇宙在爆炸前的状态，在奇点爆炸后，才有了宇宙。此处便是把整个过程反过来，大卫的身体渐渐消失，世界恢复了爆炸前的状态，慢慢回归奇点。

大卫从未感受过如此恶心的感觉。就像是人类能够想到的最可怕的云霄飞车所产生的晕眩感一般。他弯下腰，第四次呕吐起来，不过这次只是干呕。他躺倒在躺椅上，喘着粗气，在天花板和周围的环境在眼前旋转的同时，他觉得自己的头骨像是被钳子夹住了一般疼痛。其他人仍躺在他周围的躺椅中，对这里发生的情况一无所知。虽然听上去有些匪夷所思，但从某种意义上来说，他们并不在躺椅上。

又是一阵疼痛袭来，大卫呻吟着说道："我再也不想体验那样的感觉了。"

"如果你真的不想进入 Animus 的话，我不会责怪你的。"门罗说道。

"我是不是把一切都搞砸了？"

"还没到那个地步，但你要尽快回到 Animus 中。你之后还有几个地点要去，并且在那里和他们的祖先相遇。如果你能够成功赶到的话，虚拟场景应该能够继续维持下去。"

大卫并没有做好再次进入 Animus 的准备。但他知道自己已经没有时间去准备了。至少这次他胃里已经没有东西可吐了。

"你回到虚拟场景后，会舒服些的。"门罗说道，"因为失去同步的缘故，你大脑中的一部分意识还认为你身处一八六三年的纽约。"

"那就行动起来吧。"大卫小声说道。他在门罗的帮助下重新戴上了头盔。目镜中的黑暗或多或少抑制住了那种天旋地转的晕眩感。

"我会先将你送进记忆回廊，然后载入虚拟场景。你准备好了吗？"

"我有没有准备好还有什么意义吗？"

“应该没有。”

“那就别说了，动手吧。”

目镜发出了光芒。片刻后，大卫出现在了记忆回廊那片烟雾缭绕的灰色空间内，回到了亚伯拉罕苍老的身体内，他现在已经适应了这具身体。门罗说得没错，在进入 Animus 后，的确舒服了许多。就像是在极冷的天气出去冬泳后，泡进热水中一样舒服。他不再感到晕眩，疼痛也减轻了许多。

好点了吗？门罗问道。

“稍微好点了。”

很好。虚拟场景已经准备好了，等你准备好就能进行载入。Animus 重新校准了这段记忆，将那个种族主义者重置了。这次小心点儿，行吗？

“行。”大卫已经不需要门罗来提醒他失去同步会导致的后果了。体验过一次后，他便决定要尽量避免这种情况的出现。

要开始了。三、二、一……

大卫回到了马车上，瘦皮乔正驾驶着马车，仿佛什么事情都没有发生过一般。在回特威德先生家的路上，大卫什么都没有说，只是在这段平静的时间里重新沉浸在了祖先的记忆中。他像是坐在这个老人的腿上一般，听亚伯拉罕诉说自己的故事。他听得越多，不适感便越少，直到最后，头疼和晕眩都彻底消失了。而他与祖先的联系也比失去同步前要更加稳定。

车轮沿着鲍尔里街滚滚前行，地上铺着的鹅卵石令车身轻微地震动，抖落了车厢边角厚实的灰尘，任其在空中舞动。亚伯拉罕注意到了街上混乱的场面，特威德先生和瘦皮乔并没有说错，明天肯定会有一场暴动，虽然“暴动”这个词语并不恰当，眼下的帮派分子甚至能用秩序井然来形容。真正的暴动是纯粹的混乱，而即将发生的事情却是有计划、有预谋的，这令亚伯拉罕不禁想到，战争不正是有预谋的暴动吗?

他们顺着鲍尔里街来到了第四大道，并在十四街左转，向西驶去。在经过联合广场附近的华盛顿雕像时，亚伯拉罕透过树林看到了远处的打斗，一个巨人般的巡警制伏了几个暴徒。

“那个条子明天可不会那么走运了。”瘦皮乔愤怒地说道，随后露出了恶毒的笑容，“他们到时候就知道了，不是吗？”

亚伯拉罕并没有应声，只是很好奇这个男人到底是在和谁说话。

他们继续向前驶去，在第六大道右转后又经过了二十二个街区才到达了特威德先生的家，此时已经很晚了。

“行了，把你送到家了。”瘦皮乔说道，“毫发无损。”

“谢谢您。”亚伯拉罕说着，从车里慢慢地爬出，站到了人行道上。虽然远比走路要轻松，但马车上的颠簸仍旧令他备感煎熬，不过大卫已经习惯了这种疼痛。

瘦皮乔向屋内扬了扬下巴。“明天就待在家里吧。”

“我会的。”亚伯拉罕说道，虽然他不知道自己和伊莉莎是否应该在其他黑人男女及孩子遭受危险的时候，安全地躲在屋内。

瘦皮乔还要去为那可怕的计划做准备，于是便驾驶着马车消失在了夜色中。亚伯拉罕转身走向了豪宅的大门。他发现门被锁上了，于是便敲了敲门，又按响了门铃。

伊莉莎没有来。

他再次敲了敲门，按响了门铃。

片刻后，他又做了相同的事情。

他耐心地等待着。

但伊莉莎仍没有来为他开门。

他猜想或许她是忍受不住这“客西马尼园中的等待”[1]，睡着了。或许屋子里有哪扇窗户还开着，他可以从那里爬进屋内。但这座城市中的人们已经因为仇恨而扭曲了心灵，他唯恐自己被人当作入室偷盗的歹徒。

正当亚伯拉罕为女儿伊莉莎感到担忧的时候，大卫也担心起了自己的姐姐格蕾丝。她不在身旁的时候，他便觉得心神不安，仿佛自己的安全没有保障一般。他不知道自己该做些什么。他不敢冒着失去同步的风险去做傻事，但他还是想进屋内看看，看自己的姐姐还在不在。

亚伯拉罕在门前坐了下来，就像是他和伊莉莎说过的那样。夜间温热的空气恐怕会令他接下来关节酸疼好几天，但这和他经历过的最糟糕的夜晚相去甚远。

这既不是多年以前，他躲在沼泽地中吃着昆虫维持生命，冷得浑身发抖的夜晚，也不是他在废奴主义者[2]的帮助下，偷渡进入宾夕法尼亚州关卡的前夜——为了能够瞒过检查，他在那个闷热的夜晚，躺进了满是烂肉的棺材里。

亚伯拉罕望着夜空，沉浸在过去的记忆中，回忆起了久远的过去那个沼泽地。在那里，愧疚、愤怒与仇恨腐蚀了树木赖以生存的根茎，痛苦的蔓延仿若咸水慢慢流淌。

他一生中最糟糕的那个夜晚，便是他第一任妻子被另一名奴隶

---

① 耶稣受刑前，曾带着门徒来到客西马尼园，他让门徒为自己祈祷。痛苦的耶稣对门徒们说道：“你们在这里等候，和我一同警醒。”他走到了门徒还能看见的地方伏在地上，承受着上帝的愤怒，考虑着为人类生命付出的代价。当他万分期待地看向门徒，等待着他们的祈祷时，却看到他们“都睡着了”。

② 废奴主义者（Abolitionist）指的是要求废除奴隶制且参与废奴运动的人们。美国的废奴运动主要在 19 世纪的南北战争之前。

杀死的那晚。那个新来的奴隶来的时候就已经失去了两只耳朵，同时失去的或许还有作为人类的最后一点理智。在最后，亚伯拉罕杀死了他，为妻子报了仇。

令亚伯拉罕想要逃跑的是他对于主人的畏惧。他不知道老板们发现那具尸体后，会怎样对待他，这令他万分恐惧。而逼着他一路逃亡的却是内心的愧疚。在之后的好多天里，这份愧疚成了维持他生命的唯一养料。

这么多年过去后，亚伯拉罕仍旧能够轻易地想起那份愧疚，那种愤怒和仇恨。在他通过地底的铁路逃亡，穿越斯塔滕岛直到他在非洲裔循道宗主教制锡安教会[①]接受教育为止，这三种感情一直伴随着他，折磨着他。直到他的第二任妻子为他生下伊莉莎后，他才意识到自己或许应该释怀。他应该将那个阴暗的地方藏在下游的角落，并将家庭建设在自己内心最高处的清澈水源旁。他有权利选择自己灵魂的归宿。那些遭遇苦难的人，不论皮肤黑白，不论是奴隶还是自由人，都会选择继续向前，因为他们并没有选择的权利。但若想避开沼泽，并不是从地图上将它抹去便可以的。

而像今夜这般的夜晚，令亚伯拉罕不由得觉得一切并没有改变，或许任何事物都不会被改变，不管有多少位总统上台，发布多少个宣言，一切仍旧是那样动荡不安。在这样的夜里，他会想念自己的两任妻子，然后回想起当年自己去过的地方，做出的选择，然后自问如果重来一次，他是否会做出不同的选择。

有人大喊了一声。

亚伯拉罕睁开了眼睛，看到一群暴徒从一旁经过。天还未亮，

---

① 由于种族歧视，美国的教堂不允许黑人信仰基督，所以自 1800 年起黑人便开始建立属于自己的教堂。而非洲裔循道宗主教则是 1821 年正式成立的。

这些长相凶残的野蛮人便已经向上城拥去。看到这些人后，亚伯拉罕有些担心，他不明白特威德先生为何那么肯定自己和伊莉莎待在家中便是安全的。暴徒们有自己的想法，他们不会听从别人的命令，哪怕是坦慕尼协会也无法命令这群人吧。

城市里不会有任何安全的地方。亚伯拉罕这样想道，并且决定天一亮就要叫醒伊莉莎，在暴动开始前离开这座城市。这意味着他必须提前准备，而且他必须要进入屋内，哪怕被人当成小偷也在所不惜。

他费力地站了起来。沿着屋外的篱笆，踩过草坪，来到了地窖的门前，这是进入屋内的最好选择。玛格丽特会将地窖的门打开，以便运输人员将货物卸下，而之后她经常会忘记将其锁上。幸运的是，她今天显然又忘记这么做了。

亚伯拉罕顺利地通过地窖进入了屋内。在爬进厨房后，他急忙冲进了大厅。

“伊莉莎？”他叫着她的名字。

没有回应，但伊莉莎并不是那种会睡得很沉的人。

他找遍了一楼的全部房间后，便上了楼，在二楼的房间内找寻着她的身影，最后是阁楼。最终，他发现伊莉莎不在家中。

大卫能够感受到亚伯拉罕在发现女儿有可能还在街上时的那种恐慌。亚伯拉罕不知道伊莉莎为何会离开，但他还是冲进了书房，给女儿留下了一张字迹潦草的便笺。

我的女儿：

当你看到这段文字的时候，我希望你能够留在屋内，就像我说过的那样，等着我来找你。如果你在今晚六点都没能看到我的话，我希望你能够到克里斯托弗大街上的轮渡这里来和我碰头。这座城市很不安全，我必须带你离开这里。如果我在指定的时间没有到达的话，你要一个人登船离开，我一旦脱身便来找你。

爱你的父亲
亚伯拉罕

亚伯拉罕将纸条留在了正厅的桌上，如果伊莉莎回到家中一定能够看到他留下的便笺。现在，他觉得自己的女儿很可能在偷听了特威德先生的指示后，跟着自己离开了大宅。那代表她会前往第四分区，亚伯拉罕想到这里，不顾自己身体的脆弱，一踏上人行道便向前跑了起来。

大卫也是万分焦急。他知道Animus中的世界只不过是一个虚拟场景，但如果亚伯拉罕担心的事情成为现实，伊莉莎真的被卷入了暴动中的话，格蕾丝便要承受伊莉莎经历过的全部痛苦。

跑过几个街区后，亚伯拉罕的速度渐渐慢了下来。第六大道上的公共汽车和轨道列车还没开始运营，所以他只能一路走过去。在路上，他看到好几群帮派成员朝着相反的方向——上城走去，每一次他都担心那些人会出手将自己抓住。

在十四街右转后，他的双腿仿佛尖叫着向他抗议，威胁着他再走一步便要彻底罢工。于是他便在华盛顿雕像旁坐了下来，打算休息一会儿。太阳还未升起，但亚伯拉罕知道，没多久天就要亮了。

大卫不知道这个老人还能坚持多久，不知道他能否再走过一个街区，更别提走回“墙中洞”沙龙了。他不愿意继续听老人讲述自己的故事，他打算书写自己的故事，首先从走路开始吧。他站起身，向前迈了一步，当他这么做的时候，虚拟场景开始崩溃。

哇，等等，等等。门罗说道，**你这是要干什么啊，大卫？**

“对不起。”大卫说道，“我太冲动了。”他绷紧了身子，咬着牙，逼着自己退回到雕像旁，坐了下来。虚拟场景的画面立刻产生了反应，恢复了正常。

就是这样，这样好多了。一切还好吗？

“我只是很担心格蕾丝。”

她很好。门罗说道，**她那边的虚拟场景运行得很稳定。没什么需要担心的。**

大卫点了点头，感觉稍稍松了口气，直到亚伯拉罕决定起身离开前，大卫都可以坐在这里，思考一些自身的问题。“门罗，你还在吗？”

在。

“这真的好难。”

怎么说？

“他们经历过什么我都无法改变。这一切已经发生了。这些都是来自过去的回忆。”

没错。

“但我现在仿佛觉得这也是我生命中的一部分。所以，我……我很愤怒。”

你以前没有经历过这样的事吗？

“我不知道。大概是因为我的父亲和格蕾丝一直都在保护我吧。”

现在保护你的人都不在了，所以你感觉很难，是这样吗？

“或许是这样吧。”

那或许是时候学会保护自己了。

“或许是吧。”这时候亚伯拉罕的声音又在脑海中响起，寻求着听众。

他从雕像边小憩的地方站了起来，随后继续向下城跑去，哪怕将一身骨头磨成粉，他也要找回自己的女儿。亚伯拉罕的膝盖钻心般疼痛，大卫感受到了他的痛苦，虽然疼痛的程度已经极为严重，但这对刚刚经历过失去同步痛苦的大卫来说并没有想象中那么糟糕。

亚伯拉罕一瘸一拐、步履蹒跚地沿着第四大道向前走过了三个街区，随后他幸运地搭上了一辆开往南面的公共马车。车上坐满了人，亚伯拉罕可以感受到周围人带有敌意的目光，但他一直低着头，等待着马车驶向鲍尔里街的另一端。他最终安全地到达了珍珠街，当公共马车被马拉着继续向前驶去的时候，其中一名乘客，一名瘦得皮包骨头、只有十二三岁的男孩瞪着亚伯拉罕，将手指比画着从自己的脖子上抹过。

看到这一幕，亚伯拉罕震惊了。他站在人行道上久久没有动身，浑身的血液像被冻住一般。直到公共马车彻底消失在视线中，他才反应过来。

小孩子都要参加暴动吗？这样的城市，还有任何希望可言吗？

他仿佛能感受到沼泽地中的黑暗呼唤着他的名字，但他又想起了女儿沐浴在阳光下的身影，于是他便逼着自己前进。就这样，他佝偻着身子，艰难地向多佛街走去。

“墙中洞”沙龙的门还开着，不过店内已经没有什么人了。负责接待顾客的女巨人站在了吧台后——科吉尔之前站着的位置那里。当亚伯拉罕走进沙龙后，她皱起了眉头，火红色的头发像是在愤怒地燃烧一般。

“怎么又是你？”她将一双拳头按在了吧台上，整个人微微前倾，吧台发出了一声哀鸣。

“是我。”亚伯拉罕来到了吧台前，不过这次他可没有特威德先生写的信来保护他了，“很抱歉，女士，但是——”

“你可以看到，我已经没有更多的招待人员可以供你差遣了。”

“我不是为此而来的。”

“那你来这里，不是因为老板的命令喽？”

“不是他本人直接下达的命令。”亚伯拉罕说道，“我来这里，是为了他家中的一个用人，我的女儿，伊莉莎。”

“哦，原来是她。”

“您见到她了？”

“她在早些时候来过一趟，她是来打听你的下落的。”女人笑了起来，她的笑声仿佛一块石头从山坡上滚落一般，“结果现在你却来问她的下落，这不是很好笑吗？”

“求您了，女士。”亚伯拉罕哀声说道，他并不觉得这有什么好笑的，“您是怎么和她说的？”

“我没有理由骗她，我就把自己知道的事情告诉她了。我对她说，你将一份信息交给了科吉尔，然后科吉尔将你带走了。”

“那她又是怎么说的呢？”

“呃，我记得她好像是感谢了我。然后我便告诉她，最好快点回到特威德先生的家中，你也该这么做。”

亚伯拉罕希望伊莉莎听从了梅格的劝诫。但是她也有可能离开沙龙去寻找科吉尔了，因为梅格告诉她，自己被科吉尔带走了。但他也不知道科吉尔将自己送上瘦皮乔的马车后去了哪里。

“您知道科吉尔去哪里了吗？”

“完全不知道。”

“我明白了。”亚伯拉罕说道，“谢谢您，您真是帮了我的大忙了。”

“帮忙？是这样吗？”她说着又笑了起来，“我可很少听人这样说我。我帮人，要么是帮人倒酒，要么便是帮人送上一顿拳脚。”

亚伯拉罕注意到了她身后的那罐耳朵。“您肯定是在帮助他们认识到自己的错误。”

“一点都没错。我是一名传道者，这便是我的本性。”她说着拍了拍挂在皮带上的大棒，“而这，便是我宣传教义的布道。”

“我相信您的口才一定很好。”亚伯拉罕恭维道，“晚安，女士。”

“晚安。”她回应道，“愿明天上帝能保佑你。”

第十四章　阿德丽娜的试探

“你确定城市内会出现暴动吗？”阿德丽娜问道，而娜塔莉亚则回想起了先前向马路另一端跑去的人，他们脸上的表情令她有些不安。

“别看那些家伙手里举着告示牌，”汤米说道，“他们中的每个人不是流氓便是恶棍。看上去，大部分都是拟鲤卫的人。相信我，不管他们怎么掩饰，最终这都会变成一场暴动。”

“那我待在酒店里会更安全点吗？”

汤米用手揉了揉自己的下巴。“如果真的发生暴动，酒店恐怕会成为他们的首要袭击对象。”

“那你有什么好的建议吗？”

汤米望向了广场的对面，和酒店正相反的方向。“现在先去我哥哥家里吧。了解过情况后，我可以送你去别的地方。”

“那好吧。”阿德丽娜在巡回演出时经常会去陌生人的家中做客，而且她信任汤米，既然他说这是目前最佳的选择，那她便愿意相信他的判断。“那我们现在，就先去你哥哥家吧。”

“但有件事我要提前让你知道。”汤米认真地看着她，说道，“我的哥哥和嫂子现在在波士顿。”

“我明白了，但是你应该有开门的钥匙吧？”

“我有，但是……”

“但是什么？”

“家中只有我们两个人。”

阿德丽娜笑了，眼前这个男人真是老实得可爱。

“如果那样会令你困扰的话——”他犹豫着说道。

阿德丽娜打断了他的话：“我并不在乎。”

他点了点头。“那……我们可以出发了吗？”

得到她的肯定答复后，两人穿过公园，来到了第四大道。他们沿着第四大道一直走到了二十四街，右转后，来到了列克星敦大道。

“就在这里了。”汤米说着，将她领到了一栋四层楼的褐石豪宅前。两侧的窗户外有灰色的石质窗框，前门有一段矮矮的台阶。他厚实的大手有些笨拙地摆弄着手里的钥匙，显然有些紧张。

他和她旅行时遇到的大多数男性截然不同。首先，她所认识的大多数男性不会因为要和她单独相处而出言提醒。相反，他们会精心策划，创造两人独处的机会。汤米并不富有，对待异性的时候也全然没有了和歹徒搏斗时的那份自信。

她将一只手搭在汤米的手臂上，试图让他冷静下来。

过了片刻，汤米咕哝了一声，打开了房门。两人走进了门厅。

屋内的布置和外表一般精致。门厅的正中央是一块镶木地板，周围装饰着拼花瓷砖。地板上的小圆桌因放置在其上的精美瓷瓶而增色不少。穿过门厅后，两人来到了一个大厅，有楼梯通往二楼。这时窗外射进来的只有路灯的灯光，太阳还没有高到能够将光芒射入围墙内。

“向这边来。”汤米做了个邀请的手势，示意她顺着楼梯向二楼走，“这一层除了厨房基本上就没有什么别的了。”

楼梯的木制台阶裹着厚实的地毯，她在向上走的过程中很安静，只有裙摆在地上发出沙沙的轻响。当他们到达二楼时，阿德丽娜看到了右侧有一处客厅，左侧是一个餐厅。没等汤米邀请，她便转向客厅，并从开着的玻璃双扇门径自走了进去。

即使房间内的光线有些昏暗，阿德丽娜仍能够看出内部装潢的考究。他们脚下的那张土耳其地毯上有引人注目的花纹，显然价值不菲。成对的沙发面对面地分置在屋内的两侧，而其两侧的扶手旁都放置了一张带扶手的躺椅。一旁角落里的哥特式餐柜怒视着这两个不速之客，直立式钢琴上方的墙壁上挂着一幅巨大的油画，上面画着一艘被滔天巨浪掀起的船只。而正对面的墙壁上则是一面边框镀金的镜子。壁炉的炉台上有一个大理石雕成的大型女子半身像。

“很好。我觉得我们可以在这里打发点时间。”阿德丽娜说着走到其中一张沙发旁，随后躺了下来，“你不这么觉得吗？”

“你喜欢的话，就这样吧。”汤米回答道。但他并没有就此坐下，而是小心翼翼地走到了一扇窗户旁，从窗帘的缝隙中望向楼下的二十四街。

“你不打算和我一起坐会儿吗？”她问道。

他转过身，看着她。犹豫片刻后，他离开窗边，坐在了她对面沙发旁的扶手椅上。他显得有些不安，挺着腰，手臂紧贴着身体。

“到了这里你还在担心我们的处境吗？”阿德丽娜问道。

“没有，我觉得至少现在，我们是安全的。”

“那你是不喜欢这个房间吗？”她又接着问道。

“你为什么会这样想？”

“你坐在那椅子上的姿势，就像是怕把它弄脏了一样。”

汤米看了一眼四周的环境。“这个客厅挺令人惬意的。”

“那既然不是因为这间屋子，是什么令你如此不安？是这栋房子吗？”

汤米沉默了。阿德丽娜明白自己或许是戳到了他的痛处，如果她想继续问下去的话，可能会更加深入地了解这个石头一般的男人。

“这是我哥哥的房子。”他开口说道，“不是我的。”

“是因为他对你很冷淡，让你有种寄人篱下的不安吗？”

“不是。他对我很好。他的妻子克里斯汀也是。”

“既然如此，你为何会感到不安呢？”

汤米坐在躺椅上，挪动了一下，身下的椅子嘎吱作响。“我想，被人接受和有归属感，或许是不同的吧。”

“你没有归属感吗？”

他再次扬起了头，环视四周。“没有，至少在这里没有。”随后他看向了她，“但你不同，这是属于你的生活。”

她觉得他的话里仿佛带着一丝谴责的意味，虽然她知道他并没有那样的意思。但她是不会因为她的身份、她的职业及她选择的生活方式而道歉的。她问心无愧。“我已经习惯了入乡随俗，我可以归属于任何地方，汤米·格雷林。”她这样说道。

“能够做到那样，也挺不错的。”

“我很庆幸自己能够那么容易地适应这样的生活方式。”阿德丽娜在昨夜表演后，便轻易地融入了参加聚会的人群中，对她来说，那可以是她的归属，虽然那丝毫不能减少她内心的孤独。“既然你不喜欢这里，那么你更想住在什么样的地方呢？”她问道。

“我想我更想在将来的某一天，离开这座城市。”汤米说道，“我从出生到现在，一直生活在这里。当我去和叛军作战的时候，曾经路过美丽的乡村。那里有着农场和农田。我无数次对自己说过，或许有一天我也想过上那样的生活。”

“住在……农场里？”

他点了点头。“你看上去好像很失望。”

阿德丽娜并没有失望的意思。比起失望，她的感觉或许更接近于恐惧。“并没有。我只是觉得你比我优秀很多。你刚才说的话听上去既高尚又纯粹。”

“但想要有自己的农场，需要很多钱。可能要超过我这辈子能够挣的所有钱吧。”

“或许你的哥哥能够帮到你呢？”阿德丽娜大致能够判断出这间客厅在装潢时的花销，更别提这间客厅只是这栋房子的一部分。汤米的哥哥显然很有钱。

“他或许会帮我，”汤米说着，摇了摇头，“但我不想要他的帮助。”

“为什么？”

“我知道他的钱是从哪里来的。这是另一个令我感到不安的理由。”

不知为何，阿德丽娜觉得她越是挖掘这个男人的内心，她所见到的一切便越是纯净。他的正直并不是装出来的，而是发自内心。坐在她对面的这个身形高大，几乎要将警服的缝合线撑爆的男子，似乎正在向她发起挑战。她迫切地想要知道他是否真的像他表现出的那般善良。她甚至想过要问他卧室在哪里，但她很快就打消了这个念头。她并没有想和他一起走进卧室的念头，这样轻佻的行为只会令他更加不安。更何况，她并不想用美色诱使他堕落，而只是想证明这个男人是个有底线的正人君子。

她从沙发上站了起来。“我可以唱首歌给你听吗？”

“我，呃，那个——”

但阿德丽娜没有给他更多时间去组织语言，她走到钢琴前，坐了下来。她算不上是非常专业的钢琴演奏家，但她的功底已经足以为自己伴奏了，她选择的是那首为林肯总统和总统夫人演唱的歌。她知道这首歌在前线的士兵中流传甚广，而且这首歌的歌词也和她与汤米之间的对话相关。

从某种角度来说，娜塔莉亚此刻比在数千人围观的舞台上还要紧张。但她努力冷静了下来，放任阿德丽娜大展身手。房间内昏暗的光线令她的手指数次落在了错误的琴键上，但她的歌声却没有丝毫颤抖。

纵然游遍美丽的宫殿，享尽富贵荣华，
但是无论我在哪里都怀恋我的家，
好像天上降临的声音，向我亲切召唤，
我走遍海角天涯，总想念我的家。

家，家啊，可爱的家！

我走遍海角天涯，
总想念我的家。

当我漫步在荒野上，月亮皎洁清朗，
好像看见我的母亲把爱儿思念，
她正仰望天边的明月，在茅屋门前，
那里花儿芬芳的香气，我再也闻不见。

家，家啊，可爱的家！
我走遍海角天涯，
总想念我的家。

任何荣华不能打动游子的心弦，
我只要能回到我简陋的家园，
那些听我召唤的小鸟，快飞回我跟前，
让我重温平静的生活，比一切都甘甜。[①]

她在弹奏完最后一个音符后，抬头看向了汤米。他坐在椅子上，低着头，以至于她都无法看到他脸上的表情。他一直保持着那样的姿势，以至于她都开始怀疑他是不是在听了自己的歌声后睡着了。但过了一会儿后，他抬起了头，用拇指抹去了眼角的泪水。

“你所赚的每一分钱都是理所应当的。”他的声音温和而柔软。

“胡说，我明显多收了太多的钱。”她从钢琴前站了起来，俏皮

① 这首《可家的家》（*Home*，*Sweet Home*！）由亨利·毕晓普作曲，约翰·佩恩作词。

地说道，“不过若是你把这话告诉别人的话，我不会承认这话是我说的。”

“我很感谢你能唱那首歌给我听。”

“不用谢。”她从房间的另一端走回了她的沙发旁。

“我曾有过很多战友，他们都很爱那首歌。”

她坐了下来。“我知道。”

“他们中的很多人都回家了……灵魂永眠的家园。”

“我知道。我很抱歉。”

屋外，太阳已经升起。汤米从扶手椅上站了起来，回到了他之前窥探街道动向的窗边。“他们还在向上城增派人手。”他探头向街上望去，随后望向了公园，“老天啊，这是一整个匪帮。”

“那你打算回去帮助警局的人吗？”

“我会的。”汤米说道，“但在那之前，我要确保你是安全的。”

“别担心我。我在这里不会有事的。去做你应该做的事情吧。”

他松开了手里抓着的窗帘，屋内再次变得昏暗。汤米转身向双扇门大步走去。“我出去转一圈，看看外面的情况。你确定你不介意我把你一个人留在这里吗？”

“一点也不。”

“楼上有一间书房，你无聊的话，可以去看看书。”他说道，“我会尽快回来的。”

说完后，他便踩着楼梯跑了下去，然后她便听到了他关上前门的声音。她从窗户看着他沿着马路向远处跑去，直到他的身影在一个路口转弯消失后，她才慢慢收回了视线。

现在只有她一个人了，娜塔莉亚便想重新回到舞台，获得身体的控制权。那一夜的大部分时间，她都约束着自己，任由祖先的记忆操控身体，表演着既有的剧本。大部分时间，她只是想看着阿德丽娜，这个和她截然不同的女人扮演自己的角色。她知道汤米体内的是肖恩，但她不希望对方会因为 Animus 中的经历而模糊了两人的关系。不过，她很有可能是想多了。虚拟场景中的感情纠葛也太过匪夷所思了。

在阿德丽娜等待汤米回来的时间里，娜塔莉亚决定去屋子里的其他地方看看，当然前提是 Animus 不跳出即将失去同步的警告。她在学校的时候就很喜欢历史课，同时她也很喜欢设计。虽然维多利亚时代的风格并不是她的最爱，但能够真实体验到十九世纪的生活还是挺有意思的，就像是在参观博物馆一般。

她走出客厅后，来到了另一侧的餐厅。餐厅内有一张华丽的长桌，上面摆放着银制烛台。一旁的点心柜，不，餐柜，如果她没记错的话应该是安妮女王式样的。餐厅有储备室，里面存放着食品和餐具，除此之外还有一段单独通往厨房的楼梯。

娜塔莉亚回到了大厅后，顺着楼梯来到了第三层。在看过书房之后，她又走进了这栋建筑的主卧室。主卧室的盥洗台前放着许多娜塔莉亚叫不出名字的化妆品。不过那或许是因为她在现实中本身就不怎么化妆。第四层也有一间卧室，她认为那应该是汤米的房间。她沿着走廊向里面走去，看到了一间空着的房间。呃，应该不能算是空的。看上去某人似乎是想将其装修成一间婴儿室，房间内有一架婴儿的摇篮，还有一台缝有蕾丝花边的老式婴儿车，不过都被弃置在了房间的角落。房间中有一半的墙壁铺上了粉红色的墙纸，不过看上去还没完工就被人喊停了。娜塔莉亚想到了很多可能导致这个房间呈现这样状态的故事，大部分都令人黯然神伤。

再上一层主要是起到储存间作用的阁楼，不过娜塔莉亚在那里看到了一处能够当作卧室的空间，在那里还有一扇通往屋顶的小门。太阳已经完全升起来了，而此时建筑内上部的楼层已经因为阳光的照射而变得有些燥热了。

娜塔莉亚回到客厅，坐在钢琴前。她将手指放在琴键上，随意按下几个琴键，钢琴发出了不和谐的音色。娜塔莉亚的母亲曾经学过钢琴。娜塔莉亚的祖父母和父母都希望她能学习演奏小提琴，他们为娜塔莉亚请了一个要价不低的俄罗斯老师——克鲁平先生。在跟克鲁平先生学习了几年后，他告诉娜塔莉亚和她的家人，娜塔莉亚在音乐方面的发展非常有限，于是她最终放弃了小提琴。娜塔莉亚或许遗传了阿德丽娜的记忆，但显然没有遗传到她在音乐方面的天赋。

屋内的钟没有一座能够告诉她准确的时间，有一些甚至连指针都已经不再转动了——很显然，汤米忘记为这些钟上发条了。不过，娜塔莉亚觉得距离他离开应该有一两个小时了。

当娜塔莉亚看到汤米的身影时，外面的街道已经尽数沐浴在阳光下了。当她听到前门打开的声音后，她迅速地操纵着自己的意识躲到了帘幕后，当汤米沉重的脚步声在楼梯间响起时，阿德丽娜再次回到了窗边。

“城市里一片混乱。”汤米一走进客厅便这样说道。

“真的吗？”阿德丽娜望向窗外，看到街道上并没有什么人在。

“我才和其他警局的巡警联络过。我们昨晚和今早看到的那些匪帮都聚集在了中央公园的一处空地上。八点左右的时候，他们便向南出发。至少有一万人。”

“一……一万？”

汤米点了点头。“他们逼着所有工厂、铸造厂和木制品加工厂停止运作，并且威逼所有工人加入他们的行列中。他们切断了许多电话线，以此来中断城内的通信系统。为了破坏交通系统，他们破坏了多处列车轨道，还推翻了不少公共马车。”

“我的天哪。”阿德丽娜轻声说道。

“这不是一场暴动。”汤米说道，“他们这是要造反了。匪帮的主要力量正在袭击负责征兵的宪兵司令部。但是我想他们很快便会开始袭击其他地点。”

“那我们该怎么办？”

“现在街上太危险了，我们先在屋内等着吧。”

“警局那边不需要你过去帮忙吗？”

“我会留在这里陪你。”他说道，“我要确保你安全避过这次动乱。”

“我相信我在这里不会有事的，你——”

“我会留在这里陪你。”他重复道，他的语气像是钢铁铸成一般不容置疑，“直到我确定你不会有事为止。”

阿德丽娜点了点头，因为她明白，在这个问题上，自己是无法劝阻他的。汤米在窗边守着，虽然阿德丽娜几次尝试向他搭话，但他似乎决意避开外界的一切干扰，对她不理不睬。于是，她上楼从书房中拿了本诗集来阅读，她小心翼翼的，没有发出一点声音。

一个小时过后，天气越发炎热了。虽然他们开着一扇窗户，但屋内的情况没有丝毫好转。因为屋外的树枝就这样垂着，一动不动，显然连一丝风都没有。

大约又过了一个小时，汤米挺直了腰。“有些暴徒朝这里过来了，第三大道方向。”

“他们来这里做什么？”

“入室抢劫。”汤米语气沉重地说道。

阿德丽娜急忙跑到窗边，向外望去。街上不远处，有一大群人朝这边拥了过来。他们在每一间房屋前停下脚步，然后用砖块和石子砸向房门。好几个女人和孩子被赶到了街上，眼睁睁地看着这些强盗冲进他们家中，抢走他们的财物。暴徒们将他们家中的家具、油画以及餐具从窗口丢到了街上。

“警察们都去哪里了？”阿德丽娜问道。

“都在忙着应付更大规模的匪帮吧。”汤米回答道。

“他们很快就会过来了。”阿德丽娜说道，“我觉得我们最好离开这里。不过首先，你要把你这身制服脱了。如果他们看到你穿着制服，或许他们做的就不是入室抢劫那么简单了。”

他迟疑着点了点头，然后上楼回到自己的房间里去换衣服。而在这段时间里，阿德丽娜站在窗前，观察着街上的动向。那群暴徒离这里只有三户人家了。她看到一个老妇人跪倒在街上，低声哭泣。在她身前站着一个白发稀疏的男人，此刻正抱着自己被打破流血的脑袋。令阿德丽娜惊讶的是，这些暴徒中女子居多，大多穿着肮脏的衣衫和裙子，乱糟糟的头发就那样披散着，被汗水粘在了脸上。

“我准备好了。”汤米站在客厅门前说道。

阿德丽娜转过身，看向了他。

他穿着一条羊毛吊带格子裤，上身穿着一件白色的有领衬衣，两只袖子高高地卷起。她发现比起穿着警服的他，她还是更喜欢现在的汤米。

“这样就行了。”她说道。

“我们可以从后门出去。”

他们迅速地跑下楼梯，来到前厅，当他们转身正准备向厨房跑去的时候，一块石头砸破了靠近门的窗户，被打碎的玻璃顺着地板滑了过来。

“快走！”汤米说道。

阿德丽娜冲进了厨房，却没有看到汤米所说的后门。

“下楼，进地窖。”她的身后传来汤米的声音。

阿德丽娜注意到了角落里那段金属螺旋式楼梯，踩着楼梯走进了黑暗之中，她的脚步声令楼梯叮当作响，然后四周又有回音响起。当她到达楼梯底部的时候，却不知道该往哪里走了，她还无法习惯地窖中黑暗的环境。

“往这边走。”汤米低声说道，然后从她的身旁向前走去，“我觉得他们已经闯进屋内了，所以我们要尽可能小声一点。”

他走进了黑暗中，阿德丽娜听到他拿着钥匙寻找锁眼的声音。随后眼前出现了一束光，很快那束光扩大了，在照亮汤米身形的同时映出了屋后的草坪。她向他走了过去，随后两人一同离开了褐石豪宅，将其留给了入室抢劫的暴徒们。

这段记忆似乎离结束还早。

第十五章　特威德写的信

伊莉莎从小店出发西行至礼查饭店。那个爱尔兰女人加卢斯·玛格告诉她科吉尔已经带走了她父亲。伊莉莎不知道那个男人想从她父亲身上得到什么。但她除了找到科吉尔也没什么好办法能找到她父亲，而且她曾读过特威德的日记，里面提到礼查饭店是科吉尔的组织所在之处。这也意味着她父亲已经送出了那封她想竭力阻止的信。

她从法兰克福街赶往珍珠公园大道，希望拐角处塔慕尼协会的存在能减少些许危险。街道上的活动证实了特威德先生曾对她做过的警告。暴徒们正在有计划地聚集，这些恶棍大多来自贫民区和码头。

待她走过时，一伙人注意到了她，盯着她的眼神里是毫不遮掩的憎恨与厌恶。“你这是要去哪儿呢？”其中一人边问边走向她，几乎已经挡住她的去路。

“我在帮特威德先生跑腿。我是他的女用人。”她希望这说辞能止住对方。

这说法的确止住了他的进一步动作，但他并未因此离去。“是这样吗？”

“是的。”她说罢便扬起下巴，掠过他走了开去。

“要是你说谎呢？”他在她身后喊道。

她转过身来直视对方的双眼。“你是个赌徒吗？”

他立刻像是喉咙里卡了一个亚当的苹果般哑口无言。

“似乎并不是。”她边说边竭力保持镇定继续前进，尽管她最想做的是拔腿就跑。

在那之后，她几乎是一路或躲于路边的暗处，或混进一群看起来没什么威胁性的行人之中。她一直都擅长隐匿踪迹，这也是为何她一个女孩子总被她父亲亲昵地唤作他的“鬼灵精小偷”。

当她到达公园大道，穿过地铁赶到环绕市政厅的公园时，她发现藏身于那些树丛中更方便。她悄悄往西南边走去，径直穿过克罗托喷泉直达公园尽头，随后站在阴影里仔细打量着马路对面的礼查饭店。

她在那里没待多久便瞥见圣保罗大教堂墓地的墓碑之间出现一道人影。过了一会儿，她便注意到另一道人影出现在饭店第五层南边的窗口。墓地那道人影向那扇窗户射去了什么，没有响动，不像是枪，随即窗口那道身影消失了。

接着墓地里那人像是飞身上树，越过栅栏跳到了街道上。下一瞬，他就像是有人从窗口为他放下了梯子般徒手攀住了光滑的饭店外墙。伊莉莎从未见过此等特技。

她蹲下来又往阴影里躲了躲，静待着接下来会发生的事情。片刻后另一道人影从窗口爬了出来，爬上了饭店楼顶，身后跟着墓地里的那人。又过了片刻，其中一人从饭店楼顶掉了下来，不过幸好他似乎抓住了墙壁，降低了他的下坠速度。伊莉莎本以为他铁定会摔断脖子，不过他却勉强落地，双脚吃力地站了起来。

他摇摇晃晃地从那里穿过马路，走向附近的安大街。之后很快，墓地里的那人轻轻松松从饭店一侧爬了下来并追向了他的猎物消失的方向。然后他停下动作，从外套里拿出一副奇怪的望远镜，观察起街道来。

伊莉莎想要蹲得更低一些，不过他并未将他的望远镜指向她所在的方位。当他像是看向安大街的方向时，他放下了望远镜，从肩上取下步枪，上膛后开出沉闷的一枪。接着他便将视线移向他刚刚朝街上开枪的方向。

伊莉莎隐约察觉其中一人便是科吉尔，但她不知道是哪一个。特威德先生提到过另一个人名叫维琉斯。据她所见，那两个人都相当危险，并且拥有令人难以置信的能力，诸如擅长攀爬和能从致命的摔落中生还。

当墓地那人出现在安大街上时，伊莉莎做了个选择。她可以尾随他并试着与他对质，希望他就是科吉尔，不过也有可能科吉尔是另一个去往安大街的人，说不定此刻就要死了或是已经死了。

在她下定决心之前，墓地那人已攀上了最近的一幢建筑物的外墙直达楼顶并消失了，直接消灭了任何她尾随他的可能性。于是她只剩一个可能的选项，那就是离开公园，快速穿过马路，直奔安大街。

她没能立刻找到那人。她只得在街上来回走了两遍，之后才在小巷的阴影里注意到他。乍看之下，她以为他已经死去，这时在她的脑海一角，格蕾丝认出他是欧文的祖先。她的惊慌一闪而逝，她靠近他并看到他的胸部正在上下起伏。他近乎失去了意识，某些方面甚至像是中了毒。

伊莉莎试着拍打他，但没能唤醒他。格蕾丝决定冒着失去同步的危险将伊莉莎从她脑中驱逐出去。然后她轻声呢喃道:“门罗？”

没有任何回应。

她迫切地想知道他是否能听到她的声音。“门罗？”她提高了些许音量。

嗯，他在她耳边轻声道，**我在这里。抱歉，一直在忙于监视众人。**

“欧文还好吗？”

他很好，只不过此刻正处于不稳定的状态。

“那我要做什么？”

做跟他一样的事情。等待。反正既然伊莉莎也在等待。

“但欧文不是科吉尔，对不对？”

没错，他不是。不过伊莉莎并不知道。

“大卫现在怎样了？”

他也很好。

“他在哪儿？”

实际上他正在找你。我想他说不定甚至已直奔小店而去。不过再提醒你一次，伊莉莎对此并不知情。要是你打算离开，你得——

“我知道，”格蕾丝说道，“我会同步。”

很好。那么耐心等待吧，让伊莉莎尽可能多地掌握主导，好吗？我们正在一步一步接近。哈维尔此刻握有伊甸圣器。我们只需一鼓作气，乘胜追击即可。

“好的。”格蕾丝说道，尽管她很清楚很难让谁来掌握主导，很明显就连那些她体验过记忆的人也不行。不过她却强迫她自己让伊莉莎的意识恢复，并且给予这女孩自由进入她真实的意识之中。

伊莉莎想过叫医生，但最终打住了这个念头。说不定会把警察和官方卷进来，他们接下来说不定会妨碍她寻找她父亲。于是，她在小巷里待了下来，待在了他身边，这个陌生人身边，一直守着他，确保他还在呼吸，并且没人找到他。

一个小时过去，接着是又一个小时，然后第一抹黎明的光带着热度洒在街道上，宣告闷热的一天的到来。

陌生人动了动。

“嘿，”伊莉莎喊道，“嘿，醒醒。”

他的眼皮颤动起来，喉咙中发出呻吟。

“你能听到我说话吗？”伊莉莎问道。

他的眼睛睁开了，睁得有点儿过大，以至于她能分辨出它们还没能正常聚焦。他看起来一脸度过了一个极其艰难的夜晚，酒醉醒来的模样。

“谁——你是谁？”他问道。

“伊莉莎，”她答道，“请告诉我你是不是科吉尔。”

他摇了摇头。“虽然我很乐意杀了他。”

所以科吉尔就是另一个家伙，无论如何伊莉莎都没法跟着爬上房顶的家伙。这意味着她也知道这家伙是谁。

“你是维琉斯。”她说。

一抹震惊之色取代困惑浮上他的面孔。“没错。你说你是谁来着？”

“伊莉莎，”她说，“科吉尔将我父亲带去了某个地方。”

“科吉尔在哪儿？”维琉斯问道。

伊莉莎向上眨了眨眼。“早跑了。他爬墙而上，就像你一样。”

“你看到了不少事情，伊莉莎小姐。”维琉斯揉了揉他的太阳穴，“为什么科吉尔会想要你父亲？”

“我不知道，”她说着，心里还不太相信这个男人，“为什么科吉尔会朝你开枪？”

他停顿了一下。“这么说吧………我们是老敌人了。”

不管是科吉尔还是这个男人看着都不老。“你知道怎么找到他吗？”

“我正在努力，”维琉斯说，“与此同时，你何不告诉我你是怎么知道我的名字的？”

伊莉莎还是不愿意，也没准备好相信这个男人，于是没有回答。

维琉斯闭上双眼。“听着，伊莉莎小姐，我们想要的东西是一样的。但科吉尔是个非常危险的家伙——”

“难道你就不危险吗？”

“我也很危险，”他说道，“这是事实。但如果你帮我，我发誓我也会帮你，并且不会伤害你。在我失去意识的时候你本可以伤害我，但你却没有。”

“那只是因为我不知道你是谁。”

“现在你知道了。那么你怎么知道我的名字的？”

伊莉莎眯起了眼，思考起他的话来。她回忆起信中内容以及他们的建议。特威德先生与科吉尔打算破坏这座城市乃至整个国家，而躺在地上的这个男人是他们的敌人，或许也会成为她的朋友。除此之外，莉莎的视力，那种一下子便让她读到那封信的特殊能力，让她只一眼便洞悉了这个男人的意图。她很确定他说不会伤害她，那么他便会信守诺言。

“我读到的，”她说，“这就是我如何得知你的名字。”

“从哪儿读到的？”

“一封特威德先生写的信里。”

“特威德？”维琉斯瞬间变得警觉起来，“大老板特威德？”

“是的，”伊莉莎答道，“我是他家里的用人。他派我父亲送一封信给科吉尔，之后科吉尔便将我父亲带去了某个地方。”

“你看了那封信？”

“从某种意义上说是。我看到了信纸之下留下的一些痕迹。”

对方又是一顿。“你的观察力真是惊人。”

她将他从头到脚打量了一番。“你是想继续躺在这儿，还是另有打算？”

“我会起来，”他说，“但是没人帮我可不行。毒性让我的腿还没法动弹。”

“那只能我来帮你了。”伊莉莎靠近维琉斯，好让他能将一只手臂环上她的脖颈和肩膀。然后，他们一起使力，将他拉了起来，尽管他还没准备好。

“剩下的内容说了些什么？”他问。

“有一点，信里称呼你为刺客，”她说，“里面说你正在饭店里找一件非常重要的东西，还有今天那些暴徒打算闹事。”

“让我们祈祷事态不要朝那方面演变。”维琉斯靠在伊莉莎身上，一瘸一拐地拖着步子走出小巷，走进安大街和灼热的阳光之中。他们齐齐看向马路对面。“信里还提到别的什么吗？”

“上面说科吉尔将会阻止你或杀了你，并且在今晚夺走你从特威德先生屋子里拿到的东西，不管是什么。”

“今晚。”维琉斯点点头，“那么就还有希望。”

“什么希望？”

“拯救这个国家的希望。”他说。

他们到了马路对面，正要走向北面，便看到了那群暴徒。

“噢，不。”伊莉莎喊道。

“已经开始了。”维琉斯说道。

两个街区之外的公园大道，纽约先驱论坛报大厦前面一个小广场上，一群暴徒蜂拥而出。他们多达百人，或许上千人，都堵在街道和地铁上。《纽约先驱论坛报》是支持林肯的，持废奴观点，历来被那些敌视草案和解放的暴徒视作目标。一个男人站在他们前面的运货马车上，身穿轻便的外套，头戴巴拿马草帽，他高举着拳头，大声咆哮着什么，从伊莉莎所在的位置无法听清。

“你不应该被看到，”维琉斯说，他还没法自己站稳，“今天对黑人来说并不安全。”

“我们该去哪里？”

“我能休息的地方。直到我的腿恢复之前我都没有用武之地。”

附近有家饭馆名叫温达斯特，就在安大街与公园大道的交界处，现在刚巧开门营业。伊莉莎帮他推门而入，虽然店主因他们的出现而有些许困惑——一名黑人女子与一名一瘸一拐的白人男子，但他还是将他们带到一张桌边并给了他们菜单。他们是这个时间段唯一的顾客，伊莉莎帮维琉斯坐进他的椅子后自己才坐下。

“你还好吧，先生？”店主问道。

“我会好的，”维琉斯说道，“休息一段时间便没事了。”

“外面真是一片混乱。”店主说。

维琉斯点了点头。

“他们是在抗议草案，是吧？”

“是为了其他的事情。”维琉斯说道。

“民主党自然是看不惯《论坛报》了。”他说，“格里利先生，报纸的主编，常在这里用餐。我希望他能平安避开这些暴徒。”

“如果他够聪明的话，”维琉斯说，“他眼下应该已经撤出这座城市了。”

维琉斯在菜单上选了咖啡和火腿蛋松饼，并坚持也帮伊莉莎要了一些吃食。眼下她发现自己不是很确定自己正处在一种什么样的情况之中。她的父亲被一个能飞檐走壁的男人带到某处去了，而她刚刚帮助了一名自称是刺客，脚部受伤的人到了一家饭馆，现在他们正要一起共进早餐。

食物送上来，伊莉莎马上就咬了一口，她意识到她饿坏了，于是吃得十分认真。她能感觉到维琉斯正一边盯着她，一边有条不紊地用着餐，于是她只得试着让自己别表现得那般不自在。

“跟我说说你的观察力。”他开口道。

“我不知道还有什么好说的了。”伊莉莎放下叉子，用她的手帕擦了擦嘴唇。“有时，我能看到一些东西，而且我知道那些东西很重要。有时，我会看到一个男人，比如你，我能分辨出他的意图是好是坏。有时，比如这封信，我能看到一些东西遗留的痕迹，仿佛它们会发光一般。”

“你父亲也有这般的观察力吗？”

“不。但他们说我母亲有。”

“我很抱歉。她去世时你多大？”

“八岁。”她说。

“她将这种观察力教给你了吗？”

“没有。”伊莉莎说话时双眉皱了起来，“为何你这么感兴趣？”

他没有回答，只是咬了一口食物，然后啜了一口咖啡。

“要是你不愿意回答，那就告诉我科吉尔从你身上拿走了什么。”伊莉莎还没忘记维琉斯已经从礼查饭店拿走了某样相当贵重的东西。

“说来复杂，”维琉斯说，“或许——”

饭馆大门被推开，一位年长的绅士走了进来。他身着一件白得几乎褪色的罩衫，看起来就像一名乡村传教士，头上戴一顶软塌塌的帽子，脚穿农用靴子，鼻梁上架着一副眼镜。

“格里利先生！”店主喊道，“你还好吗，先生？”

“跟想象中一样好。”格里利先生说道。

那么这位就是《论坛报》的主编了。伊莉莎佩服对方还有胆量走进这里。

“外面都是暴徒，你知道吧？”格里利先生说，“我相信他们十分乐意将我吊死在公园的树上。不过要是我肚子饿的时候吃不了早餐，我的生命对我来说也就没什么意义了。”

“你得注意点，格里利先生，”店主说道，“万事小心。”

“万事小心？”格里利先生径自一脚踩在了桌子上，并拖过来一张椅子，好像它就是他的顾客一般，“现在可不是万事小心的时候。整个国家的命运正处于动荡之中。万事小心只会失去民主和平与反抗者。要是我觉得有必要，我都愿意去竞选总统。”然后他像是才注意到伊莉莎和维琉斯的存在般朝他们点了点头。

维琉斯点头回礼之后转向伊莉莎。“我的双腿已经恢复了。要是那群暴徒冲进来找他的话我希望你不在这里。”

伊莉莎表示赞同，随后维琉斯付了两人的餐费。紧接着两人便溜出门到了街上。维琉斯带着她穿过看起来已完全恢复平静的马路，之后再直奔饭店与圣保罗大教堂之间的维西大街。没走几步，室外的高温便使得伊莉莎的肌肤湿热难耐。当他们到达教堂街时他们已身处住宅区了。

“特威德老板的房子在哪儿？”他问。

“三十六号街，”伊莉莎说，“在第五大道与第六大道之间。”

“那可得穿过好长一段距离的暴动人群。”他眯眼看向伊莉莎，像是在琢磨着什么。“我们可以走上面。”他说。

“上面？你不会是说去爬那些墙吧？”

“我就是这个意思。”他笑道，“相信我。这能力可是你与生俱来的。”

第十六章　废奴会议

亚伯拉罕离开小店后并不确定要做什么或要去哪里。他的身体已精疲力竭到了毫无预警便有可能停止运作的地步。他硬是咬牙将自己的身体撑到极限，走了一整晚，未敢合眼，他很清楚他还得再痛一个街区，或许两个，而且如果他就这么倒在街上的话对伊莉莎没有任何好处。

你所在的缝隙现在已经相当大了，门罗说道，**这个虚拟场景暂时会用历史数据进行推算。这会让人感到不是很……真实。**

“所以我该做什么？”大卫问道。

保持安全，并且准备按时到达下一个交叉点。明天下午你会见到肖恩和娜塔莉亚。

"在哪儿保持安全？"

或许亚伯拉罕知道。听他的。

大卫知道亚伯拉罕可能一路返回特威德的宅邸直到他能够休息，即便如此，这件事也还远未解决。街上太过安静，一个流氓都没有，只因他们全跑到住宅区去了。亚伯拉罕不知道什么样的危险或是暴徒横亘在他与伊莉莎之间，但那个男孩的影像，那个用手指划过喉咙的家伙，留给了他冰冷的、血的警告。

他默默地希望伊莉莎已经对盖鲁斯·梅格多加留意，并且返回了特威德先生的宅邸，亚伯拉罕转向了多佛街，又过了一个街区之后，他走到了水手之家。亚伯拉罕以前从未来过这里，但他知道这里，并且希望能在此地暂时避难。

这是一栋大砖房，整整五层，矗立在街上，前门挂着朴素的门牌。亚伯拉罕叩响了大门，但在那个时刻他不得不敲好几次门，并且在有人前来应门之前站在门口苦等。

大门终于打开了，一个中等身高，健壮的中年黑人男子出来接待他，他裤子里的脚是光着的，衬衫松松垮垮地挂在身上，他的眼神比起打量亚伯拉罕，更多是在打量街头状况。"你好，我有什么可以帮你的吗？"

"我想知道我是否可以在你这里寻求庇护。"亚伯拉罕说道。

"哦。当然可以。"男人揉了揉眼睛，站到一边让亚伯拉罕进入，"当然，请，请进。欢迎所有为和平而来的人。"

亚伯拉罕走进大门，进入一个两侧都有房间的门厅。一条宽阔的走廊直伸入建筑之中，照亮一半走廊的是一抹从楼梯上直泻而下的亮光。

迎进亚伯拉罕的主人关上了他们身后那道门并落了锁。"我可否请教尊姓大名？”

“亚伯拉罕。”

一个印度妇女出现在门厅外的一个房间，她打开门，穿着睡袍，跟男人差不多的年纪。“亚伯拉罕，欢迎。”她说道。

“我是威廉·鲍威尔，”男人说，“这是我妻子默西，我们一起经营这个家。”

“我诚挚地感谢你的好客，鲍威尔先生，”亚伯拉罕说道，“很抱歉这么早前来打扰。我正好需要一个安全的地方休息。我基本大半个晚上都待在街上。”

“当然，”鲍威尔先生说，“楼上有床铺。”

他和他的妻子领着亚伯拉罕穿过走廊走向刚刚他瞥到的楼梯，上楼途中他透过窗户看了眼街上。

“外面怎么样了？”鲍威尔夫人问道。

“坏兆头，”亚伯拉罕说，“暴徒们不知道要做什么勾当，全都开始聚集到住宅区去了。”

“明天将会是黑暗的一天。”鲍威尔先生说，“我曾警告过一定会到来的一天。”

“你们在这里做什么？”亚伯拉罕问道。

“我们为在岸上的水手提供一个精神上的家。”鲍威尔夫人说，“一个远离陷阱和诱惑的安全的地方。我们禁止酒精，并且向我们的人提供上帝的箴言，一间图书室对他们来说更好。若有需要，我们会帮助他们找一份正经的工作。”

他们走到楼梯顶部，亚伯拉罕发现他们正站在一条长长的走廊上，两边全是门扉大敞的空卧室。

“我们也会在这里举行废奴会议。”鲍威尔先生说，“我是反奴隶制协会的创始成员。我们和奥尔布罗·里昂一起庇护并帮助了许多奴隶逃跑，就在范德沃特街上。”

“你做的是上帝的工作，”亚伯拉罕说，“我是从斯塔滕岛过来的。”

“上帝保佑你。”鲍威尔夫人说道。

“这里都是好人。”鲍威尔先生说。

“的确。”亚伯拉罕看了一眼就近的一个房间，里面仅有一张床与一张上面放着《圣经》的桌子。“你们这里看起来挺空旷的。”

鲍威尔夫人点点头。“我们一收到有抗议活动的警告，多数人昨天就离开了。他们有些乘船去了布鲁克林，有些去了新泽西。”

“但你们却没走？”亚伯拉罕问道。

“这里是我的家，”鲍威尔先生说，“我不会离开它。”

亚伯拉罕佩服他的勇气。

“这间房已经打扫过并为你准备好了。”鲍威尔夫人抬手指向一扇敞开的门，“请休息吧。欢迎你在这里住下直至你的麻烦事完全解决。”

“我不会打扰你们太久，”亚伯拉罕说，“我需要找到我女儿。我计划今晚带她一起离开前往霍博肯。”

“那就尽力休息吧。”鲍威尔先生说道。

他们都是好人。某种程度上来说有些太好了。或许这就是门罗说的看起来不太真实。

他们将他留在房里，但他没有关门，他直接倒在还铺着床罩的床上，连他的鞋子都没脱。尽管床垫又厚又旧，却尽可能温柔地承载了他，他对此感激不尽。他的膝盖和后背上的疼痛减轻了，他叹了口气，闭上双眼。

虚拟场景黑了下来，影像转瞬即逝，就像在黑暗的房间里拿着一把手电，只能看到它的一束光亮闪了一下。城市的街道，月亮高挂在湿地之上，盖鲁斯·梅格正和瘦皮乔一起在笑。感觉好像大卫正在失去同步。

“发生什么事了？”他高声问道，“门罗？”

他在做梦，门罗说，**什么都不用担心。**

“做梦？但是太黑了。”

Animus 正在计算它们以填补空隙，门罗说道，**待着别动，放松就好。**

大卫无法放松。伊莉莎还在外面城市的某处，这意味着格蕾丝也还在外面。她才是大卫真正担心的那个。她是确保不会有坏事发生在他身上的那个人，总是为他善后，并且从不让他感到对她有所亏欠。

但是虚拟场景却影响了这段关系，他体验到的亚伯拉罕对伊莉莎的关心已转变为大卫对他姐姐的关心。他再也不指望她照顾他了，他指望着照顾她。

“我什么时候能跟格蕾丝见面？”大卫问道。

你在见了肖恩和娜塔莉亚后与她有个交叉点。

“什么样的交叉点？”

对方停了一下。**我不是很确定。**他说，话中似乎有所保留。

睡梦状态持续了一段时间，不过最终亚伯拉罕醒了过来，而当年老的男人从床上起身时，大卫冷静了下来，听从他脑部的指挥。他的膝盖和后背还在疼着，不过疼痛的记忆总好过现实中的伤痛。他看向他的怀表，发现他睡过了整个早上，现在已经是下午一点了。

亚伯拉罕听到外面走廊上传来声响，便循着声音走到了图书室。他看到鲍威尔夫人正在那里为三名孩童朗读，两个女孩一个男孩。男孩看上去约十二岁。其中一个女孩与伊莉莎差不多年纪，另一个则年幼许多，有着一双皱缩的腿，此刻正坐在她母亲的怀中。

鲍威尔夫人抬头便见亚伯拉罕站在门口。“请进。”

“我无意打扰你们。”亚伯拉罕说。

“没这回事，来，坐。你休息得好吗？”

“很好。”他说，“鲍威尔先生呢？”

“他不顾我的阻止出去查看到底发生了什么。”

“但你却一点儿都不慌张？”

“没错。”她说道，声音里满是愉悦，视线分毫不离她的孩子们。

“你不用强颜欢笑，母亲。”年长的女孩说道。

亚伯拉罕清了清喉咙。“再次感谢你的好客。我想我现在应该出发回家了。”

“哦，拜托，亚伯拉罕，”鲍威尔夫人开口道，“至少等到威廉回家。这样我们就可以知道城里到底发生了什么。”

亚伯拉罕斟酌了一下这个建议，结论是没准儿这是个明智的提议。如果鲍威尔夫人能提供给他一些关于暴徒和他们的行动的好建议，亚伯拉罕就能规划出到达住宅区的最安全的路径。

“那好吧。”他边说边拉来房间里的一把扶手椅。水手们的图书室一点也不像特威德先生的。这里的藏书种类并不丰富，寥寥无几，但这个地方却给人一种朴实丰富的感觉。反之，特威德先生的图书室，即便书本满架也显得贫瘠不堪。这个房间完全体现了何谓物尽其用。亚伯拉罕能感觉到充塞在空气之中的学术对话气息，仿佛这些破旧的木头书架和地板也完全沉浸其中。

鲍威尔夫人又转回去给孩子们朗读安徒生的童话，内容是一个公主能隔着数层床垫和褥子明显地感觉到一颗豌豆的存在。年幼的孩子们听着故事咯咯直笑，而年长一点的女孩则在屋内走来走去，看向窗外。

“我希望比利在这儿。”她叹息道。

“谁是比利？”亚伯拉罕问。

“我们的大儿子，”鲍威尔夫人答道，“他正在军队里担任军医。他希望能为战争出一份力。”

“你一定为此十分骄傲。”亚伯拉罕说道。

“没错。”她说，“尽管我希望他能与白人军医同工同酬，并同样受人尊敬。”

“我希望他在这儿。”年长的女孩又说了一遍。

他们脚下的地板下传来开门声，片刻后，脚步声在楼梯上响起。随后鲍威尔先生大张着嘴走进图书室，他似乎想说什么，却好像在注意到他的孩子们后立刻又闭上了嘴。“默西，我能跟你单独谈谈吗？”

“当然。”鲍威尔夫人答道，“玛丽，你能照顾一下莎拉吗？”

年长的女孩走了过来，抱起她年幼的、残疾的妹妹，这时鲍威尔夫人从椅子上站了起来。

“亚伯拉罕，”鲍威尔夫人说，“我也能和你谈谈吗？”

“当然。”亚伯拉罕早已在等她开口了。

他们三人走到走廊尽头，在那里他们的对话不会让孩子们偷听到。

“外面现在恐怖至极。”他说，“有二十户住在巴克斯特和莱纳德街的黑人家庭不得不离开他们被烧毁的家。暴徒们毁坏了古鲁和达夫的餐馆。他们刚刚纵火烧了二十一号军火库。他们还袭击了《论坛报》总部。现在城里到处都是他们的人，在商店和住户到处劫掠和纵火，还到处乱抓所有他们能抓到的黑人，暴打他们。我听说有人还被活生生地打死。警察根本无力阻止他们。巡逻官面对数百人根本孤掌难鸣，而且凡是他们驱逐暴徒的地方，一定会遭到更激烈的反抗，或者是不知道从哪儿冒出更多人来。”

“上帝保佑我们。”鲍威尔夫人说道。

“《论坛报》总部离这里并不远。”亚伯拉罕说。

鲍威尔夫人点点头。“我已经把我们这里的招牌摘了下来，但即使没有它，我们这里也是尽人皆知。我怕你此时出去会非常危险。”

亚伯拉罕不得不同意他们的说法，只不过此时他心里满是失望。他最期望的便是伊莉莎在特威德先生的家中平安无事，但他对此并没把握。要是他知道她在哪儿，他便会安然待在他所在的地方。

“但我女儿……”他开口道。

“我相信她会希望你安然无恙，”鲍威尔夫人说，“就如你希望她平安一般。”

这话说得他脑中一动，而非心中一动。

“你大可以跟我们待在一起，”鲍威尔先生说，“直到外面那些邪恶之事彻底结束。”

“但谁能制止这些事情？”鲍威尔夫人问道。

“此时此刻，”鲍威尔先生说，“只有军队重整旗鼓才行。这不是单纯的暴动，而是叛乱，我担心城市会就此失守。”

他们返回图书室，鲍威尔夫人又开始朗诵，尽管她的声音听起来有些心不在焉。

很快便到了两点，一直站在窗前的年长的女孩对她父亲喊了一声：“他们来了！”

亚伯拉罕与鲍威尔先生冲到窗前，然后证实了她是对的。一大队人，二十，说不定有三十个强壮的暴徒高喊着口号，挥舞着手中简陋的武器沿着街道行进。他们看起来是直奔水手之家而来的。

“快点儿。”鲍威尔先生喊道，声音沉稳却焦急，“我要你们全部都上楼顶，然后翻到隔壁楼顶。尽量不要被看到。”他从他妻子臂弯中抱起年幼的女儿。“我们现在就走，保持安静。”

亚伯拉罕跟着这家人爬上楼梯走向三楼，然后是一层楼又一层楼，最后他们到了狭窄的阁楼，那里有一扇低矮的门打开着，直通楼顶。亚伯拉罕看到水手之家与隔壁房屋之间的小巷上方架着一座可移动的木桥，从街上看不到这里。鲍威尔先生显然对此早有准备。他往返于桥上他的家人之间，直到他们全部到了另一边后，才将莎拉递给了他的妻子，然后他再送亚伯拉罕过去。

“要是可以的话，把桥拉开。”鲍威尔先生站在对面房顶上对他说道。

暴徒们的声音朝他们逼近，那些声音里充斥着恶毒和威胁的话语，在殖民地亚伯拉罕都不曾听到过这般能让他的身体不受控制地颤抖的话语。

“你不跟我们一起？”他问鲍威尔先生。

“我不会离开我的家，”鲍威尔先生说，“我的家人已经安全了，只要那些暴徒敢踏进我家，我就敢面对他们。”

鲍威尔夫人高声嘶喊：“威廉，求你了……”

“默西，”鲍威尔先生说，“我不会向那些暴徒屈服的。我不会向他们的憎恨投降。我也不能。这不是我的天性。”

亚伯拉罕再一次对这个男人充满敬佩之情。“你希望我留下来陪你吗？”他带着希冀却又害怕地问道，他十分清楚自己若是肉搏的话近乎无用。

“我不需要任何人留下来陪我。”鲍威尔先生说，“现在，要是你还心存善意便把桥拉开。”

亚伯拉罕低头看向木头跳板，然后弯身用双手扣住其中一头。鲍威尔家的男孩跑过来帮他，两人合力将桥拉到了他们所在的房顶上。亚伯拉罕回头看向此刻站得笔直的鲍威尔先生。

“谢谢你，孩子，”他说，“我爱你们。安静地待在这儿。你们会没事的。”

“我爱你，威廉。”鲍威尔夫人说道。她的孩子们此刻亦不约而同地为她的情绪所感染。

鲍威尔先生转身穿过阁楼的小门离开了屋顶，仅留下他们与他分隔一方。

这家人渐渐冷静了下来，都静待着，祈盼着。玛丽泪盈于睫，鲍威尔夫人也是。小男孩坚定地坐着，莎拉则蜷在她母亲怀中，仿佛他们就是她的城郭，只要她还在这里，哪怕整个纽约都在她身边燃烧，世界都会充满和平。

空气中充斥着烟雾的气味，亚伯拉罕盯着住宅区，他看到一股股黑烟蹿上天空，有些近，有些远，有些大，有些小，全都昭示着不祥。

暴徒们的叫嚣声越来越大，不过目前还只停留在街上，没有在房屋之中。没准儿他们害怕破门而入之际面对身强力壮的水手们。但时间一点一点过去，却依然没有任何闯入的迹象，天空布满乌云，热度虽没降低，却阻止了阳光继续荼毒亚伯拉罕的双肩。

“或许他们已经离开了。”玛丽说道。

“让我们祈祷他们离开了。”鲍威尔夫人说，“现在，我们一起祈祷。过来，孩子们，你们互相拉着彼此的手。”

她的孩子们站到她周围，就在她开始祈祷的时候，亚伯拉罕也低下了头。闭上双眼，他想象着他看到伊莉莎被困在特威德先生的家里，屋外是一群暴徒，宅邸已陷入火海之中。她在呼唤他，但大火让他没法听到她的声音。他只能看到她脸上的恐惧，她大张着嘴无声地惨叫。

好了，大卫，门罗说，**是时候去下一个交叉点了。**

大卫从人群中走了出来。“你就不能在我上屋顶之前提醒我吗？”

“抱歉。但你得动作快点。”

大卫知道亚伯拉罕会为了将鲍威尔夫人和她的孩子们丢在屋顶而感到愧疚。他们的祈祷结束了，他转身欲对她说话，却发现她正看着他微笑，像是她已经知道他心中所想。

“去吧，”她说，“去你女儿身边。”

“但是……”

“一切都会好起来的。”她说，“我们已经祈祷过了，我确定上帝已经听到了我们的祈愿。他会保佑我们的，因为我们在这里做的是他的工作。”

亚伯拉罕希望他有她那般的信仰，但在他度过那样的人生后，他对于上帝有太多的疑问，他需要的是一次好好的、漫长的探讨。但他将疑惑留在心中，与鲍威尔夫人和她的孩子们道别。

“当这一切结束，”她说，“回来看看我们。我们的水手们总会从好人那里得到无穷智慧。”

“我会回来看你们。”亚伯拉罕承诺道。

他找到屋后的一棵树，沿着它爬下去到了街上，在他踩到地面之前，他的一身肌肉已酸痛不已。这棵树让他落到了沃特街的一个小巷里。他沿着它走向住宅区，远离了多佛街上那些盘踞在水手之家外面的暴徒。

你走对了，门罗说道，**继续往北走。**

“我会在那里遇到肖恩和娜塔莉亚吗？”

门罗再次停了一下。**没错。**

“我来了，伊莉莎。”亚伯拉罕对自己轻声说道。

“我来了，格蕾丝。”大卫说道。

第十七章　汤米的极限

汤米带着阿德丽娜越过栅栏，穿过邻居家后院的草坪。路上他们遇到了一些同样从家中逃出来的人。但汤米看得出他们眼神中的六神无主。那些暴徒似乎无处不在。

“到警察局去，”他对每个路过的人低声耳语，“到警察局就安全了。”

他和阿德丽娜终于穿过一条小巷，来到了第四大道。接着他们拐过二十六号街，来到麦迪逊广场，避免与更多暴徒接触。

“你闻到了吗？”阿德丽娜说，“烟的味道。”

汤米抬头四处张望，在周遭建筑的夹缝中寻找着，最终定格在东南方的街灯处。“我想那是国家军械库，”他说，“天哪，他们把那儿烧了。”

“军械库？”阿德丽娜说，“这是不是意味着现在那些暴徒手里有枪？”

“但愿不是。”汤米说道。然而，他完全想不出警方能有什么方法镇压这次暴动。城市中大约有一千五百名可供调遣的巡警，如果他们都能到警察局报到的话。而此时值班警力远远小于这个数字，完全无法对抗一群人数过万且不断壮大的暴徒。假如这些暴徒配备了卡宾枪和来复枪，想击败他们就更是不可能的。

他们穿过麦迪逊广场，来到公园中，路过他们昨夜聊天时所坐的长椅。

“哦！”汤米说，“哦，我真是个傻瓜！”

“怎么了？”阿德丽娜问道。

“你的金子，”他说，“我把它落在我哥哥的房子里了。”

“嗯，”阿德丽娜说，“严格地说，你落下的那些金子是你的，而不是我的。虽然我一想到它们最终会落入盗贼和恶棍手中就恶心到不行，但我不认为这值得我们冒险回去。”

他并没有回去取金子的想法，但他仍然用力掌掴自己的脑袋。

“别打了，”阿德丽娜说，“现在有比金子更重要的东西，我宁愿想想下一步应该怎么办。你依然觉得我住的酒店不安全吗？”

汤米扭头向后望去。暴徒的大队人马正沿各条大路向市中心前进，而一些零星小组中的暴徒则四散开来，在街道中穿行。他的本能告诉他，这些人会把从东河岸到哈得孙的每个街区、每条街道都搅个底儿朝天。他们早晚会到达那座酒店。

“我觉得那儿不安全。”他说。

“那我们该去哪儿？”她问道，“某个警察局吗？”

“只要那些暴徒愿意，他们可以轻易拿下一个警察局。”

“那我们能去哪儿呢？”

“七十一团的军械库在三十五街和第七大道处。那些暴徒也许会对抗警察，但我怀疑他们还不敢和军队正面冲突。”

“我记得你说过军队都出城了。”

“军械库一定有人驻守。”汤米说。这是城中他能想到的唯一足够安全的地方。其他方案就只有把阿德丽娜送出城去，假设那些暴徒还没有在城中散开来的话。“你在布鲁克林有没有亲戚或者朋友？新泽西呢？”

“我在霍博肯有一个姑妈。”她说。

“霍博肯，很好。”汤米说，“如果有必要的话，克里斯托弗大街渡轮能载你到那里。”

汤米知道二十九街百老汇那里有一处宪兵司令部，所以他带着阿德丽娜从二十六街绕行，准备等到达第七大道再转向市中心进发。他们大概要步行经过十个街区，这在通常情况下并不算是很远的距离。然而当他们走过三个街区时，角落处突然蹿出一队暴徒。汤米急忙把阿德丽娜拉入附近的一条小巷，躲在一辆缺了后轴的破马车后面。为了不暴露警员身份，他没有携带警棍，所以他不具备与人搏斗的有利条件。

“谢谢你。”暴徒路过之后，阿德丽娜小声说道。

汤米看着她。“为什么？”

“为你所做的一切。为你对我的照顾。你并不认识我，你甚至不知道我是否值得你这么做。”

“你当然值得，”汤米说，“每个人都值得。”

阿德丽娜叹了口气。“你是个好人，汤米·格雷林。你也许是我遇到过的最好的人。”

“阿德丽娜……”阿德丽娜在汤米脸颊上轻轻地吻了一下，没有让他继续说下去。她的唇齿间吐气如兰，汤米感到自己的身上阵阵发烫，语无伦次地说：“那并不……你不必……”

“嘘，”她说，“我们接着走吧。”

他们离开小巷，回到街道上。汤米仍然因为刚才发生的事而感到慌张，但他知道阿德丽娜不是那种过于看重这些的人。她可能亲吻过许多男人的面颊，所以即使这个吻对他来说绝无仅有，它对阿德丽娜的意义也许并不那么重大。

汤米涌动的思绪让肖恩也感到十分疑惑。他知道是阿德丽娜吻了他，而他还知道娜塔莉亚也经历过，他琢磨着这在虚拟场景之外意味着什么。

他们还在继续前行。烟雾昭示着远方的火焰，暴徒们似乎一心想要大肆破坏。汤米和阿德丽娜连躲带藏，又成功地避开了几队暴徒，终于在一点钟到达了军械库。这里看上去就像一座堡垒，白石砌成的三层高楼，三个角落都建有八角塔，余下的一角则有一座巨大的钟楼。士兵们把守在入口，装备着来复枪与刺刀。

他们的制服勾起了汤米内心深处对肆虐战火的记忆。他的双手不由得开始颤抖，呼吸也急促起来，他放慢了脚步。

“怎么了？”阿德丽娜问他。

“没事。”他低声道，但空气中烟雾的形状和味道不由得让他想起火药，他的双腿忍不住有些发抖。

“汤米，”阿德丽娜握住他的臂膀，“汤米，你怎么了？”

他感觉到她用手抓住了他，但这还不足以将他拉回现实，枪炮和马嘶的回响盖过了她的声音。

“汤米，看着我。”阿德丽娜摇晃着他说道。

他低头看着她，直视她的双眼。她的手伸上来，捧住他的面颊，那是她刚才亲吻过的地方，这个举动仿佛水面上泛起的涟漪，抚慰着汤米的伤口，也平复了他脑海中的战火轰鸣。

“好了，”阿德丽娜说，“刚才你的脸色很苍白。”

“抱歉，”他说，“我——”

“你用不着道歉，”她说，“没什么可丢人的。你感觉还好吗？”

“我想还可以吧。”

“那就好。”她握住他的手捏了捏，然后向军械库的方向扬了扬头，“我们还要去那里吗？”

“是的。”他说。他已经很久没有过这样的经历了，这让他措手不及，但现在他准备好了。

他们向军械库的大门走去，半路被一个长着尖下巴的年长士兵拦住了。

“有什么可以效劳的吗？”他问，“你是来志愿参军的吗，年轻人？”

“志愿参军？”阿德丽娜问道。

“他们发布了公告，”男人说道，“所有身体健全的老兵都要来这里报到。我们已经集结了一支人数可观的军队。”

“我们不是来报到的，”汤米说，“我想知道你能不能让这个女人进入军械库，在暴乱平息之前保证她的安全。”

“等一下，你不和我一起吗？”阿德丽娜说。

“我会等到确保你已经安全。”汤米说。

老兵看了看他的战友，后者耸了耸肩。

“我们可不敢打包票，到现在我们还没接到与市民相关的任何命令。”

“也就是说，没有人禁止你们这么做。”汤米说。

“严格地说确实没有。”老兵眯起眼睛，深吸了一口气。“好吧，这边走。”他一边说，一边带他们走进军械库的大门。

他们走进一座像洞穴一样空旷的大堂，接着老兵领他们进入一间摆着一排长椅的接待室，让他们坐下待命。

“我去帮你们安顿一下。”

“多谢您的照顾，长官。”阿德丽娜亲切地笑着说。

男人整了整帽檐。“谢谢你，小姐，但我从没当过军官。”他离开他们时面带笑容。

老兵离开后，阿德丽娜向汤米眨了眨眼，悄声说道：“我知道他不是军官。”

他们等了一个多小时。目送士兵们带着应征的志愿者进出房间。汤米看得出，他们已经集结了一支由战场老兵组成的规模可观的部队。如果有足够的军备，他们足以与暴徒匹敌，但看起来似乎没人急着上街直面暴徒。

当老兵终于回来时，他止不住地摇着头。“恐怕我不得不请你们离开，”他说，“我们接到命令，要把市民送至大都会警察局。”

“但警察局不安全。”面对愚蠢的官僚主义，汤米试图让自己的声音听上去理性而镇定，“大部分警察局只有几个巡逻官驻守。他们的防守会被轻易攻克。”

“我很抱歉，”男人说道，“目前禁止市民进入军械库，这是桑福德将军的命令。”

尽管感到荒诞不已，汤米知道争论下去是没有意义的，于是他站了起来，阿德丽娜也跟着起身。他们跟随老兵回到街上，天际线的颜色比他们进入军械库时更暗了。

汤米转向老兵。“你看那边。”他指着远处升起的浓烟，“以你们的军力，为何还不去镇压暴徒？”

老兵挺直了腰。“我们还在等桑福德将军的命令。”

“你不感到心烦吗？”汤米尖厉地问，“如果要我据守不动的话，我会很不高兴。”

老兵把话咽到肚子里，没有开口。

汤米摇了摇头，拉着阿德丽娜走开了，他们回到了第七大道。“腐朽的政治。”他说道。

“什么意思？”阿德丽娜问道。

“桑福德是个民主党人，他听命于州长西摩，那家伙也是个民主党人。”

“那又如何？”

“民主党很有可能把这次暴动视为他们在战争中对抗林肯的有力工具。如果他们能阻止草案的签订，就更有机会迫使林肯同意和解。”

“你的意思是说他们乐于看到暴动发生？”

“我是说桑福德曾经镇压过叛乱，他现在为什么不这么做？他完全没有按兵不动的理由，但眼下他和他的志愿兵们无动于衷。”他们两个又回到街上了，他仍然要确保阿德丽娜的安全。“我想我们应该去克里斯托弗大街坐渡轮，”他说，“那样的话就能带你去霍博肯了。”

“好的，”她说，“但我还是感觉你想离开我。”

“我对这个城市有义务。”汤米说，“等到你安全了，我会与这些暴徒开战，不过我可没打算逮捕任何人。”

阿德丽娜没发表任何评论，他们和进城时一样避人耳目，继续向南边前进。当他们来到三十号街的时候，看到前方着火的房子前有一些劫掠者，便向东避开了一个街区，往烟雾最重的方向走去。他们沿着第六大道到达了二十九号街，只看到宪兵司令部烧焦后的破败残骸。幸运的是，那些暴徒已经离开了，他们的工作已经完成，于是汤米带着阿德丽娜走向这座残败的建筑。

扑面而来的浓烟卷着灰烬熏得汤米睁不开眼睛。他们穿过厅堂，阿德丽娜咳嗽不止，用袖子遮住了自己的口鼻，这里只剩下断壁残垣，遍地都是破木头和碎砖块。

他们到达百老汇大街后，转而向市中心第五大道酒店进发。汤米不知道那里会是什么情况，但他准备一旦感到安全就回到第六大道，然后一路走到克里斯托弗大街。

“汤米，你看。”阿德丽娜说。

透过前方的烟雾，汤米瞥见四个恶棍正在凶狠地抽打一个躺在地上的人，那人看上去是个年迈的黑人。

“退后。”他悄声说。

“你要做什么？”

“敲打这些家伙。”汤米说。他悄悄接近宪兵司令部的残骸，双手各抄起一把撬棍和一根钢管，然后尽可能无声无息地接近那群痞子。

“肮脏的黑人！”其中一个男人高喊道，一脚踹到那个黑人的肚子上，“我要杀光城里每个该死的黑人！”

“好好教训一下他们！”另一个家伙大喊。

汤米离他们越来越近，他感觉自己能伏击他们，于是便发起了无声的冲刺。那些恶棍抬头注意到了他，但为时已晚。

汤米把全身的重量都集中在钢管上，冲进那群暴徒中间。撬棍击中了一个人的下巴，钢管则直接砸上了另一个人的脑袋。由于惯性，汤米又向前冲了几英尺才停住脚步，然后他旋即转过身冲向剩下的两个人。

那两人呆若木鸡，瞪着倒下的同伴。那两个家伙显然已经失去了战斗力，但在汤米接近之前他们还是恢复了警觉。一个人抽出了刀，另一人则手握一块砖头。

汤米向拿砖头的人发起了进攻，卸下了他的武装，又转身面对另一个人。但他出刀刺到了汤米一侧身体。伤口传来一阵剧痛，汤米压制住疼痛，用撬棍钩住那人的脖子，把他拽到身前来，用钢管打中了他的脸。

砖头砸中了汤米的肩膀，他踉跄向前。但那个痞子错过了一击打中汤米头部的机会，使得汤米轻而易举地转过身来，暴风骤雨般地抽打着他的手臂和肩膀。

四个恶棍都倒下了，汤米把武器当的一声扔到地上，接着快速检查了一下自己的刀伤。伤口出血很严重，但还没到危及性命的地步。刀刃划开了汤米腰部的肌肉，但是没有伤到他的腹腔。

那个年迈的黑人在地上呻吟着，汤米跪在他旁边检查他的情况。这个可怜的家伙还有意识，但是情况很糟。他的下巴、脸颊和眼眶都被打折了，一侧耳朵不住地流血。汤米可以确定，他的肋骨也有多处骨折，内脏可能也受了伤。

“他还活着吗？”阿德丽娜跑过来问道。

“勉强活着。”汤米说。

那人轻声说了些什么，但汤米没听清。

他靠近了一些。“你说什么，我的朋友？”

“特威德，”他吸了口气，说道，“我为……特威德工作。”

“特威德？”汤米问，“威廉·特威德？”

男人微微点了点头。“三十六号街，”他说，“第五和第六……”

“第五和第六大道？”阿德丽娜问。

“我想是的，”汤米说，“他在告诉我们他的地址。”

“我们应该带他过去。”阿德丽娜说。

“他得去医院，”汤米说，“马上。”

“不。”阿德丽娜摇了摇头，“我想我们应该听他的。我觉得他知道自己需要什么。”

汤米又看了看地上的老人，感觉阿德丽娜说得或许有道理。以他的伤势和年纪，不论医院的医生如何努力，他可能都活不过今天晚上。

“好吧。”汤米说，继而他又问老人，“你叫什么名字，朋友？”

“亚伯拉罕。”那人轻声说。

“亚伯拉罕，现在我要帮你坐起来。”汤米边说边把手放在他的肩膀下面，“可能会有些疼。你准备好了吗？”

亚伯拉罕又点了点头。

汤米尽可能轻柔地把他扶坐了起来，亚伯拉罕不住地呻吟。

“抱住他。”汤米对阿德丽娜说。

她跪下来，环抱住亚伯拉罕，稳住他的身体，汤米转过身背对着他们。

“现在，”他说，“阿德丽娜，轻轻抬起他的胳膊放到我肩膀上，慢慢来。”

身后传来亚伯拉罕的呻吟声，接着他的手臂越过汤米的脑袋，穿过耳朵旁边，放在了汤米的肩膀上。汤米伸手抓住他的手臂，他注意到亚伯拉罕的手指肿了，而且还在流血。显然他曾试图和痞子们搏斗。

亚伯拉罕又呻吟了一声，阿德丽娜把他的另一只手臂也放在汤米的肩上。汤米同样将其握住，接着轻轻地把亚伯拉罕的双臂拉至肘关节处，让亚伯拉罕环抱着他的脖子。

“别怕勒住我，”汤米说，“抓紧。”接着他对阿德丽娜摇了摇头说：“天哪，如果他肋骨骨折了，这会疼得要命。”

汤米试图背起亚伯拉罕时，刀伤处传来尖锐的疼痛，仿佛又被刺了一刀似的。他哼了一声，往后退了退，阿德丽娜注意到了。

“怎么了？”她问，“你——天哪，你受伤了！”

“我没事。”他咬着牙说。他还得背着这个男人穿过七个街区。

“但是你在流血！”

“我会没事的，”汤米说，“相信我，这不是我第一次受伤。”

他把腰弯成一个特定的角度，希望能卸下亚伯拉罕手臂上的压力，好减轻他的疼痛。然后他们出发了，回到百老汇大街，接着到第六大道，向市中心走去，每一步都很艰难。汤米知道自己很强壮，但他还知道自己也有极限。两天内两场恶斗，一夜没合眼，还有一处刀伤。

他马上就会知道，这就是自己的极限。

第十八章　先行者的遗物

科吉尔站在第五大道的教堂钟楼上，看着城市在他的脚下燃烧。击败刺客以后，他已取回失窃的圣物，只等日落，他便准备将匕首献给最高首领。科吉尔本想全身心投入到今天的活动中，但获此至宝之后，他不敢再冒失去它的任何风险。

站在街市之上二百英尺的制高点，他可以清楚地看见这群暴徒给整座城市铺上了一块用火焰、鲜血和恐惧编织成的红地毯。

透过这一切，哈维尔感到无助极了。他想做点什么，阻止这件事，但想起门罗关于失去同步的警告，他不敢离开教堂钟楼。现在科吉尔手握伊甸园碎片，这正是他们进入模拟程序的原因。哈维尔不敢轻举妄动，他只能袖手旁观，甚至体验科吉尔对于混乱和毁灭的满足，而这其中也有他的功劳。

大部分计划按部就班地实现了。百老汇大街和第三大街的两个宪兵司令部都陷入了火海，他们没来得及取出草案。这正是整场抗议的导火索，随之而来的暴动比科吉尔预料得更快。

其他细节没能按计划实施。占领第二大道军械库的尝试失败了，也许是因为科吉尔没能亲自到场指挥进攻。他只是远远地看着这座建筑烧成灰烬，一同被毁的还有数以千计的来复枪、卡宾枪和其他枪支，他意识到很可能是那些没脑子的暴徒放了把火，他们认为这才是取得真正胜利的唯一机会。然而不管桑福德如何按兵不动，没有枪，这群暴徒绝对无法攻克整座城市。

但这群暴徒根本不需要攻下城市。

科吉尔低头望着手中的匕首。如果这是他所想的那把武器，是先行者的遗物，最高首领就不再需要这些暴徒了。

不过他们还是出色地完成了任务。夜幕降临，城市四角都冒起了火光与浓烟。科吉尔对这一切不以为意。这都是必须完成的事。这座城市已经显得过于笨重，战争中有比它更重要的东西。区区几条人命，几座烧毁的建筑与整个国家的和平与繁荣相比都不值一提。

身处战场之外，哈维尔不知该如何看待科吉尔的笃定之念。他潜伏在这个圣殿骑士的神智中，所以他不得不在一定程度上以科吉尔的方式看待问题，而与此同时他也对圣殿骑士的所作所为感到愧疚。

夜幕降临，科吉尔把匕首带给最高首领的时间到了。他把圣物包裹起来，放在外套口袋里，准备回到街面上，这时他注意到北方又冒起了新的火势。他本以为暴乱者已经往市中心去了，于是他拿出赫歇尔红外望远镜，准备一探究竟。

是有色人种孤儿院，暴徒们在那儿放了把火。

科吉尔收起望远镜，觉得口干舌燥，胃里泛起一阵恶心。虽然他相信教会大业，也会毫无顾虑地执行任何命令，但是想到有孩子被杀害，还是让他犹豫起来。这一刻，哈维尔感到他与科吉尔信念相通，而不是像以往一样站在对立面。

科吉尔从钟楼顶上迅速地向下攀爬，沿着边缘滑行下落，最后回到了街上。在向北艰难地走了不到两个街区后，他攀上一座建筑来绕开地面上的人群，然后他决定从屋顶继续前进。

孤儿院从来都不是他们的目标。抛开科吉尔的个人反对不谈，攻击孤儿院根本没有任何意义。最高首领曾严正申明：这场暴动若想成功，必须以起义的面目示人，如果暴动变成了邪恶而野蛮的行径则必败无疑。一定程度上的劫掠是可以被允许的，也是可以预料到的，但烧毁一座孤儿院已经跨过了一条界线。科吉尔不能置之不理，他必须做些什么，而且必须要快。

来到巴豆水库时，他已回到了街面上，但他又攀上水库的墙壁，沿着宽阔的砖石堤岸疾行。这座人造湖在他的左边，西侧则是水晶宫[①]幽灵般的残骸。

前方的烟雾随着火光愈演愈烈，等到科吉尔终于来到孤儿院时，整座建筑都已经被火焰吞噬了。十二个消防员无助地站在周围，不停咒骂的暴徒使他们无法工作。

“烧掉他们肮脏的巢穴！”

“把所有的人都杀光！”

此情此景让哈维尔惊恐万分，也让科吉尔怒不可遏，他们两人

---

① 1853 年，纽约市仿照 1851 年的伦敦世博会建造了自己的水晶宫，1858 年水晶宫被一场大火烧为灰烬。

都希望孩子们已经逃出来了。

劫掠者在街上大肆搅扰，手里抱着大火吞噬建筑前顺手牵羊拿到的被褥和家具。科吉尔沿着第五大道向北穿过人群，搜索着孩子们的身影，转到五十四号街时正好看见孤儿们从一条小巷冒出来，显然他们从后门离开了着火的孤儿院。

孩子们鱼贯而出，科吉尔粗略数了一下，大概有三百人，他们正向着暴徒的方向走去。在这些恶棍向孩子们施暴之前，科吉尔必须把他们引开，好让这些孤儿有时间逃走。而据他所知，唯一比黑人更让暴徒们疯狂的就是同情黑人的白人。

“如果你们里面还有人算得上是男人的话，”他大叫，“就过来帮帮这些可怜的孩子！”

回应来得和科吉尔预料的一样迅捷。这群暴徒抓住了他，恶毒地咒骂他，说他是个废奴主义者，是个林肯党人。科吉尔任由他们推搡着他，卸下他的枪，孤儿院的领导已经把孩子们转移到西方，避开了危险。

科吉尔忍受了几记痛苦的拳打脚踢，等确认孩子们安全了，他便转而开始收拾这些家伙。他们中有些算是半吊子，但没一个称得上是有经验的拳击手。只需对着他们的喉咙猛击几下，再用手肘狠狠地撞击他们的腰部，科吉尔便轻易地逃脱出来，攀上了最近一座楼房的墙壁。

他在屋顶上跟随着孩子们，从高处注视着他们一路向西，看样子他们很可能是要去二十号警察局。当大约二十个孩子与大部队走散时，科吉尔又回到了大街上。

“跟我来。”他对他们说，并张开双臂接近他们，“我不会伤害你们的。这边走。”

孩子们抬头看着他，脸上人都挂着泪痕。大一些的孤儿十岁十一岁的样子，他们拉着更小的孩子，有些孩子看上去才三四岁。

“一切都会平安无事的。”他说，“我会保护你们。但我们得赶快行动。”

他督促着他们前进，保护他们沿第七大道穿过像野猫一样盯着他们冷笑的人群，前进了两个街区。整条街就像是火药桶，只要一个火花就能要了这些孩子的命。接着走了没多远，科吉尔注意到四十二号街边有几座马厩。那天城市里大部分马夫都不敢上街，怕马匹受伤，但科吉尔有个熟人，是个坦慕尼协会的线人。

“派迪·麦卡弗里！”科吉尔喊道。

马夫抬起头。

“老大要这些孩子毫发无伤！”科吉尔说，带着孩子们朝马车走来。

“真的吗？”派迪问道。

“真的。”科吉尔说，“让他们上车，带他们去二十号警察局。现在就去。”

派迪的脸色唰的一下白了。“我要是这么干，这群暴徒会活剥了我的皮！”

“噢，是吗？”科吉尔向他迈进一步，威胁他说，“如果你不照办，我现在就剥了你的皮。明白了吗？现在，快点。”

派迪皱起眉，但还是点了点头，科吉尔帮忙把孩子们送上马车，装满一辆就又找到另一辆，直到所有孩子都上了车。暴徒注意到派迪驾车的身影，有些人大叫起来，冲他们挥舞着拳头。

“让我过去！”派迪号叫道。

“过来，小伙子们！”一个脸色通红的理发师向马车跨近一步，挥舞着斧头，“让我们劈开这破车，再拧断他们的脖子！”

科吉尔从皮带里抽出一把薄刃，赶上前去拦住那个人。正当那理发师把斧子举过头顶时，科吉尔一刀插入他的肝脏，斧子立刻掉落在地。周围的暴徒等到理发师瘫倒在地才注意到发生了什么，但科吉尔早已快步走开，马车也顺利通过。

这段充斥着暴力的记忆并没让哈维尔感到不适，他不知自己为何如此。他开始和科吉尔产生了盟友的感觉，科吉尔又守护着马车行进了几个街区，等确定他们已经避开了暴动最严重的地带才离开，走向最高首领的房子。他带着圣物沿着百老汇大街前进，时刻保持着警惕，仿佛头顶悬着一把剑似的。

他知道那个刺客已经无法构成任何阻碍，击倒他是个简单的任务，但科吉尔现在开始质疑自己当时是否应该直接杀了他。留刺客一条命是个战略性的决定，毫无疑问也是个自大的决定。科吉尔想让兄弟会知道，纽约还有另一个猎人，一个寇马克。但携带着圣物，也许不应该冒这样的险。

来到三十六号街后，他转向东方，背后的落日在烟幕的掩映下已经难以看清。白天的余温还未散尽，但空气中已经弥漫着新的气息。云层中酝酿着一场雨，有利于控制火情，对这座城市和警察来说是件好事，可对他们的计划却是个不幸的转折。

科吉尔到了最高首领的宅邸外，隔着一段距离，他感到有什么不对劲的地方。他走近了些，看到前门开着，很明显是被人踢开的，他立刻爬上了附近一座房子的屋顶。从那里，他找到了一扇通往最高首领屋子阳台的窗户，击碎玻璃后，悄悄滑了进去。

进入室内，尘埃和暗影几乎令人窒息。科吉尔低着头，悄无声息地穿过阳台，小心翼翼，没在地板上踩出任何声音。他找到了阳台门，轻轻地开了一条缝，发现走廊空无一人，但依稀能听见下层有声音传上来。是一个女人的哭声。

据科吉尔所知，最高首领并不住在这里，他只是将此处作为会客的场所。现在这里应该只有用人，有那么一瞬间，科吉尔怀疑是不是有暴徒闯进过最高首领的房子，做了令人发指的事。

他顺着走廊，慢慢走到楼梯处，顺着螺旋楼梯的栏杆向下窥视。声音似乎是从一层传出来的，所以科吉尔下了两层楼梯，在二层的阴影中等待着。

“我很抱歉。”一个女人说道，另一个女人正在哭。

“他想来这里。”传来一个男人的声音，“他想要见你。”

科吉尔听不出这两个人是谁，但他们不像是趁火打劫的暴徒。

抽泣的女人爆发出一声撕心裂肺的尖叫，声音传遍整幢房子，科吉尔从心底感到一阵寒意。他甚至向后迈上了一级台阶，差点儿没注意到那团正朝他移动的阴影。

他立刻低下头，一把飞刀直没入墙壁，就插在刚才他脑袋所在的地方。刺客向他冲了过来，肩膀撞上科吉尔的侧面，把他撞下了楼梯，但科吉尔及时抓住了栏杆，翻过身来，轻巧地下落了几英尺，在一层稳住身子。

又有三个人出现在图书室的门口，显然是被冲突声吸引而来的：伊莉莎，最高首领的用人；一个穿着华贵的女人和一个看上去像是警察的大个子。哈维尔认出他们分别是格蕾丝、娜塔莉亚和大卫。

但科吉尔对他们一无所知。他也不知道最高首领身在何处，只知道这座房子已经沦陷，以及保证圣物的安全是当务之急。

他一跃而起冲向前门，身后不断传来飞刀插入地板的声音。开门逃出之际，一柄飞刀插入他的上臂接近肩膀的地方。他在街上狂奔时从手臂上拔出飞刀，脸疼得有点儿扭曲。他不知道以他的伤势还能否攀爬，但他还是做了尝试，尽管身上传来剧痛，他还是爬上了屋顶，四周是暗红的火光和飘散的烟灰。

他没有停下来确认后方是否有人追击。他缺少情报，手臂还受了伤，这绝不是和敌人作战的好时机。他认为借助暴徒在孤儿院搅起的混乱是甩掉刺客和其同党的最好方法，于是他向北跑去。

在三十九号街，他得空向后瞥了一眼，发现刺客的身影还在追逐着他，并且两人间的距离在不断缩短。在科吉尔来得及融入暴徒们之前也许就会被抓住。

他在四十号街跳下街面，冲入水晶宫的残骸。五年前的一场大火几乎将这里燃烧殆尽，现在太阳已经落山，冲天的烟雾使得天色更早地暗了下来，宫殿内有许多可供科吉尔藏身的地方。

他向前飞奔，在破败的金属框架间穿行，不少残破的玻璃窗倒映出一个个破碎的身影。这座闪闪发光的宫殿原来有一百多英尺高，现在只有一些残骸勉强可以达到这个高度。科吉尔穿过希腊和罗马士兵的雕像，身边的残垣断壁下掩埋着烧焦的、被人遗忘的女神和女王像。

等跑到残骸深处后，他才回过头来，审视着周遭的动静。他没看到刺客的踪迹，但这说明不了什么。

科吉尔在一堆金属横梁后摆出防守姿态，从肩上解下来复枪。他没时间用烟幕弹，而是装上他先前用过的催眠镖，在黑暗中等待着。他开始责怪自己当时没杀死刺客。

城市里绝望的呼喊在这里几乎听不到，科吉尔闭上了眼睛，聆听着刺客的动静。他听见拍动的声音，举起枪，在扣动扳机前发现那只不过是一只蝙蝠。

正当他把枪口掉转到前方时，他听见身后传来窸窸窣窣的声音，在他反应过来之前，一只戴着手套的手抓住了他的下巴，扼住他的头，然后他感到刺客的袖刃抵住了自己的喉咙。

但科吉尔的盔甲派上了用场，让他在千钧一发间弹开了刺客的攻击，两个人短兵相接。

科吉尔丢下来复枪，快速地抽出两把刀，绝望地向前挥舞，但刺客转身防御，挡开了他的攻击。科吉尔的肩膀又传来一阵剧痛，他知道这在白刃战的对抗中将成为致命的劣势。于是他向后打了个滚儿，又向残骸深处跑去，但他听见刺客追了上来。

他决定假装摔倒，手中握着指虎，低身蹲了下来。刺客随即赶到，等到他足够接近时，科吉尔转过身来，从地面向上发动了猛烈的一击。他的指虎打中了刺客的下巴，希望可以打破他的下颌或者击碎他的牙齿。

刺客被这一击的力量打得向后腾空而起，但科吉尔没等他落地就又飞跑开去。他跳开了几码，可第二把飞刀重重地插入了他的后背，他向前倒去，摔到满是焦炭和玻璃碴儿的地面上。

飞刀的位置太高，插在肋骨之间，他不但没法自己拔出来，甚至连呼吸都感到疼痛，飞刀可能穿透了他的肺叶尖部。他已经无法作战，也无法逃跑。

科吉尔取出他身上最后一件能用的武器。他不知道这件圣物有什么威力，直到现在他都没想起要用它。他本想把圣物留给最高首领，但随着刺客的慢慢接近，绝望之下的科吉尔从口袋中取出了匕首。

手中的圣物传来温暖的感觉。他紧紧握住匕首，尽管身体僵硬地抖动，他还是强迫自己站了起来。

“你知道你手里拿着的是什么吗？”刺客问道。

“这是先行者的遗物。”科吉尔说，“你把我当成蠢蛋吗？”

“我把你当成没头脑的刀枪。”刺客说，“但你一定非常锋利。”

“我宁愿做和平的刀枪，也不做混乱的马前卒。”

刺客猛地一挥手。“你看看自己周围！你真的认为这不是一场暴乱吗？”

“这是改革之火。”科吉尔说，又握紧了手中的匕首，“这是除去阻止城市前进的不良分子的必要手段。”他咳嗽了一声，口中冒出鲜血，“暴动几天内就会结束，到时候我们的敌人都会被肃清。教会将得以壮大，为国家谋福利。试图阻止这一切，看不清前方的道路，只能说明你是个傻瓜。”科吉尔说着，突然感到一阵律动，一股能量从手中传到胳膊上。这股能量来自圣物。

刺客停下了接近的势头。他看上去很疑惑，似乎他真的认真听了科吉尔的话。不管匕首上携带的是什么力量，它对刺客造成了一定影响。

但哈维尔知道这是怎么回事。他在奇马尔波波卡的记忆中有过同样的经历。这是伊甸园碎片的力量。

科吉尔抓住这片刻的机会，抽出一把刀。然后转动刀刃，掷向刺客。

刀刃深深地没入刺客的胃部。刺客皱了皱眉，仿佛大吃一惊，哈维尔不知道他是欧文还是其他放哨的刺客。接着刺客膝盖一弯，仰面倒下。

科吉尔叹了口气，但肺部传来的疼痛让他后悔不已。他不知道背后的飞刀会不会要他的命，但他必须在倒下之前把圣物送到最高首领那里。

他是一个寇马克，直至最终，他都会为教会效力。

第十九章　恐惧的冰焰

伊莉莎站在窗台上，脚下的巷道离她有六层楼的高度，她的胸口随着急促的呼吸而剧烈起伏着，她的耳中回荡着自己如机车般轰鸣的心跳声。格蕾丝此时已经退缩到她心灵宫殿的边缘处。她一向恐高，而这段记忆不管是否发生，都让她感到恐惧。

维琉斯站在巷道的对面，他已经越过了这道坎。“你能行的，”他说，“你今天可跳过比这更远的距离。”

“但没有跳过这么高的！”伊莉莎反驳道。她是跨过了不少间隙，不过那是因为她不用害怕自己会摔死。

“伊莉莎，听我说。你在担心，你以为是你的恐惧在对你说你没法做到。但不是的。你的恐惧没有告诉你这些。是你自己在对自己说你没法做到，是你自己在逃离恐惧。”

“你说这些就能帮我吗？”伊莉莎说。她庆幸今天至少没刮风，否则她绝不会靠近窗沿。

“拥抱你的恐惧，”维琉斯说，“用你的双手拉起它，一起跳舞……”

“一起跳舞？”她发现自己很难把目光从脚下的间隙上移开，“你说的是什么意思，一起跳舞？”

“恐惧是一团冰冷的火焰，它能给你提供能量，它能让你完成难以想象的事情，只要你忽略自己的谎言，拥抱恐惧。”

“具体要怎么做？”

“听任它燃遍你的全身。在身体的每个部分感知它，每一寸肌肉，每一根筋腱，每一块骨头。将这种感知扩展到你周围的世界。那个能让你看见那段文字的视觉就会告诉你完成这次跳跃是否可行。”

伊莉莎闭上双眼。

“感知，”维琉斯说，“然后跳跃。”

伊莉莎照他说的做了。她将精神集中于体内汹涌的冰焰，这冰焰从她胸部的正中央蔓延至手足的末端。她感受到了它给予她的力量和气势，她以往从未注意过。她忽略了自己内心的谎言，那个告诉她无法做到的声音。当她睁开眼睛再一次注视那个间隙时，她知道她准备好了，对于这一点，她完全确定。

于是，她轻而易举地跃过了这道鸿沟。

“对吧？”维琉斯说，“你就是为此而生的。”

“你总说这句话，到底是什么意思？”

维琉斯凝视着她。“从我今早遇见你我就开始观察和考验你。

现在我肯定了我的想法，你生来就是一个刺客。”

“真的吗？”伊莉莎强忍着笑意，“说到这个，特威德先生那样称呼你到底是什么意思？你杀人吗？”

“我只是给他们带去安宁。”

伊莉莎终于忍不住笑了出来。

“你觉得这很好玩吗？”

“我没有任何不敬的意思，但你说……给他们带去安宁？”

“对，这是事实。我的目的庄严而神圣。”

“神圣？通过什么，神父的祷告吗？”

“不是通过神父，”他说，“而是通过人类的自由意志。”

“那你怎么知道我是为此而生的？”

“譬如说，你的视觉。它叫作鹰眼视觉，通常来自血缘传承。我从我父亲那里继承了这种视觉。我们是一个兄弟会，我们有自己生存的信条。我们反抗暴政以及那些奴役和压迫他人之人。”

“你们也反抗特威德先生？”

“特威德老板就是我们所说的圣殿骑士。他们的组织以强权寻求和平，牺牲人们的自由。我们两大组织一直在对抗，有史以来便一直如此。他们现在想要控制这个国家。”

“你觉得我是一个刺客？就像你？”

“不，我只是说你体内有刺客的血脉。要想成为刺客，首先你得要接受训练，然后还要向兄弟会和信条宣誓你的忠诚。”

他看上去似乎是在建议她，似乎是在说，这些是可行的。但伊莉莎摇了摇头。“我只是个女用人。我不是——”

“兄弟会不会对你的职业、社会地位或是皮肤的颜色有任何偏见。信条之下，众生皆平等。不过我们可以下次再谈这些。现在，还有更多迫在眉睫的事情要做。”

伊莉莎不知该如何理解他的话。她的理智告诉她不要接受。即便那些都是真的，即便她能看出维琉斯的真诚，她还是认为想要成为刺客组织的一分子是荒谬的。说实在的，她真的有些向往。这个刺客展现给她的是一种远超身为奴仆的人生。为自由而战的人生。不一样的人生。

“不过你一直做得非常棒。”维琉斯说。

一股开心和自豪的暖流融入心窝，取代了恐惧的冰焰。“谢谢你。”伊莉莎说。

“还有，裤子很适合你。”他狡黠地眨了下眼。

一开始要她穿男人的衣服，伊莉莎是拒绝的，不过，她也不是第一个穿裤子的女人。她甚至听到有女人在谈论她们要走上前线去对抗叛军。现在她穿着这些也有大半天了，必须承认，它们更加实用，即使白天穿着要比女装更感炎热。

“下午快过完了，”伊莉莎说，“我觉得我们该去特威德先生家了，如果我们想赶在科吉尔之前。”

听到这话，格蕾丝松了一口气，她还不知道大卫在哪儿，虽然门罗告知她，他现在是安全的。

“你是对的，”维琉斯说，带着一副恶作剧似的表情咧嘴笑着，“我们来赛跑好不好？”

“赛跑？”

“自由奔跑，就是我今天早上一直教你的。”

伊莉莎不知道自己是否为此做好了准备。“但是我——”

“没什么但是！”维琉斯说着，撒腿就跑，“我们来赛跑！”

还没等伊莉莎缓过神来，他早已离开他们站立的建筑，向前跑了一小段，从一个屋顶跳到下一个屋顶，跃过屋脊、烟囱和高墙。

除了裤子，维琉斯还给了她一副手套，她很感谢这副手套，因为他教给她的自由奔跑中双手的运用几乎与双脚相当，要是没有手套，屋顶上的石头和木头能划烂她的皮肤。

他们白天大部分时间都花在五街顶和鲍尔里街粗糙的尖塔和小巷里，相比其他地区的暴乱，这里竟出奇的安静，所以她一直专注于不要摔下去跌断脖子。现在他们往北边去，她注意到上城区的上空浓烟滚滚，这让她意识到帮派组织的扩大正在伤害这座城市。

“跟着我！”维琉斯喊道。他跳到街道上，然后蹬上一幢教堂的墙，也就是升天教堂，爬了上去。

伊莉莎跟着他，但她有些累了。她手臂上的肌肉抖动着，一到高处，害怕摔下去的恐惧之感就占据了她的意识。不过她努力集中注意力，忽视心中的谎言而去注视恐惧本身，用她的双臂去拥抱那团冰焰，她发现自己不仅恢复了体力，而且气力更胜之前。

她抵达一座方形钟塔的顶端，周围是护墙和分布在四角的四座小尖塔，她就站在维琉斯身边。

“看那边，”他说，“通过练习，某些刺客的视觉和感知能够扩散到整座城市。”

伊莉莎凝视着，目光扫过整座岛屿，但她所见只是一片烟尘。“这座城市一片火海，”她说，“我们应该做点什么。”

“不，”他说，“无论我们做什么，暴乱都会持续下去。我有个更重要的任务。”

“是关于那柄匕首吗？科吉尔从你那里偷走的那个？”

“是的。”他说，“即便我们失去纽约，神器也能帮我们打赢这场仗。”

伊莉莎不明白。

“我们走吧。”他在她开口问之前说道。

他们攀下钟塔和教堂，重新向上城区前进，这次不再是赛跑了，而是两人一起步行。伊莉莎整个人看上去都不同了。当她尝试并完成维琉斯给她的挑战，她感觉自己又向内心深处挖掘开来，她发现了一股熟悉的水流及其源泉。或许那些真的存在于她的血脉。

格蕾丝不得不承认，她也感受到了。

他们在夜幕降临前抵达了特威德的宅邸，当他们来到前门，伊莉莎把钥匙插进门锁时，她迫切地希望看到父亲就在里面。

但她转动钥匙走进去时，她发现整幢房子空无一人。

“父亲？”她呼喊着，“爸爸？”但没有人回应她。

伊莉莎转过身锁上他们身后的门，以防有强盗闯进来。

“那边有张便笺。”维琉斯说，指向靠着西边墙壁的桌子。

伊莉莎冲过去，拿起便笺，阅读起来。

维琉斯走向她。“上面说什么？”

“这是我父亲留下的，”她说，“他曾经在这儿。他让我等他，他会回来的。他说如果在六点的时候没有看到他，就让我去克里斯托弗大街的渡口。”

“你应该去，”维琉斯说，“在科吉尔到来之前。”

“但假如我父亲回来了呢？我想就待在这儿。”

“怎么选择是你的自由，”维琉斯说，“但他给了你他的计划，你最好遵循这份计划，为你自己的安全考虑。但等暴乱结束……如果你再回到这座城市……”

“嗯？”

“你眼前有一条路可以选，如果你想选择走这条路的话。”

“你说的是成为一名刺客。”

“你反对这个主意吗？”维琉斯问。

“我不反对，”伊莉莎说，“但我也不赞成。”

“考虑一下，”他说，“我有任务在身，必须离开这座城市一段时间，但我很快就会回来，如果你愿意，我会再找到你。我们可以继续你的训练。”

“我会好好考虑的。”伊莉莎说，“你要去哪儿？”

“我必须把匕首交给格兰特将军。”

“尤利西斯·格兰特？为什么？”

“它能帮助他打赢这场战争。”

“但怎样——”

他们身后的大门被撞开了，伊莉莎转过身去，只见一个野兽般的庞大身躯冲了进来。虽然格蕾丝知道是肖恩来了，但伊莉莎并不认识他，她第一反应就是强盗来了。不过她马上注意到陌生人身侧在淌着血，某个人的手臂挂在他的脖子上。

伊莉莎走向他。“这是什么意思——”

“小姐，”男人喘着粗气说道，“我带着亚伯拉罕。”

“什么？”伊莉莎说。她绕到他的身后，当发现真的是她父亲时，她爆发出一阵抽泣，她父亲的模样已很难辨认出来。浮肿的双眼紧闭着，脸上满是伤痕。格蕾丝只得提醒自己，那不是大卫，只是他们的祖先，但她也感知到了伊莉莎所有的痛苦。

“我把他放在哪儿？”男人问道。

“放到书房去，”伊莉莎说，“这边来。”

她指好路然后跟在男人后面，手放在父亲的背脊上，和外面炎热的天气相比，他的身上冰冷极了。维琉斯帮助陌生人把她父亲抬到其中一张沙发上。卸下这重负后，陌生人步履蹒跚，像一棵将倒的大树一样摇晃着，但一个女人冲过来搀住了他。

伊莉莎向他们点了点头，但马上把注意力移到她的父亲身上。她不知道该从哪儿开始着手救助他。他需要去医院。

维琉斯在沙发旁跪下身子。“让我来检查他，”他说，“我有一些处理此类事件的经验。”他触碰、按压着，很轻柔但带着明显的决心和目的，从她父亲的眼睑、脸到躯干，然后是双臂和双腿，他扭动着她父亲的关节感知哪些地方折断了。结束后，他坐了回去，用手背掩住嘴巴看着她的父亲。“伊莉莎……”

“告诉我。”她说。

“他还活着，但也仅是活着而已。我认为他的头骨碎裂了。脸上的骨头也破裂了。他至少断了四根肋骨，其中一根可能已经刺穿了他的肺，因为他看上去像是内出血了……”

伊莉莎再度抽泣，一边喘着粗气，一边捂住嘴巴，眼泪夺眶而出。“哦，爸爸，”她说，“爸爸！”

格蕾丝差点儿在自己的意识中迷失。如果大卫经历了这一切，如果门罗让她的弟弟经历这种痛苦，她将让他见识什么是真正的愤怒。

维琉斯转向两名陌生人。“发生了什么？是谁做的？”

“流氓，”男人说，“暴徒。当我发现时，我就阻止了他们，但他们已经对他犯下了这些暴行。”

“谢谢你们，”伊莉莎说，感觉她的心已像蛋壳般碎裂，“谢谢你们救了他。”

“你也受伤了。”维琉斯说，指着男人的身侧。

“我会没事的。”陌生人说，不过下一秒他就躺在了书房的扶手椅上。

“你叫什么名字？”伊莉莎问他。

“汤米·格雷林，”他说，“这位是阿德丽娜·帕蒂。”

女人向伊莉莎点头致意，伊莉莎发现她的眼中也有泪花。然后她转身面向父亲，在他身旁跪下，尽可能凑近父亲的脸庞。她轻柔地在他的前额上摩挲着，因为他身体的其他部分她都不忍触碰。他的胸部起伏很不明显，她只得俯下身子在他胸口上倾听。

她听到他的心脏跳了一下，非常微弱。然后是一片寂静。然后又跳了一下，然后又陷入寂静。就好像每一次心跳都要耗费他全身上下仅存的气力一样。

“我想带他去医院，”汤米说，“但他说想来这里。”

“爸爸，”伊莉莎低声呢喃着，她的眼泪滴落在她父亲被血水浸透的衬衫上，“不要离开我。我也不能失去你。”

维琉斯突然抬头看着天花板，然后一声不响地离开了房间。

“他要去哪儿？”汤米问。

伊莉莎忽视了他。“求求你，”她呜咽着，“爸爸，求求你。”她脆弱的心房碎裂了，她紧贴着父亲的胸膛，在众人面前抽噎起来，她的眼睛闭得太紧了，以至于脑中直冒金星。就这样过了几秒，她感到他体内发生了一些变化，有什么离开了他的躯壳。她把耳朵紧贴在他的心脏处，聆听着。

一声跳动。

然后是寂静。

还是寂静，她把耳朵贴得更紧了。

又一声跳动，微弱得像是轻风中飘浮的落叶。

然后他的心脏陷入沉寂，长久的沉寂，他发出一声长长的、低沉的叹息，但再也没能吸回去。他安静下来，不动了。

他走了。

伊莉莎无法呼吸。她的胸腔停滞了，她紧紧抓住胸部，喘息着，直到能顺利地吸入空气，她号啕大哭起来。这哭声背后没有任何的语言，也没有任何的思维，有的只是苦痛、愤怒、悲伤、孤独、恐惧，和她一道，格蕾丝也感受到了这所有的情绪。

书房外面的门厅传来砰的一声响，然后伊莉莎听到了靴子与地板的撞击声。维琉斯不在这儿，她知道科吉尔随时可能到来。

她站起身来奔向门口，立于汤米和阿德丽娜中间，在那里，她看到科吉尔就站在门厅里，一脸的惊讶。维琉斯从他身后的台阶上向他冲去，但在所有人有所反应之前，科吉尔跑向了前门。

一瞬间，维琉斯扔出几把闪闪发光的飞刀，大概五六把的样子，以令人目眩的速度袭向科吉尔。其中一把恰在科吉尔行至门前时击中了他。维琉斯冲了过去，伊莉莎也是。

“等等，”阿德丽娜说，“不要……”

伊莉莎回头，她们的目光在空中相遇，看到她的眼神，女人无言了。“那个男人对我父亲的死负有责任。”伊莉莎说，她冲了出去，冲进了大街。

她看不到科吉尔或维琉斯，但她知道如果他们从大街上消失了，那一定是爬上了房顶，于是她也跟了上去。刚刚爬上房顶，她就瞥见了远处维琉斯的身影，正在向北飞奔着，她跟了过去。

还没跑多远，她就意识到维琉斯训练她的时候并没有使出全力。她没法跟上他的速度，但还是硬着头皮往前跑，烈火燃烧产生的浓烟包围了她，灼烫着她的肺部和眼睛。她穿过一个又一个街区，直到她发现自己已经无法越过房屋之间的间隙时，她降落到了街道上。在追击中，她无法拥抱恐惧。因为驱使她前行的不是恐惧，而是狂躁的怒火。

当她抵达水晶宫的废墟之时，里面传来的响声让她意识到科吉尔和维琉斯就在里面。她走进这座充斥着钢铁和玻璃的地方，潜伏在阴影中，让人无法察觉到她的存在。

她仿佛听到耳中回荡着父亲的声音。“我的小毛贼。”

她越是深入，响声便越清晰：哼哼声，脚步声，拳头击打在骨头上的声音。她循着打斗的声音，在掩映于废墟之中的雕像下，在因火焰的灼烧和自身的重量而扭曲变形的钢筋中穿行着，像个幽灵。

然后她听到了维琉斯在说话。“你知道你手里的是什么东西吗？”

伊莉莎顺着声音前行，她感到脚踩在了什么东西上。她朝下看，是科吉尔的来复枪。

“这是先行者的遗物，”另一个声音说，一定是科吉尔，“你把我当成蠢蛋吗？”

伊莉莎捡起来复枪。她曾经拿过枪，但那是很久之前了，而且是枪管短得多的卡宾枪。但她用手臂夹住来复枪，手指扣上了扳机，在宫殿的残骸里匍匐前行。

“你看看自己周围！”维琉斯说，“你真的认为这不是一场暴乱吗？”

“这是改革之火，”科吉尔说，“这是除去阻止城市前进的不良分子的必要手段。”他湿咳一声，两人都现身在伊莉莎的视线中。

格蕾丝认出二人正是欧文和哈维尔，几个朋友再次碰面了。哈维尔手中拿着伊甸园碎片，而欧文就站在他几英尺以外。

“暴动几天内就会结束，”科吉尔说，“到时候我们的敌人都会被肃清。教会将得以壮大，为国家谋福利。试图阻止这一切，看不清前方的道路，只能说明你是个傻瓜。”

伊莉莎不明白维琉斯为何只是站在那里。刺客看上去很困扰，一副目瞪口呆的模样。突然间，科吉尔手中弹出一柄飞刀，猛掷过去，锋利的刀刃正中维琉斯的腹部。这一瞬间让人惊愕万分，空气简直像凝固了一般安静，他的身体倒在了地上。但伊莉莎保持住了镇定，她继续隐藏在阴影中，并举起来复枪对准了目标。

科吉尔叹息着，嘴里咕噜作响，他转过身，伊莉莎看见他的背后插着一柄小刀。

她对自己的准头没什么信心，因此只有在他还未走远时的短时间内射击才有可能击中他。她举起枪管，瞄准着他的背部，平稳了一下呼吸。她扣下了扳机，来复枪强大的后坐力撞在她的肩膀上，与此同时，消声过后的枪响在她耳边回荡。

击中科吉尔的不是子弹，而是某种飞镖。他头也没回，跌跌撞撞地向前奔跑。伊莉莎追了上去，但保持着一段距离，直到他速度渐渐慢了下来，双腿颤抖，还没跑出水晶宫的废墟，他就倒下了。

伊莉莎加快速度接近他，但也十分谨慎。他面朝着她，嘴角渗出一道鲜血。格蕾丝知道那是哈维尔，但她必须退后把这个瞬间交给伊莉莎。这是她的复仇。

“你是特威德的用人，”科吉尔说，“亚伯拉罕的女儿？”

伊莉莎看出他被自己的毒药麻痹了，跟维琉斯一样，她走过去俯视着他。全是他的错。他还有最高大师的错。她的好父亲走了。她慈爱的、坚如磐石的、安静平和的父亲，被无形的恶魔夺走了。

“你杀害了他。”她说。

“谁？”

“亚伯拉罕！”她怒吼道。

他奋力地想要摇头，可那更像是颤抖。“不，我……瘦皮乔……”

“他死了，”伊莉莎说，“他们殴打他。一个友善仁慈的老人，而他们——”

“我没有打你的父亲。”科吉尔说。

“或许没有，”伊莉莎说，“但养活那些狗的人是你，是你放他们出来咬人的。”

他无言以对。

伊莉莎注意到匕首就在他手中。她伸过手去，把匕首拿了过来，他的眼中充满恐惧，却无法做出任何抵抗。这是件神奇的物件，很难想象它值得那么多人付出如此惨重的代价。不过它的边缘倒是很锋利。

“你用这个做了些什么？”她说，“这匕首。你用它制住了维琉斯，用了什么法子让他犯迷糊了。维琉斯说格兰特将军能依仗它取得战争的胜利，指的就是这个，对吗？”

科吉尔一言不发，但他也不需要。满眶的泪水已经无声地给了伊莉莎她最为满意的回答。

“曾经有一条道路摆在我的面前，”她说，“我不确定是否要走这条路。但现在我知道答案了。”她用刀刃抵住他的咽喉，他睁圆了眼睛，目光闪烁。“我将成为刺客，”她说，“我们会再见面的。”他闭上眼，失去了知觉。她起身离开，留下他在梦中品尝自己的失败。

当她回到维琉斯身边时，他已昏迷不醒，但阿德丽娜和汤米帮助了她，三人一起将他送去医院，一个小时后，她站在克里斯托弗大街的渡口，阿德丽娜和汤米也和她在一起。他们看上去像一对恋人，即便汤米表现出与阿德丽娜离开这座城市的打算截然不同的想法。

“跟着我。”她说。

“我不会那么做的，”他说，“我不会把整座城市拱手让给这些暴徒。”

“但你受伤了。”伊莉莎说，她支持阿德丽娜。

“我会去医疗部门，”汤米说，“他们会给我的伤口缝针，我要回到前线去。”他低头看向阿德丽娜，“去你姑妈那里。待在那儿直到暴乱结束。”

“但我需要再见到你，”她说，“何时——”

“我会再去看你的，”他说，“只要你回到纽约再展歌喉，我保证我会在听众中为你欢呼。”

“我说的不是这个。”阿德丽娜说。

“我知道你的意思，”他说，“但只能如此。或许我只是个想要一片肥田的巡警，但我深知这一切。”

阿德丽娜低下头。“不要这么说。”

“怎么说？”汤米问。

“不要这么说你自己。你是……”但她没有说完这句话，而是对着地面摇着头，看上去竟像是生气了。当她抬头看向他时，她哭了。“我想我爱你，汤米·格雷林。”

“我想我也爱你，阿德丽娜小姐。”他笑了，“但是渡口要开船了，你必须马上离开。我要确保你是安全的。”

“我很安全，”她说，“只要跟你在一起我就很安全。”她抱了他一下，下一秒，他也这样做了，差点儿没把她小小的身躯淹没，他们拥抱着。过了些时候，她推开了他，拂拭着泪水，头也不回地向码头的船只走去。

汤米看着她离去的身影，对伊莉莎说："确保她抵达她姑妈家，如果可以的话。"

"我会的。"伊莉莎说。

"你有什么打算？"他问。

"我还有未完成的任务。"她说，匕首就藏在她仍穿着的裤子口袋里。如果她想投身于这场战争，她也得看上去像模像样点。"任务完成后，我想我会回到纽约。我跟科吉尔还有特威德先生还有笔账要算。"

汤米点点头，看上去有点儿困惑，伊莉莎向他道了再见。然后她走上渡轮，船上满是黑人、妇女和孩童。他们挤在一起，有人在照料伤患，被仇恨和暴行赶出家园的他们眼中都充满了苦痛，每个人的嘴唇仿佛都在无声地控诉着"为什么"。而这个问题的答案就是，这座城市和这个国家还不是自由的。至少现在还不是。

船只的蒸汽机带着他们突突前行，进入哈得孙河，向着新泽西的方向驶去。随着渡轮渐渐远离这座岛，整个城市像是煤山之下的一团红光。

"看上去似乎要下雨。"一位年轻的母亲说道，她注视着乌云。她的女儿——一名女婴就睡在她的腿上。"上帝大发慈悲。"

"那你就为这份慈悲祈祷吧。"伊莉莎说。但她轻声告诉自己："但我将为自由而战。"

第二十章　回到现在

欧文的虚拟世界中一片漆黑，但不是维琉斯失去知觉时那样的黑。一片漆黑意味着虚拟现实已经结束了，突然间，他发现自己置身于灰色的记忆回廊中，他已经变回了自己。

你还好吗，欧文？门罗问道。

“我死了吗？”欧文问，“我感觉……”他感到刀深深地插在他的腹部，他感到心脏像被放干了所有的血，而且身体渐渐冰冷而麻木，冰冷感从脚部一直蔓延。

不，你没死。就差一点，伊莉莎救了你。疼吗？

“还可以，真的。”他能记起的不是痛苦，而是恐惧。维琉斯的恐惧。

那是因为大脑不是用来存储物理伤害记忆的。事实上，它更倾向于忘掉它，否则我们就无法正常地思考和行动了。

“我为大卫感到高兴，如果是这样的话。”那些暴徒真的把他毒打了一顿，那种极端的暴行和仇恨欧文至今还不能理解。“他还好吗？”

恐怕不太好。或许他会忘记那些物理上的苦痛，但是他会记得精神上的折磨。那部分记忆，我们的大脑会保留。

“我能和他谈谈吗？”欧文检查过大卫，或者说大卫祖先的身体，一想到那个可怜的孩子的遭遇他就感到不舒服。

很快，门罗说，**你要在记忆回廊里多待一阵子。**

“为什么？”

就像是深海潜水。你不能一下子就从水底深处游上来，那样容易导致潜涵病[①]**。在这里，我们称之为大脑潜涵病。祖先意识的小气泡能产生各式各样的麻烦。现在，你需要抛下所有那些记忆。你需要从脑中清空你的祖先。**

那太难了。他已经在维琉斯的意识和记忆中生活了两天。欧文感觉他对维琉斯的了解不亚于对他自己，甚至可以说他们似乎就是同一个人。但他知道他们不是，他也知道事实上并没有两天那么久。

“现在几点了？”欧文问。

大概是凌晨四点半。你们几个家伙已经在 Animus 里面待了好几个小时。

“好几个小时？”欧文摇了摇脑袋。真不可思议。

如果就你一个人的话，时间会过得更快的。我必须让时间慢一

---

① 也叫减压症。因从高气压环境骤然进入低气压环境引起的一种病，严重时可致死。

点以保持你们所有人都完全同步。那样……等等。哈维尔进来了。

欧文环顾四周，听到哈维尔的名字，他心中的愤怒和仇恨像雪崩一样爆发。但这着实没道理。他不是生哈维尔的气，而是对科吉尔怒火中烧。但从某种意义上说，哈维尔就是科吉尔。

他还没能厘清情绪，哈维尔在他身旁出现了，欧文差点儿没能忍住照着他的面门来上一拳。不过，他忍住了，两人互相打量着对方。

“我现在想杀了你。”哈维尔说。

“你差点儿就杀了我。”欧文说。

“我知道，”哈维尔说，“真是一团糟。”

放轻松，伙计们。门罗说，**你们在虚拟现实之外。你们是欧文和哈维尔，不是你们的祖先。**

“你说起来像是有那么个开关，”哈维尔说，“让我们能随意转换状态似的。”

我知道说起来容易做起来难。门罗说，**集中精力于你们的人生。想想你们的朋友，你们的家族，你们的家人，你们的邻居。想想你们自己的记忆，让你之所以有现在的记忆。记住，你们躺在一间仓库里，脑袋上绑着一个面罩。你们之中有人在流口水。**

“谢了。”哈维尔说。

嗨，只是尽力帮你们安全着陆。

时间流逝，记忆回廊之中，欧文察觉维琉斯的意识给予他的压力在逐渐消退。就好像他的思维有了更多伸展和呼吸的空间。他想起了外公的商店和外婆整洁的花园。他想起了妈妈下班回家时穿的POLO衫，他还想起了他的房间。他想起了他的父亲。

欧文进入Animus的全部理由就是让门罗帮他找出那天晚上银行劫案的真相。但Animus却改变了这个初衷。维琉斯害怕自己会辜负父亲的遗志，而欧文的外公外婆和妈妈则担心欧文会像他父亲一样。

欧文不明白那意味着什么，或他对此有何想法。但他知道他敬仰他的父亲，正如维琉斯敬仰他的父亲一样，在 Animus 中的经历更加深了欧文的信念。

“我都不知道该去想些什么了，”哈维尔对欧文说，“她会砍断我的脖子。”

“什么？”欧文说，“谁？”

“格蕾丝，”哈维尔说，“不，不是格蕾丝，是伊莉莎。伊甸园碎片在她手里。”

欧文咧嘴一笑，因为他知道这消息会让维琉斯十分满意。

“你觉得很好笑吗？”哈维尔问。

“不，”欧文说。“我不是那个意思。”

“那你为什么笑？”

“没什么……我的祖先……”

“你的祖先怎么了？”

“得了吧，哥们儿，”欧文说，“你都朝我扔飞刀了，还要纠结这些事？”

哈维尔皱着眉，但什么也没说。

让我带你们出来吧，门罗说，**如果你们准备好了的话。**

“我准备好了。”欧文说。

“我也是。”哈维尔说。

记忆回廊消失了，取而代之的是黑色的头盔面罩。欧文摘了下来，眨巴着眼睛适应着门罗仓库据点的灯光。他站起来，身体像午睡过后那般僵硬，他看向哈维尔，后者正走出座椅。肖恩、娜塔莉亚，还有格蕾丝看样子还在 Animus 里面。门罗坐在他们中间的电脑终端前，观察着多个电脑显示屏，这些显示屏似乎在向他提供各个虚拟现实的信息。哈维尔走了过去看着屏幕。

“他们在干什么？”他问道。

“前往渡口。”门罗说。

“大卫在哪儿？”欧文问。

门罗抬头看着他，然后朝房间另一头灯光照射处的那一圈沙发椅点了点头。“他在那儿。”

欧文转身看见大卫就在其中一个沙发上，弓着身子躺进沙发中。于是欧文离开哈维尔和门罗，走过去坐在了他身边。大卫直直地看着前方，他的眼镜搁在胸口上，脸上毫无表情。但他的眼眶发红，像是哭过。

“这太残忍了。”欧文说。

大卫没有答话。

“我很抱歉，哥们儿。真希望没发生那些事。”

大卫仍旧一言不发。他甚至当欧文不存在，尴尬安静的几分钟过去了，欧文准备起身回到其他人那里去。

“但那已经发生了。”大卫重新戴上眼镜，“事情就是那样。”

“我明白。我很抱歉。痛吗？”

“当然痛，”大卫说着，直起身子将肩膀深埋进沙发垫里，“你想呢？”

“抱歉，哥们儿。”欧文举起双手，“我只是问一嘴。”

大卫看向 Animus 那边。“但那还不是最糟糕的部分。”

“你的意思是？”

“我是说，当他们打我，踢我时，某种程度上说，我还能有感觉。但我一直在想念的是我的女儿。这么说很奇怪。我的女儿。我不知道她在哪儿，也不知道她是否受伤了或怎么了，我知道我即将死去，再也不能帮她做任何事情……那才是最糟糕的部分。”

“哇。”欧文挑起了眉毛，“就像是……但至少你不必再为她担心了，对吗？我是说，她成了一个刺客。”

“对，门罗告诉了我。那或许会让你感觉好一点，但会让亚伯拉罕更难过。”

“真的吗？为什么？”

“那不是他理想中她的灵魂归宿。”

“什么？”

大卫只是摇头。“不必在意。这一切太复杂了。”

欧文坐回沙发直视着这个孩子，意识到有什么东西改变了，不只是大卫，不只是他的失落。Animus 改变了他。进入虚拟现实之前的大卫看上去那么年轻，甚至或许有些幼稚，但过去的几个小时让他像是长了许多岁。

“伙计们，”哈维尔朝他们挥手，“肖恩和娜塔莉亚要出来了。”

“我姐姐呢？”大卫问。

“还没有。”门罗说。

欧文起身走了过去，但大卫仍待在沙发上。当欧文到达 Animus 前时，娜塔莉亚已经脱下了头盔，她的头发乱糟糟地缠结在脑袋上，她在揉眼睛。肖恩在看着她，对欧文来说很明显的事实是，他喜欢她。他只是不确定这是不是虚拟场景的影响。当他们带着大卫去最高大师的联排宅邸[①]时，两人就已经在一起了。

---

① 联排宅邸（Townhouse）：是一种三层左右、独门独户、前后有私家花园及车库（车位）的联排式住宅。

“伙计们，你们还好吗？”哈维尔问。

“我还好，”娜塔莉亚说，“自我感觉。”

“我也还好。”肖恩说，检查着他的两侧。然后他准备起身，但他的双腿弯折了，重重地摔了下来，撞在了机器和电线上，最后仰卧在地板上。

欧文躬身帮助他。“你还好吗，哥们儿？”

“嗯，”肖恩说，他的声音小得几不可闻，脸涨得通红，“我没事。”

“你需要帮助吗？”欧文问。

“不，我能搞定。”肖恩说。他伸手去够他的轮椅，指尖刚好够到踏板，他把轮椅拉近，直到距离足够自己能爬上去。“我忘了。”他带着颓废的笑容说道。

“我想这是常有的事，”哈维尔说，“毕竟刚从 Animus 出来。”

“尤其是想想他那位祖先是何许人也。”门罗说。

“对。”肖恩点点头，但他的肩膀低垂着，“你说得对。”

“格蕾丝什么时候出来？”欧文问。他想和她谈谈。在虚拟场景中共度的时光让他感觉她十分亲近，即便两人实际上并不怎么认识对方。

“她现在独自一人，”门罗说，“在这段特殊的记忆里，我们无法保持所有人的同步了，这也就是你们都出来的原因。但她的祖先拥有伊甸园碎片，格蕾丝会陪她走到最后。”他从办公椅上转过身来面对着他们，“在我们等待期间，我想和你们所有人谈谈。”

欧文和其他人在躺椅旁找好了位置，有些人坐着，有些人站着。

“大卫，你可以过来吗？”门罗喊道。大卫走了过来，门罗将头发拢至耳后，向后斜靠在座位上，手臂弯曲。“有些事你们所有人都应该知道，而且我的意思是，就像你们知道地球有重力一样。”

“是什么事？”哈维尔问。

“你——就是——你，”他说，“这是你的本质。这是一切的支柱，是无法否认的事实。”

“我们还能是别的什么吗？”肖恩问。

“使用Animus会产生副作用，”门罗说，“我们称之为出血效应。”

“出血？”大卫说，“出血是什么意思？大量出血还是啥？”

“不，”门罗说，“不是那个血。这是一种代称。某些Animus的效应会像出血一样渗透到现实世界，进入你的身体。好吧，它们已经在你们体内了，在你们的DNA里。更像是Animus将你们的DNA从基因型转化为了表型。”

“那意味着什么？”大卫问。

哈维尔回答了他的问题。“基因型也就是你所携有的全部遗传代码，对吧？所有的，即使是那些我们看不到的，那些隐性的代码。而你的表型就是我们所见的。这就是肖恩拥有蓝色眼睛，娜塔莉亚个子矮的原因。”

“说得对，”门罗说，“我们都有被封闭的基因。Animus能够打开它们。”

“就像是？”欧文问。

“好吧。”门罗双手在脑后握紧，“如果你的刺客祖先锻炼出鹰眼视觉，你或许会发现你现在也拥有鹰眼视觉。”

“鹰眼视觉是什么？”大卫问。

“就是高级别的感知能力，”欧文说，然后他看了眼格蕾丝，后者仍躺在那里，头上戴着头盔，盖住了脸，“她有。”

“但是也还有其他的出血效应，”门罗说，“心理上的，行动上的。你们或许会发现自己拥有了许多新的能力，如果你们的祖先拥有那些能力的话。你或许会时而困惑于何者是现实，哪些是你的记忆，哪些是祖先的。你或许会有闪回和幻觉出现。”

“你现在才跟我们说这些？”哈维尔说着，调整着他的姿势。

“这些会让你改变决定吗？”门罗说。

这不会改变欧文的决定，环顾整个房间，他也不认为有谁会因此而做出别的选择。

“所以如我所言，”门罗看着他们每个人，“你——就是——你。你不是你的祖先，他们是怎样的人并不意味着你就是怎样的人。如果他们是刺客，又怎样？如果他们是圣殿骑士，谁在意？你选择自己的路，你自己做决定。你们不是自己 DNA 的人质。了解吗？”

他们都点点头，不是所有人都表现出热忱。欧文不是很能接受刚刚门罗说的话。在 Animus 里，继承父亲的事业和遗志对维琉斯来说非常重要。它带给维琉斯骄傲，给予他目标。门罗能将其从他身上剥离吗？

门罗瞥了眼他的电脑终端，扫视着屏幕。“我想回忆已经走到了最后，”他说着，戴上一个带着麦克风的耳机，“我将载入记忆回廊。你们都去沙发那边好不好？还要花几分钟时间。”

他们照他说的做了，慢慢地走过去一起坐下。欧文和哈维尔坐在了同一张沙发的两头。娜塔莉亚选了个扶手椅，肖恩推着轮椅去到她身边。大卫一人独占一张沙发。这几分钟没有人说话，直到娜塔莉亚一声叹息。

“我必须回家了，”她说，“我父母会疯掉的。”

“我也是，”肖恩说，“那场意外之后他们更关心我了。”

“什么时候的事？”哈维尔问。

欧文也想过这个问题。

“数年之前，”肖恩说，“是个酒驾司机。”

欧文转向大卫。“你的父母呢？”

“要是发现我不在，我爸爸会很失落的。但他开口问的第一件事肯定是格蕾丝是不是跟我在一块。然后他会把一切都怪罪到她头上。我妈妈对他言听计从。”

“如果格蕾丝没跟你在一块呢？”欧文问。

大卫耸耸肩。“我其实也没惹过麻烦。”

“好吧，”哈维尔说，“我妈妈会吓疯掉。我爸爸会对我很失望。”

“你更想要哪一种？”肖恩问。

欧文真希望他还能接受来自父亲苛责的目光。

哈维尔摇摇头。“我不知道。两者都不好。”

“我妈妈和外公外婆只会以为我离家出走了。”欧文说，“我认为他们对此已经期待良久。”

“嘿，伙计们，”门罗喊道，“格蕾丝出来了。”

他们从座位上起身，大卫速度最快，他飞快地冲向 Animus。门罗正在帮格蕾丝摘下头盔，大卫走上去用力抱住了她。看上去他似乎在小声哭泣着，这才是欧文认识的那个小男孩该有的样子，进入 Animus 之前的样子。格蕾丝闭上双眼，也拥住了他。

“嘘，我没事，”她对他说，“没事了。”

大卫还在抱着她，但马上，他对她点点头，退开了一步，用自己的手掌掌根擦拭着泪水。

“你看见了什么？”门罗问她。

“我看见了南北战争，”她说，她的双眼圆睁，似乎能容纳房间中所有事物的倒影，“我甚至参战了。”

“那你注意到伊甸园碎片的下落了吗？”门罗问。

格蕾丝点点头，咽下一口口水。“我一路把它带到密西西比河上的维克斯堡[①]。我找到了格兰特将军，然后把东西交给了他。作为阿兹特克俱乐部的一员，他认出了那东西。到那时，我已经知晓如何使用它。事实上，在我把东西带给他的路上，这玩意儿帮我渡过不少难关。因此我能向他展示它的用处。好吧，我了解的也不完全。但我想足够让他知晓那不只是从墨西哥带来的纪念品。”

“那在这之后呢？发生了什么？”大卫问。

格蕾丝耸了耸肩。“我不知道。在我把东西递给他的刹那，记忆终结了。”

“在这之后发生的事情，”门罗说，“就是林肯让格兰特担任联邦政府军总司令，格兰特打赢了战争，最后被选举担任两届总统。在此期间他应该一直持有伊甸园碎片，没准儿一直攥在手里直到他死去，我想这一点基本上可以下定论。”

“他死在哪里？”娜塔莉亚问。

“当他得知自己患有咽喉癌之后，”门罗说，“他就从纽约市搬到了麦克格雷戈山[②]的一座乡间别墅，撰写他的回忆录。那就是他的长眠之所。那座乡村别墅还在那儿，像是某种博物馆。”

“所以匕首就在那儿？”哈维尔问，“真的吗？仅仅是你的猜想？”

“或许我们可以做出猜想，”门罗说，“但匕首也可能在其他任何一个地方，而我们现在起码知道该从哪里着手寻找了。对于你们给我提供的帮助我感激不尽。你们信任我，这意味着很多。我不会

① 发生于密西西比河河畔小城维克斯堡的维克斯堡战役，历时 9 个月，是美国南北战争的重要转折点。格兰特将军以深入敌后、迂回包围的战术包围并攻克了南军在密西西比河上唯一的据点，迫降敌军 3 万，将南部联盟拦腰切为两段，打开了向南军后方进攻的大门。

② 麦克格雷戈山位于纽约州的萨拉托加，该地以温泉而著称。北美独立战争时期发生过“萨拉托加大捷”。

让你们失望的。我保证一切结束之后，你们会安全的。”

“那么我们可以走了？”娜塔莉亚问。

“是的，”门罗说，“是的，毫无疑问。我会开公交车载着你们所有人。”他弯下腰，扔掉几根控制杆，并拿起一个沉沉的像是Animus的CPU样子的东西。

“那是什么？”哈维尔问。

“Animus核心，”门罗说，“我尽量不让它离开我的视野。来吧，我们出发。”

所以，这就是结束了。他们成群结队地走出房间，进入走廊，然后回到主仓库，门罗的公交车和摩托车就停在这里。欧文和哈维尔帮助肖恩坐着轮椅下到台阶之下，然后他们所有人都慢慢进到公交车里。

坐在哈维尔的身边，欧文在想不知还有没有机会再见到这些人。他们是真正的陌生人。他甚至不知道他们读的是哪些学校。然而，他们并不觉得彼此是陌生的，这或许也是门罗说过的出血效应的一种吧。

“好啦，”门罗说，当他打开侧门放进Animus核心时，他的钥匙发出刺耳的声音，“我想我们会先把娜塔莉亚送到——”

前窗突然碎裂，玻璃碴儿像雨点一样飞溅，数个黑衣人蜂拥而入，他们是从上方极细的绳索上跳下来的。

“圣殿骑士！”门罗叫道，“跑！”

第二十一章　阿布斯泰格的追捕

当阿布斯泰格的特工冲进仓库的时候，哈维尔正低着身子向门罗的老式公交车跑去。当其他人手忙脚乱、四处奔走的时候，哈维尔注意到欧文向门罗的摩托车跑了过去。突然，公交车的引擎响了起来，开车的正是门罗。公交车摇摇晃晃地向前开去，哈维尔赶忙躲到了一旁，避开了向仓库卷帘门冲去的车。

“哈维尔！”欧文爬上了摩托车，对他叫道，“快上来！”

至少有十几名阿布斯泰格的特工冲进了房间，在找到自己的目标后分头行动。他们已经抓住了肖恩，显然肖恩是无法从他们手中逃脱的。随后，其中一人用电击枪射中了大卫，哈维尔听到了格蕾丝的尖叫声，当她的弟弟抽搐着倒在地上的时候，她向那名特工冲了过去，但后面发生的事哈维尔并没有看到。

因为他察觉到背后有人靠近，当他转过身后，看见一名特工扣动了手中的电击枪。他赶忙扭动身子，躲过了对方射来的飞针，这如条件反射一般的动作不是哈维尔从前能够做到的。那名特工将电击枪丢到一旁，朝他冲了过来，哈维尔和对方扭打了起来，格挡对方攻击的间隙还时不时打出几拳，一时间竟不显颓势。但那个特工身上穿着某种黑色的军用防弹衣，哈维尔无法对他造成任何伤害。

一个刺耳的噪声响彻了整个仓库，就像是某人敲响了巨大的铜钹一样，却是门罗驾驶着公交车撞向了仓库的卷帘门。公交车将整扇卷帘门扯了下来，打开了通往外部的出口。

“哈维尔，快过来！”欧文举着一个头盔，对着哈维尔叫道。

哈维尔一记肘击撞在那名特工的咽喉处，然后冲向了摩托车的方向。“钥匙在你手里？”他坐上了欧文背后的座位，戴上头盔后问道。

欧文并没有回答他的问题，但摩托车的引擎一阵轰鸣后，带着两人向前冲去。

两边都有阿布斯泰格的特工向他们追来。一部分特工拿出了电击枪试图阻止两人逃跑，但他们并没射中向前疾驰的摩托车；另一部分特工甚至拦在了车前，不过欧文驾驶着摩托车绕过了他们。片刻后，两人便从仓库逃了出去，来到了街上。他们看到门罗的公交车正向右边加速驶去。

“朝另一边走。”哈维尔说道。他认为此刻分散逃跑更为明智，要追上老式公交车，可比追上摩托车要容易太多，如果阿布斯泰格的特工都去追门罗的话，便能给两人争取足够的时间。

欧文加大了油门，摩托车在港口边上疾驰，两侧的仓库和建筑飞快地向后退去，此刻，太阳已经出现在了地平线上。

“他们跟来了吗？”欧文叫着问道。

哈维尔向后望去，看到了后方冲来的两辆黑色轿车。“有两辆车。”他对着欧文叫道，“我们必须甩掉他们。”

欧文点了点头，转动了手柄上的油门。他们的速度更快了，但哈维尔觉得仅仅有速度的话可没法摆脱敌人的追踪。他向前方望去，猛烈的强风令他眯起了眼睛，但他看到了一处狭窄的小巷。

“朝那边走！”他指着那个方向，对欧文说道，“他们开不进去！”

欧文为了能够顺利转弯，微微减缓了速度，随后驶向了哈维尔所说的小巷。那条小巷太过狭窄，摩托车向前驶去，手柄几乎贴着两侧的墙面，随时都有翻车的危险。欧文在避免撞上墙壁的同时尽量保持着摩托车前进的速度，当他们从小巷的另一端出来时，已经不见了那两辆黑色轿车的影子，只有停放在仓库周围的运输车及其他交通工具。

“现在该往哪里走？”欧文问道。

他们不能回家，否则便会将特工引向自己的家人。他们其实已经无处可去了。“逃出城再说吧。”哈维尔说道，“或许我们可以躲在山上。”

欧文驾驶着摩托车离开了码头，随后驶上了高速公路，通过一个匝道后向北面驶去。没过多久，两人便远远地甩开了阿布斯泰格特工的追捕。一路上两人都没有说话，在经过市中心，穿过一处市郊的居民区后，到达了公路的尽头。他们沿着一条崎岖不平、布满车辙的泥路开上了山坡。

“这两个头盔应该有高科技功能，”欧文有些无奈地说道，“但我不知道怎样才能启动它。”

“找一处有树的地方躲起来就行了。”哈维尔说道。

当他们离开山路，将摩托车停在一棵巨大的悬铃木下时，太阳已经攀上了最高的山坡。树下有一个用石头围住的火堆，曾有人在这里露营，不过现在这里只有一撮灰烬和几个烧焦的啤酒罐。

欧文与哈维尔摘下了头盔。

“现在怎么办？”欧文问道。

哈维尔也不知道现在该怎么办。他们进入 Animus 的理由便是避免这种事情的发生。门罗告诉他们说 Animus 已经离线了，不会再次被人找到。但阿布斯泰格，或者说，圣殿骑士还是设法找到了他们。哈维尔在虚拟场景中是一名圣殿骑士，所以他脑海中科吉尔的那部分记忆对此很是高兴，不过他脑海中更大的那部分却是在见到阿布斯泰格特工的瞬间，向身体下达了逃跑的指令。

“你觉得是不是所有人都被他们抓住了？”欧文见他没有回答，再次问道。

“看上去应该是这样吧。”哈维尔回答道，“我想应该只有我们逃了出来。当然还有门罗，我真不敢相信他直接抛下我们逃跑了。”

“我倒是觉得他是为了帮助我们逃跑创造机会。”欧文顿了顿，“至少我希望他是这么想的。”

“他们或许把他也抓住了，还有他那辆该死的公交车。”

欧文发泄似的踢在了一块石头上。飞起的石头撞在了悬铃木上，随后被弹到了一旁的灌木丛中。“这真是太蠢了！”他愤怒地叫道，“我们到底是为了什么才坚持到了现在？”

哈维尔想起了他在 Animus 中的经历。他仍能记起扎进自己身体里的那些小刀带来的刺痛感，因任务失败，濒临死亡而产生的后悔和恐惧。他仍记得自己失去意识前的每一个瞬间，仍记得口腔中鲜血的味道以及每一次呼吸时背上插着的那段剑刃所带来的疼痛。

“嘿，”欧文说道，“我们还是朋友吧？”

哈维尔看向了他，他眼中看到的仍是那个欧文，但他还看到了那名刺客的影子。他不知道他们之间是否还算得上是朋友，但他内心却是期望如此的。“嗯，应该是吧。”

“我看到了你和那名特工的战斗。”欧文摇了摇头，“真是太厉害了。”

“我也不知道自己是怎么做到的。我甚至都没有想过要和他动手，身体就下意识地动了。”

“那肯定是门罗提起过的出血效应。你的祖先所掌握的格斗技巧，你现在也都会了。”

“大概是吧。”

欧文转过身，朝市内的方向望去。“不过说真的，我们接下来该怎么办？”

“他们肯定会继续搜寻我们的下落。”哈维尔回答道，“我觉得我们可能要在这里待上一段时间了。”

“你不觉得我们应该去救其他人吗？”

“怎么救？”哈维尔问道，“我当然是愿意去救他们的，但我们只有两个人，而且还不知道那些人将他们带去了什么地方。”

“那我们该怎么办？就坐在这里打发时间吗？”

“至少现在得这么做。”哈维尔这么说道。但他的话听上去更像是一种托词，因为他们早晚是要回去的。他完全不知道该如何在野外生存，而且据他所知，欧文对此也是一窍不通。过不了多久，他们便会饥渴难耐。但是如果他们回到市内，等待他们的又是什么？那些特工可不是闹着玩的，不过至少他们使用的是电击枪而不是其他致命的武器。这说明对方想要活捉他们，或许是打算通过他们了解伊甸园碎片的下落。

哈维尔拖着一节粗长的树干来到了火堆旁，随后拍了拍手上的尘土，坐了下来。他并没有生火的打算，只是想要坐在火堆旁罢了。因为这令他想起了从前，他们一家人经常会去沙滩边进行户外烧烤。他们会将毯子铺在身下，并将穿有虾仁和鸡肉的烧烤杆架在一旁的火堆上。他们已经很久没有这样做了，最后一次户外烧烤是为了庆祝他的哥哥出狱。所以那次和以往有着不同的意义，所有人都一副心不在焉的样子。

欧文在哈维尔的身旁坐下。“那，我们就坐在这里吧。”

“嗯。”

接下来的四个小时里，周围的温度渐渐升高，空气也变得干燥起来，但他们就这样坐着聊天，讨论的大多是在 Animus 中的经历。他们讨论的时候，非常默契地避开了祖先之间的斗争和厮杀，就虚拟场景中的其他体验聊着彼此的经历。他们从十九世纪的纽约市聊到他们使用的武器，以及祖先拥有的奇异能力。不过，当 Animus 中的经历已经没什么可谈的时候，欧文将话题引向了哈维尔不想提及的方向。

“你身上到底发生了什么事？”

“你是指什么？”

“我不是说 Animus 中发生的事情。”欧文问道，“在那之前，你为什么一直对我不理不睬？”

哈维尔真的不想说起之前发生的事情，但他知道欧文是一个执着的人，而此时两人被困在了这座山上，还坐在同一节树干上。既然无法逃避，那就索性告诉他吧，哈维尔这样想道。

“我只是在处理一些个人的问题罢了。”

“比如说？”欧文问道。

“就是一些乱七八糟的事情，我也不知道。”

“那你为什么不来找我谈谈呢？”

哈维尔不想回答这个问题，但欧文又重复了一遍，于是，哈维尔决定向他坦白，继续说了下去：“你瞧，那时你父亲出了事情，你家里一片混乱，我能够想象当时的情况有多糟糕，也明白你为什么那么愤怒。但每次见面，你说起的只有那件事，而且——”

“而且什么？”欧文打断了他，声音里夹杂着一丝恼意。

哈维尔叹了口气。“你听我说完——”

“不然的话，你希望我怎么做？”欧文再次打断了他，说话的声音越来越大，“他们把我爸送进了监狱，他死在了监狱里啊！”

“我知道。”哈维尔说道，“但我的哥哥也被送进了监狱啊。”

“那是因为他差点儿把人打死了！”

当欧文说出这句话的时候，哈维尔突然站了起来，走到一旁，背过了身子。愤怒令他握紧了拳头，肩膀和颈部的肌肉青筋暴起。他不知道出血效应是否会令他伤到欧文，所以才离开了他的身旁。在深呼吸了几分钟后，他渐渐冷静了下来，随后转过了身。

“当时我自己这边的问题已经令我筋疲力尽了，实在没有精力再来听你诉苦。就是那么简单，没有针对你的意思。”

“我倒觉得你就是在针对我。”

“那样的话就没办法了，你怎么想那是你的事，但事情的经过就是这样。”

欧文盯着没有火的火堆，沉默了几分钟后，突然问道：“你说的问题又是怎么回事？”

“那件事我不想说。”

“一切还好吗？”

“已经没事了。”

“是你的母亲吗？还是说你的哥哥又做了什么别的事情？”

一只鸟从林间飞了出来，这令哈维尔抬头望向了天空。那是一只大型鸟类，大抵是鹰，或是隼吧，他一直无法弄清楚两者的差别。“不是你想的那样。”哈维尔说道，“一年前，我将自己的想法告诉了家人[①]。”

“哦。”欧文坐回了树丫上，“我不知道你原来是……”

“嗯。”哈维尔确认道。那是一个艰难的抉择，他们家中不是天主教教徒便是浸信会[②]教友，虽然他知道他的家人不会因此而将他赶出家门，但他不知道家人在得知此事后是否还能接纳自己。

“你爸妈是怎么想的呢？”

“我妈很轻易地就接受了这件事。我爸倒是纠结了几天，不过他现在已经不介意了。”

“那你的哥哥呢？”

“这就是他被送去监狱的原因。”哈维尔回答道，“那天有个乡巴佬骂我，结果曼尼就直接冲上去了。”当时，哈维尔就在一旁看着自己的哥哥殴打那人，当时百感交集，感激的同时，有一丝恐惧，也有一丝自豪。“虽然那人应该不知道我是同性恋。他应该只是想用那个词来骂我罢了。”

“这件事别人知道吗？我从来没在学校听——”

---

① 比较婉转的说法，意指哈维尔的性取向和常人不同。

② 浸信会（Baptists）：又称浸礼宗，是 17 世纪从英国清教徒独立派中分离出来的一个主要宗派，因其施洗方式为全身浸入水中而得名。

"除了我的家人外，没有其他人知道。当然，现在还多了你一个。"

"哇。"欧文点了点头，"其实这也没什么的。就算你告诉——"

"听我说，我很感激你能宽慰我，但我现在只想融入其他学生当中，明白吗？或许等我做好心理准备了，我会告诉别人的。"

"明白了。"欧文应道。过了一会儿，他又补充道："很感谢你能将这些讲给我听。"

"说得像是你给过我选择的权利一样。"哈维尔有些开玩笑般地说道。不过在将自己的情况告诉别人后，他心里舒服多了。他很庆幸自己告诉的人是欧文，因为欧文不会因为这样的事情而改变对自己的看法。

接着又过了几个小时。在这几个小时里，每当哈维尔听到有车辆靠近，就会担心是不是阿布斯泰格的人追来了。而且他有些饿了，因此他不得不正视起欧文之前的问题，思考他们两人接下来该怎么办。

中午时分，有一个陌生人突然从树林里走了出来，吓了两人一跳。那人剃着光头，有着深色的皮肤。他穿着军队式样的黑色裤子，白色的T恤外披着一件带有兜帽的皮质夹克衫，还戴着一副墨镜。

"你们两个小伙子过得怎么样啊？"那人问道。

哈维尔看向了停在一旁的摩托车。"要逃跑吗？"他对着欧文轻声问道。

"那人看上去有点儿眼熟。"欧文回答道，看上去并没有哈维尔那般紧张。

那个陌生人将墨镜推到了额头上，继续朝他们走来。"我是格里芬。"他的声音很低沉，说话的节奏也很奇怪，就像是慢速播放的音轨一般，“看起来门罗害得你们被圣殿骑士追捕了啊。”

这个男人显然知道他们二人的身份，也知道他们为何躲在了这里，但男人说起圣殿骑士时露出的神情让哈维尔觉得他和他们并不是一伙的。哈维尔和欧文面面相觑，正当两人困惑不解、犹豫不决的时候，格里芬继续向他们走了过去。

“别紧张。”他安抚道，“我来这里既不是要把你们抓走，也不是要把你们干掉。”

“那你来这里干什么？”欧文问道。

“我只是想和你们聊聊。”

“聊什么？”哈维尔做好了逃跑的准备，但他不知道欧文是怎么想的，他并不打算将欧文抛下，独自逃跑。

格里芬走到火堆旁停了下来，来回打量着他们二人。“我想和你们谈谈你们自己的事情，还有你们将来的打算。”

“为何你看起来那么眼熟？”欧文问道。

“那天夜里，我帮你干掉了那名圣殿骑士特工。”他回答道，“我本想阻止门罗将你带走的，但你们成功将我甩开了。”他看着一旁的摩托车说道，“当时就是这辆摩托车，如果我没看错的话。”

“你是那个刺客？”欧文说道。

格里芬点了点头，走到了摩托车旁。然后从摩托车的一侧三角板下拆下了一团电线。

“嘿！”哈维尔以为他弄坏了摩托车，不满地叫道。

“这是阿布斯泰格开发的机车，”格里芬解释道，“而你们并不知道这辆车有哪些功能。我刚才拆下的是这辆车的定位设备，过去的几个小时里，这个东西一直在发布你们的坐标。它的型号频率很高，所以只有离你们非常近的人才能收到它的信号。不过我还是找到你们了。”

哈维尔不知道他说的到底是真的还是假的。可能是科吉尔的记忆对他的影响，也可能是一个普通人的常识令他下意识就不想和一名刺客打交道。而欧文看起来对此一点儿也不介意。或许这正是他那刺客祖先对他产生的影响——某种层面上的出血效应。

“你说你想和我们聊聊。”哈维尔觉得自己可能不得不抛下欧文，独自逃跑了，“你有什么想说的呢？”

格里芬将身体靠在了摩托车上，抱着双臂说道：“阿布斯泰格把你们的朋友关起来了。”

“门罗呢？”欧文问道。

“他逃走了。我也不知道他去了什么地方。”

“然后呢？”哈维尔问道，“难道你来这里只是想把我们已经能够猜到的事情告诉我们吗？”

“我要在你们的朋友将一切告诉阿布斯泰格的人前，知道他们掌握了哪些信息。”格里芬说道，“我要知道门罗为何要将你们所有人聚在一起。我想你们进入 Animus 是为了找寻一枚伊甸园碎片，没错吧？”

“你为什么会这样想？”哈维尔问道。

“阿布斯泰格从很久前就开始通缉他了。”格里芬回答道，“能让他冒着被抓的风险出现在你们面前，说明他找到了能够起到颠覆战局作用的东西，而唯一能做到那一点的就只有伊甸园碎片。”

欧文看向了哈维尔，然后说道：“我能和哈维尔单独谈谈吗？”

“当然可以。”格里芬说道，“但是尽量快一些，我们没时间了。”

格里芬重新戴上了墨镜，然后向一旁走出了一段距离。那段距离远得足以让哈维尔相信对方听不到他和欧文的交流，但这段距离对那名提防他们在谈话时逃跑的刺客来说却也足够近了。

“我觉得我们应该告诉他。”欧文说道。

“你疯了吗？”

“说不定他可以帮助我们找到门罗，并且救出其他人呢。”

“说不定他只是在骗我们，并且要利用我们找到伊甸园碎片呢？”

“但是我经历过一名刺客的记忆啊。”

“所以呢？”哈维尔说道，“那并不代表你是一名刺客，你难道已经忘了门罗说过的话了吗？”

“不是那样的。”欧文解释道，“我不是分不清自己和维琉斯的差别，我只是单纯地信任他们罢了。”

“无条件地信任全部刺客？”

“我信任他们的信条。”欧文回答道。

哈维尔没有说话，只是静静地盯着他。随后他确认了一点，这肯定是出血效应搞的鬼，因为他认识的那个欧文绝不会盲目地信任某个来向他们打听消息的陌生人，更别提他要打听的还是一件可以推动战争胜利，并令将军成为总统的可怕存在。欧文在 Animus 中的经历改变了他。但是哈维尔知道，如果欧文决定要和格里芬站在一边的话，自己是无法阻止他将秘密告诉格里芬的。

“那么，你是怎么想的呢？”欧文问道，“难道一辈子坐在这座山上吗？”

哈维尔挥手赶走了一只撞到他脸上的苍蝇。“随你便吧。”

“随我便？什么意思？”

“意思是……你想怎么做就怎么做吧。”

欧文站着思考了片刻，然后坚定地点了下头。“我打算说给他听。如果他对我们不利的话，那就是我的错。”随后他叫来了格里芬，当刺客悠闲地走回他们身旁的时候，欧文说道：“是的，我们进入 Animus 就是为了找寻一枚伊甸园碎片。”

哈维尔摇了摇头，向后退了一步，和两人保持了一定距离。他本就不想将这些信息告诉那名刺客。

“去的是什么地方？”格里芬问道。

“纽约市。”欧文回答道，“一八六三年的纽约市。”

“哪枚伊甸园碎片？”

“一把匕首。从阿兹特克俱乐部中找到的一把匕首。不过那把匕首最早是由科尔特斯从西班牙带到墨西哥的。”

“科尔特斯？”格里芬的表情变得严肃起来，“你知道他是从哪里得来的匕首吗？”

“是国王给他的。”欧文回答道，“但我记得那把匕首本身就是由教宗赐给国王的。”

“你们在 Animus 内有没有找到那枚伊甸园碎片现在的下落？”

“不是很确定。但我们觉得那把匕首应该被藏在了尤利西斯·格兰特去世前居住的那栋小屋里。因为他是那把匕首最后的拥有者。”

“谢谢你。”格里芬说道，“这就是我需要知道的全部信息。”

格里芬已经得到了他需要的信息，但哈维尔不知道这对他和欧文代表着什么。“现在你打算怎么办？”他开口问道。

“现在？”格里芬坐在了两人之前坐着的树干上说道：“现在我想请你们俩跟我走一趟。”

第二十二章　正面交锋

当阿布斯泰格的特工从仓库屋顶降下的时候，汤米·格雷林一定会奋起反抗，将他们打得落花流水。当他们抓住娜塔莉亚的时候，他会打断那些抓向她的手的每一根骨头。但肖恩只能坐在轮椅上，眼睁睁地看着两名特工从背后抓住自己。他试图推开自己的轮椅，哪怕那意味着他只能在地上爬行，他也不想就这样毫无反抗地被人抓住。然而他们将他牢牢地按在轮椅上。

他无力抵抗。

大卫试图逃跑，但他们电晕了他，见到这一幕的格蕾丝疯狂了。她尖叫着冲向那名开枪的特工，用拳头拼命地击打对方，但两名特工从背后扑倒了她，将她抓了起来。

门罗的公交车撞向了仓库的大门，将其扯了下来，随后便飞速地离开了，跟在他身后的是欧文和哈维尔骑着的摩托车。肖恩不会因他们逃走而责怪他们，但他对此很是愤怒，因为那三人就像是抛弃了其他人一般毫无顾忌地逃走了。

两辆黑色的汽车开到了仓库前。当几名特工坐上车后，汽车便向欧文和哈维尔离开的方向追了过去。随后一辆白色的装甲车开进了仓库，特工将后门打开后，便将他们一个个地带到了车上。先是娜塔莉亚，接着是格蕾丝和大卫。

“你们这是要把我们带去什么地方？”当他们推着他的轮椅向前走去的时候，肖恩问道。

那几名特工并没有回答他的问题。他们全身覆盖着护甲，戴着反光的头盔，所以肖恩没能看到对方的长相。

几名特工将肖恩坐着的轮椅抬了起来，将轮椅推上车的过程中，肖恩因受力不均，无助地左右摇晃。车内的空气有着浓浓的机油及塑料气味。特工们将娜塔莉亚、格蕾丝和大卫绑在了汽车一侧的长椅上，将肖恩推到了另一侧，将他的轮椅绑在了车厢上。

“你们这是要把我们带去什么地方？”肖恩再次问道。

几名特工无视他，直接走了出去。当他们关上汽车后面的双扇门，并锁上扣锁后，车内的空间仿佛变成了一个充满黄色灯光的囚笼。

“这一切都是门罗的错。”格蕾丝看着她的弟弟，恨恨地说道。大卫像是呆住了一般，双眼空洞无神，显然还没有从电击枪的作用中恢复过来。

“他还好吗？”肖恩问道。

“那名特工说他过会儿就没事了。”格蕾丝回答道，“他说大约要一个小时才能恢复正常。”

“埋怨门罗可没用。”娜塔莉亚说道，“难道不是吗？”

“我不在乎！”格蕾丝大声叫道，“如果不是他的话，我们根本不会落到这样的下场！”

装甲车的引擎在发出了几声短暂的轰鸣后，隆隆响起。车身猛烈地摇晃了一下，令对面侧着坐的三人同时向一侧倒去，他们坐着的汽车离开了原地。关着四人的隔间并没有窗户，所以他们也不知道对方要将自己带到什么地方。

“我们什么也不要告诉他们。”肖恩说道。

“你这话是什么意思？”格蕾丝问道。

“他们知道我们是在找一枚伊甸园碎片。”他回答道，“我们不能将它的下落告诉他们。”

“你不想说，那是你的事。”格蕾丝说道，“我们现在只能靠自己了，门罗逃走了，欧文和哈维尔也是。我要做的就是让我和弟弟安全回家，为此，我会将自己知道的一切告诉他们。我的祖先再恨圣殿骑士，那也与我无关。”

“即使在目睹了虚拟场景中发生的一切后，也是如此吗？”娜塔莉亚问道。

“尤其是在目睹了那一切后。”格蕾丝回答道，“我的弟弟本不用经历那么可怕的事情，这也都是门罗的错。”

她伸出一只手揽住了她的弟弟，但大卫仍旧没有开口，只是在他姐姐说话的时候，抬头望着她。他无法控制自己的下巴，所以在这么做的时候，他有些滑稽地张开了嘴。

肖恩明白再和她争下去也没有什么意义了，所以他决定在到达此行的目的地前都不再提起这件事。或许在更加清楚他们的处境后，他也会做出不一样的选择，将自己掌握的信息告诉圣殿骑士。

汽车继续向前驶去，他们能够感受到车身的摇晃和路面的颠簸，听到汽车轮胎发出无声的哀鸣，肖恩渐渐失去了时间的概念。感觉大约过了一个小时，汽车行驶的速度慢了下来，但并没有就此停下，或许他们只是下了高速公路。但汽车似乎正往高处开去，因为肖恩被重力拉着靠上了轮椅的靠背。

大卫渐渐清醒过来，当汽车停下的时候他已经恢复了正常。汽车的引擎不再作响，整辆车就静静地停留在原地。

随后肖恩听见有人打开了后门的扣锁，当他和其他人转过头去看的时候，后门缓缓地打开了。迎接他们的不是身披防暴护甲的阿布斯泰格特工，而是一个拿着笔记板，穿着白色实验室工作服的女人。在她身旁的是两个健壮的男人，他们身上穿着的灰色制服和军装有些相似，看上去至少也是某种机构的保安人员，而在他们胸口和上臂的一侧有着闪闪发光的银色阿布斯泰格标记。三人的衣服上都挂着名牌，两个男人将名牌别在了胸前的口袋上，而那个女人则将其别在了工作服的衣领上。

那个女人有着运动员一般的站姿，一头棕色的超短发。微笑的时候会露出她微微凸出的门牙。

“女士们，先生们，”她谈吐优雅，带着不太明显的法语口音，“我对我们带来的一切不便表示抱歉。”她将一只手放在了自己的胸前，“我是维多利亚·碧卜博士。我在阿布斯泰格工业公司下的血统研究及采购部门任职。非常欢迎你们——”

“欢迎？”肖恩讽刺道，“你刚才说了什么？欢迎？你开玩笑的吧？”

维多利亚的笑容少了几分，就像是电力少了几瓦后微微暗淡的灯泡。“我是这么说的，我也知道这个字眼在我们强行将你们带来后显得多么奇怪。但是如果你们愿意听我们解释的话，我相信你们会理解我们这么做纯粹是为了保护你们的安全。”

“你们电晕了我的弟弟！”格蕾丝叫道，“这很安全吗？”

“的确不够安全。”维多利亚转向了站在她两侧的男人，对两人分别点了点头，随后两人便爬进了汽车内部。“这本不应该发生的，这是我们的失误，我为此道歉。我想请各位随我一起到我们的研究所去检查一下身体，在确认各位都没有受伤后，我们便会设法带你们回家，这样可以吗？”

那两名保安解开了绑着四人的带子后，领着他们走下了车。随后他们抬起了肖恩坐着的轮椅，然后缓缓将肖恩和他的轮椅放了下来。

肖恩向四周望去，发现装甲车正停在一处环岛旁，路面的沥青显然刚铺完不久，周围高大的松树散发着类似柑橘的香味。在松树间屹立着数栋几乎完全用玻璃建成的大楼，数条封闭的走道将几栋建筑的高层连在了一起。其中一栋建筑的入口就在车道的另一边。而他们来时的路却是通往一处森林的。

肖恩在来的时候曾想过阿布斯泰格会将他们绑架到什么地方去，没准儿是监狱或者地牢之类的地方。而眼前所看到的恰恰相反。

“请你们跟我来。”维多利亚说完后便面向他们，微笑着朝建筑的入口慢慢走去。

两名石头一般的保安并没有用任何行动或是表情来威胁他们，但他们的存在本身已经是一种威慑，逼迫他们前行。娜塔莉亚、格蕾丝和大卫跟在维多利亚的身后，向内走去，而肖恩则滑着轮椅跟在了他们的身后，那两位保安则跟在了肖恩的身后。

当他们到达入口时，维多利亚刷了一下她的名牌，打开了大门。大门打开时没有发出任何声音，门上的玻璃干净得令人很难注意到它的存在。走进去之后，他们又穿过几道门，最后来到了一处大堂，大堂的前台后有一块巨大的玻璃，玻璃上磨砂的部分正是阿布斯泰格的标志。坐在前台的是一个戴着头戴式耳机，系着窄领带的男人。当维多利亚带着肖恩等人经过的时候，那个男人朝维多利亚点了点头。

他们绕过了印有阿布斯泰格标记的巨大玻璃后，才真正看到了整栋建筑的全貌。建筑高大广阔，有三层，屋顶是一片可以伸缩的巨大玻璃，每一层楼都围绕着建筑的中庭展开，几乎就是由玻璃制成的敞开式空间。建筑的外墙也是由玻璃制成的，可以清清楚楚地从任何角度看到外面的森林。阿布斯泰格的员工或是悠闲地站在自动扶梯的一侧，或是急匆匆地从另一侧跑向更高的楼层，这一切就和肖恩概念中其他大型公司内的场景一般无二。

“我们为这栋研究所取名‘鹰巢’。”维多利亚说道，“理由就不用说了。这个楼群还有其他四栋建筑，等你们的事情处理妥当了，我可以带你们去看看剩下的那几栋。”

事情再一次超出了肖恩的预料，维多利亚的话令他不再敌视对方。如果阿布斯泰格真的是劫持他们的话，这算得上是他见过的最惬意的一场绑架案了。

维多利亚带着他们走向了中庭远处的一角，然后他们来到了一间满是冷色调、棱角分明的现代座椅和咖啡桌的休息厅中。

“请随意。”维多利亚说道，“想吃什么，想喝什么，自己拿就行了。”

肖恩看向了她指的方向，柜台上摆放着许多水果、糕点和咖啡。一旁的冷柜中有水、果汁、汽水和那种带着点气却没有什么味道的饮料。肖恩觉得那种饮料和水其实没什么差别。

他推着轮椅来到柜台旁，拿起了一个面包圈和一瓶汽水。格蕾丝在挑选了许久后，才选中一根香蕉，接着她又为自己倒了一杯咖啡。而大卫则拿了一块蓝莓松糕和那种没有味道的汽水。娜塔莉亚则一动不动地留在原地。

“你什么都不想要吗？”维多利亚问道。

“我没有胃口。”娜塔莉亚回答了她的问题后问道，“你是在什么领域获得博士学位的？”

“我是一名精神病专家。”维多利亚回答道。

“专门给疯子看病的那种？”肖恩不知道自己该如何面对她的回答。

“没错。”维多利亚露出了笑容，“但我在这里的工作和我的学历并没有什么关系，我们先坐下吧。”她挑了最靠前的一张椅子坐了下来，其他人坐在了面向她的椅子上，而肖恩则推着轮椅，来到了他们身旁。

“首先，我再次为行动中发生的失误向各位表示抱歉。”维多利亚转向大卫后问道，“大卫，你还好吗？你感觉怎么样？”

大卫刚咬了一大口松糕，无法开口的他向她比了个大拇指，鼓着脸颊，像是花栗鼠一般笑了起来。

“很好。”维多利亚说道，“那我就放心了。接着……”她低头看向了手中的笔记板，“在这里的是格蕾丝和大卫、娜塔莉亚，还有肖恩，对不对？”

他们吃着手里的食物，只是点了点头。

“那不见了的是欧文和哈维尔喽？”维多利亚问道。

他们再次点了点头。

“你们知道他们可能去了什么地方吗？”

肖恩咽下了口中的面包圈，说道：“不知道，其实我们都不怎么了解对方。我们昨晚是第一次见面。”

“我明白了。”她继续问道，“那门罗呢？你们知道他可能会去什么地方吗？”

肖恩摇了摇头，虽然他很确定门罗是去找那枚伊甸园碎片了。他注意到格蕾丝和大卫正看着对方，或许是打算将实情告诉维多利亚，肖恩用眼神示意他们不要提起那件事。他们照做了，但将来他们是否会将实情和盘托出，肖恩不知道。

“那好吧，希望我们能够早日找到他们。”维多利亚继续说道，“现在，先让我讲一下我们得知的情况，如果可以的话，我希望你们可以补充一些我们疏漏的地方，可以吗？首先，我们知道门罗将你们聚在一起，使用了一台被他改装过的 Animus。然后我们知道你们接触到了一件物品——一枚伊甸园碎片，你们知道那是什么吧？”

肖恩努力控制自己不露出任何表情，但维多利亚接下来的话令他知道自己或许搞砸了。

“你们脸上的表情说明了你们知道我说的是什么。”维多利亚再次低下头，看了看手中的笔记板，“你们为了寻找伊甸园碎片，进入了那台被偷走的 Animus 中。你们最后找到它了吗？”

没有人回答她的问题。

她等待了片刻，随后叹了口气，将笔记板放在身旁的椅子上，然后问道：“你们中有任何人知道门罗曾经在阿布斯泰格工作吗？”

肖恩并不知道这件事，但他对此并不惊讶，不然的话门罗也不会有机会弄到一台 Animus。

“他并没有你们想的那么好。”维多利亚说道，“他曾是一名高级研究人员。但之后在他身上发生了一件不幸的事情，导致他的行为变得极度反常。他的精神状态出现了明显的问题，我试图帮助他，让他从悲伤中走出来，我们中每一个人都是这样做的。但最后，他还是离开了公司，同时还从公司偷走了不少昂贵的设备。”

“你是说 Animus 吗？”格蕾丝将香蕉皮放在了一旁的咖啡桌上后问道。

“还有其他的设备。”维多利亚回答道，“我们一直在找他，因为他带走的那些设备如果使用不当，是十分危险的。”

“那你们为什么不报警呢？”大卫问道。

“我们联络了当地的治安部门。但法律上也允许我们通过内部的保安团队将他抓回来。”

“把人电晕也是合法的？”格蕾丝问道。

“我们的工作人员并不知道你们在那间仓库里。”维多利亚解释道，“我们只是收到了有人使用那台 Animus 的信号。我们不知道是谁在使用，也不知道使用者和门罗有什么关系。这就是他们带上了非致命武器的原因。将你们送上车后，他们检查了门罗的仓库才明白当时到底是怎样的情况。”

“而眼下，我们对情况更加了解了。”一个穿着蓝灰色西装的男人一边说着，一边走了进来。他长得很高，有一双淡绿色的眸子，一头淡金色的头发自额头向后抹去。“打扰你们了，真是抱歉。”

“不用担心，您并没有打扰到我们。”维多利亚站了起来，“请坐，欢迎加入到我们的讨论中来。”

那个长得很高的男人向他们走过来，然后坐在维多利亚身旁的椅子上。他的动作迅速流畅。“我的名字叫以赛亚。”他开口说道，“也是鹰巢的主管。我们一直在分析门罗的资料，有些事情也没必要向你们保密。你们已经知道刺客和圣殿骑士。你们也知道阿布斯泰格工业公司就是圣殿骑士的产业，你们或许正在猜测我是不是一名圣殿骑士。我告诉你们，你们猜得没错，我就是一名圣殿骑士。在我身旁的碧卜博士也同样是我们中的一员。”

维多利亚点了点头，露出了笑脸。

肖恩没想到他会点明自己的身份，哪怕对方已经调查过门罗的资料了，他也没想到眼前这个男人会如此轻易地承认自己便是那个计划着掌控世界的神秘组织中的一员。

“圣殿骑士对世界的看法已经有所改变了。”以赛亚说道，“公司取代了曾经的国度，CEO 们则代替了当年的政客。我们的组织为了确保效率最优化，适应时代的变迁，发展成了现在的样子。我们相信只有科技的发展才能令人类获得更大程度的进步，这就是为何我们建立了阿布斯泰格工业公司。我们并没有什么邪恶的意图，和门罗告诉你们的恰恰相反。”

“你这些话还是去和特威德老板说吧。”大卫说道。

“说得好。”以赛亚轻声笑了起来。他的笑声很轻松，用肖恩母亲的话来说就是带有传染力。“的确，我们组织的历史上有过不少臭名昭著的人物，不过大多数历史悠久的组织都是如此。但我想让你换一种角度去看这件事情，你知道特威德老板利用他的权势建造了很多孤儿院、学校和医院吗？在他的管理下，纽约市那三年里用在慈善方面的资金比过去十五年的总和还要多。他出资建造了纽约市立图书馆，并买下了大都会博物馆的土地使用权。你知道是因为他，才有了今日的布鲁克林大桥吗？”

没有人回答他的问题。肖恩并不知道这些，不过通过其他人的沉默，他知道他们也是如此。

“现在再去批判特威德这个人物就要困难得多了，不是吗？”以赛亚说道，“作为一个人，他犯下了不可原谅的大错。但是作为一名圣殿骑士，他推动了这座城市的进步。如果没有那名叫伊莉莎的刺客给他冠上贪污罪名的话，谁知道他能利用那些功勋带领纽约市走向何方呢？”

听着以赛亚的话，肖恩觉得门罗眼中的圣殿骑士形象和他刚才所见的越发矛盾。

“你可以用我们中最糟糕的典型来评判我们。”以赛亚继续说道，“你也可以想想那成百上千个你没有听过名字，却为了令世界更美好而付出生命的圣殿骑士组织成员。”他绿色的眼睛扫过他们中的每一个人，经过肖恩的时候，他停了下来，他的视线像是在肖恩身上扎根了一般。“门罗有没有告诉过你们，你们有多么重要？”

“你这话是什么意思？”肖恩问道。

“我看过了他对你们所有人的DNA分析，而那些数据超乎寻常。我认为你们六个人加在一起便是所谓的‘优越事件’，根据我的调查，记录在案的类似事件屈指可数，没有人真正了解它的秘密。优越事件的隐秘被交感神经的遗传力保护了起来，而我们仍在破解那层保护的过程中。其实门罗之前在阿布斯泰格工作时，研究的项目就是这个，用的正是他改装的那台Animus。他当时便在调查这些优越事件，推算着下一次出现的时间。而他找到的就是你们。当你们聚在一起时，便像是水流汇合、气流交融、能量聚合一般。你们每个人的潜力以及你们所有人聚在一起能起到的作用，都是我们无法估算的。这一切，令人惊叹。”

肖恩回想起了门罗当时展示给他们看的图像，他们所有人的DNA一字排开时，其中存在的记忆相容点。“你说的是伊甸园碎片吗？”肖恩问道。

“伊甸园碎片。”以赛亚回答道，“而且不止一枚。”

大卫推了推他的眼镜，说道：“我不太明白。”

以赛亚转向了维多利亚。“这是碧卜博士的专业，我会让她来为你们解释。”

维多利亚点了点头，清了清嗓子后说道：“我的研究令我相信你们所看到的那枚伊甸园碎片还有两枚和它类似的。那三枚伊甸园碎片本是一体，伊甸三叉戟。每一把匕首都是三叉戟的一段戟尖，每一段戟尖都蕴含着不同的力量，或者说会对人产生不同的影响。传说中，一段戟尖使人产生信仰，一段使人产生恐惧，还有一段则使人产生爱慕。说到这里，你们能够理解吗？”

他们四个人都点了点头。

“很好。”维多利亚说道，“你们应该听说过亚历山大大帝吧？我们知道他拥有一柄伊甸权杖，那是他坐上王位后权力的象征。但在战场上的时候，他还需要一把武器。”

“也就是伊甸三叉戟吗？”格蕾丝问道。

“正是如此。”维多利亚回答道，“他的军队无人可挡。他用三叉戟征服敌人，用权杖来治理国家，亚历山大大帝就这样创建了举世无双的马其顿帝国，同时或许还成了这个世界上最强大的统治者。”

“挺激动人心的，不是吗？”以赛亚这样说道。

肖恩同意他的说法，同时也注意到维多利亚在提到这个话题时变得多么富有激情与活力。

“我们相信当亚历山大大帝去世的时候，三叉戟碎成三片，分别落到了接替马其顿帝国的其他王国手里。一段戟尖落到了他手下的将领塞琉卡斯的手里，他占领了东部的领土，在亚洲建立了塞琉卡斯王国；另一段戟尖落到了将领托雷密的手里，他在埃及建立了一个王国；而第三段戟尖则落在了亚历山大大帝的族人，马其顿人的手里。不过最后，马其顿人手里的那枚碎片和托雷密的那枚碎片都落在了罗马的恺撒大帝手里。你们找到的那段戟尖应该是恺撒大帝手中的两枚之一。我觉得应该是信仰戟尖。那段戟尖一直留在了罗马帝国，随后流落到了梵蒂冈。而从那里开始，西班牙人出生的卡利克斯特三世将其送给了阿拉贡国王阿方索五世，应该是为了感谢国王对他的支持。接下来，那段戟尖便留在了西班牙皇室，直到查理五世将其交给了科尔特斯。你们还跟得上我讲的内容吗？”

“勉强能听懂吧。”大卫说道。

维多利亚搓了搓双手。“我还在研究另外两段戟尖流落到了什么地方，不过我们确信你们在纽约市找到了信仰戟尖。”

“或者说，我们确信你们的祖先曾经接触过它。”以赛亚说道，“然而不可思议的是你们的祖先中还有其他人接触到了另外两枚碎片。”

“真的假的？”格蕾丝问道。

“我非常肯定。”以赛亚回答道，“请理解我们为何将你们带来这里。三枚戟尖组合在一起的力量足以将一个人变成一国之主，并将一国之主变为一位神明，而你们所有人都和三叉戟联系在了一起。就像我告诉你们的那样，这便是‘优越事件’。你们代表了你们的祖先，汇聚在了一起。就像那么多代人的血脉和 DNA 就是为了此刻而汇聚到了一起。这就是为何我们需要你们的帮助。这是只有你们才能办到的事情。”

“你希望我们怎么来帮你呢？”娜塔莉亚问道，她在进入鹰巢后就没怎么说过话。肖恩无法忘记那几名特工将她抓住时的情景，并为自己无法像汤米一般保护她而感到羞愧。

“碧卜博士，”以赛亚问道，“你有没有向他们讲起……门罗的事情？”

维多利亚点了点头。

以赛亚顺着透明的玻璃墙向外望去，看着远处的森林。“门罗的故事令人心碎。”他这样说道，“我仍钦慕他的智慧和他过去的为人。”随后他将视线收了回来，“如果你们顺利找到了其中一段戟尖，而它又不幸落入门罗手中的话……便会造成很大规模的破坏。”

“门罗到底有着什么样的过往？”肖恩问道。

以赛亚叹了口气。“他的父亲是个很糟糕的人。他童年时的经历可怕得令人难以想象，他将大多数回忆都压抑在了心里。而正是这样的精神状态，他或者与他经历相似的人都不适合使用Animus。”

“这是为何？”娜塔莉亚问道。

维多利亚回答了她的问题。“受过虐待的个体，神经都非常脆弱，且极不稳定。我试图通过心理治疗来帮助他，但他只想用Animus 回到他父亲的记忆里，以此来消灭自己内心的恶魔。”

“但为了他自身的安全，以及精神的正常，我禁止他这么做。”以赛亚说道，“这就是他离开了阿布斯泰格，并且偷走了当时由他负责的项目的原因。”

肖恩看向格蕾丝，而她也正向他这边望了过来。当时发生的事肯定不会那么简单。并不是说肖恩不信任门罗，只是他和那台由他改装的 Animus 有太多疑点。肖恩看出格蕾丝也有着同样的顾虑。

肖恩相信门罗的本意是好的，但他不知道自己是否该像格蕾丝一开始所想的那样将自己所知尽数告诉以赛亚。

“别说。”娜塔莉亚对着他们二人说道。

“是啊，我们或许不该说的。”大卫也开口劝道。

但是自从来到这里，肖恩的想法便已经转变了。这里的情况和门罗所说的完全不一样。这些人并不邪恶，也没有征服世界的打算，当他看到周围的情况，并且听了以赛亚和维多利亚的解释后，他深深相信了这一点。阿布斯泰格只是想要通过创新和进步令人类社会变得更加美好罢了。而且肖恩很感激他们看中自己，并且相信自己能在接下来的事情中起到重要的作用。

“或许你们不该说什么？”以赛亚问道。

肖恩深深吸了口气，说道：“我们的确找到了那枚伊甸园碎片。而且格蕾丝知道它最后出现的地方。”

格蕾丝听到这里，点了点头，说道：“是的。”

随后，她将地点告诉了以赛亚。

第二十三章　生死逃亡

欧文知道哈维尔对他做出的选择很不满意，但他知道眼下的状况，相信格里芬是唯一的出路。而且和哈维尔不同的是，欧文能够意识到自己身体中维琉斯的部分对自己的影响，或许正是因为维琉斯的刺客出身令他太过轻易地相信了格里芬。不过就算是这样，欧文和哈维尔也没有其他的路可走了。圣殿骑士抓住了其他四人，门罗也不见了。他们没法回家，更准确的说法是，他们还面临着圣殿骑士的追捕。

不过欧文会选择相信格里芬，还有另一个原因，一个更为私人的原因。前晚那名阿布斯泰格特工说他了解欧文父亲的事。而要继续调查下去，欧文能想到的唯一办法便是参与到这场战争中来。

格里芬坐在那截树干上，抬起头看向两人。“你们意下如何？”

“你要我们和你一起走？”哈维尔笑出了声，“你问我的话，我会告诉你，不——可——能。”

“你说的和你一起走是什么意思？”欧文问道。

格里芬身体微微前倾，将手肘搭在了膝盖上。“我想门罗应该在你们身上找到了刺客血脉吧？或是圣殿骑士的血脉？还是两者都有？”

欧文点了点头。

“那又如何？”哈维尔问道。

“那样的话，说明你们或许能使用鹰眼视觉。”格里芬说道，“你们知道鹰眼视觉是什么吧？”

欧文再次点了点头。而这次，一旁的哈维尔也这么做了。

“很好。那就看看我。”

“我们正看着你呢。”哈维尔说道。

格里芬摇了摇头，举起空着的那只手，示意哈维尔听他解释。“不，我说的是‘看’我的本质。鹰眼视觉能帮助你判断对方是否对你抱有敌意。用鹰眼视觉来识别我的本质。你们看到了什么？”

欧文在离开 Animus 中的虚拟场景后就没有再使用过鹰眼视觉，但他仍然记得维琉斯在阿兹特克俱乐部寻找匕首时是如何激发这种能力的。他放大了自己对于外界的感知，撇开一切杂念，观察着格里芬的面容、脸部表情、坐姿以及身体中每一处微小肌肉的紧张程度，这些是无法作假的。欧文的鹰眼视觉告诉他格里芬并没有敌意。至少，现在没有。

“继续说下去。”欧文说道。

“我想你们应该在 Animus 里见到那枚伊甸园碎片了吧？”

“我们都看到了。”哈维尔在听到欧文的回答后，睁开了眼睛，眼神中带着一丝惊讶和些许怒意。

“那样的话你们就是寻找伊甸园碎片的最佳人选了。”格里芬说道，“我从来没有见过那样东西。而你们却知道它的样子，或许还知道该如何找到它。所以，我需要你们的帮助。”

“我们凭什么要帮你？”哈维尔说道，“我觉得那件东西不应该落到任何人的手里，包括门罗，虽然他有可能已经接近那枚碎片了。”

“我能够理解你的想法。天知道门罗是怎么描述兄弟会的。不过，请你至少听完我的话。”格里芬将掌心对着二人，一边数着一边将手指一根根地放下，“亚历山大大帝、尤利乌斯·恺撒、匈奴王、成吉思汗、俄罗斯沙皇。你知道他们有什么共同点吗？”

哈维尔翻了个白眼，嘲讽道：“伊甸园碎片？”

“没错。”格里芬回答道，“每当有伊甸园碎片现世，总有人会用它来谋取权力，而人民的自由意志就会因此而被压制。这是不可避免的。这也是为何我不想使用它。我只想确保没有人能够使用伊甸园碎片的力量。你又怎么知道门罗不会摇身一变，成为一个独裁者呢？”

“他不会这么做的。”欧文反驳道。

“是什么让你这么肯定这一点呢？”

其实欧文自己也并不能肯定门罗是否会变成格里芬说的那样。事实上他的确曾有过这样的猜忌。但他的本能令他想要去相信门罗，就像他现在试图去相信格里芬那般。因为他感觉自己需要这两个人的帮助。

“你知道和我父亲相关的事情吗？”欧文问道。

“你的父亲？”哈维尔靠近欧文，抓住了他的手臂，“你在说什么？”

“发生在你父亲身上的事，我只知道其中一部分。”

“所以说，他并不是一名刺客？”

“嗯。”

“但是你干掉的那名阿布斯泰格特工说——”

“说你的父亲参与了刺客与圣殿骑士的战争。”格里芬打断了他，“我不知道他是怎样被牵扯进来的，不过我可以帮你找到那些问题的答案。”

“你打算怎么做？门罗说了我的DNA没有用。我必须要想办法弄到我父亲被捕后的DNA。”

“我能去门罗去不了的地方。”格里芬回答道，“警察或许记录了你父亲被捕时的DNA。说不定档案室里就藏有你父亲的DNA样本。如果你能帮我找到伊甸园碎片，我自然会帮你查到你要的答案。”

这便是欧文最初找上门罗的理由。虽然当时的情况证明这个计划行不通，但格里芬现在给出的却是一个或许能够让他找到答案的机会。欧文没有办法拒绝这样的条件。

“我和你走。”他这样说道。

“欧文，”哈维尔着急地劝阻道，“别——”

“我，和你走。”欧文重复了一遍，语气更为坚定。他现在知道了哈维尔在Animus中的经历，他为自己没能在朋友最需要的时候陪伴在朋友身旁而感到愧疚。但是，这并不能阻止欧文去做他认为自己该做的事。“他不是我们的敌人。和我们一起走吧。”

“但我妈怎么办呢，伙计？”

“很简单。”格里芬说道，“你打个电话给她，告诉她你很安全，只是想出去走走。她或许会打电话报警，说你离家出走了，不过那算不上是什么问题。躲过警察太容易了。”

“毕竟我们已经无法回家了。”欧文劝道，“我们要么和格里芬一起走，要么就只能继续留在山上。就算你选择留下，也还是会令你妈妈担心的。”

哈维尔看了一眼四周的树林，猛地拍向了那只烦人的苍蝇。“但我不想和他待在一起。”

“我能明白你的想法。但你不必相信门罗或是格里芬中的任何一个人。你只需要相信我就够了。我们之间的感情，不需要用鹰眼视觉判断吧？不管发生什么，我都会在你身旁。”

哈维尔背着手，低头看着地面，过了足足一分钟后，他才抬起了头。“好吧，我相信你。我们出发吧。”

“好。”欧文应道。

“很好。”格里芬说道，“我们已经浪费了太多的时间。你们两人骑上那辆摩托，到山脚和我碰头。”

“什么意思？”欧文问道。

不过格里芬已经动身了。他的身影在林间飞速腾挪，几秒后就消失了。

“嘿，这段冒险还真是开了个好头。”哈维尔讽刺道。

欧文则朝摩托车走了过去。“来吧。”

在他爬上车后，哈维尔坐上了后座。引擎启动的时候，整辆摩托车轻颤了一下，仿佛一只巨大的甲虫扇动了一下翅膀。在他们戴上头盔后，欧文驾驶着摩托飞快地冲下了他们几个小时前经过的山路，一路尘土飞扬。

当他们到达山脚的时候，有一辆汽车正等在山路和公路的交界处。那是一辆毫无特色的白色轿车，很难引起他人的注意。

驾驶员那边的车窗放了下来，格里芬探出了头。“跟着我走。”

话音刚落，汽车便从欧文身旁冲了出去。速度比欧文预料得要快很多，他猛地拧动油门，追了上去。他们疾驰在乡间公路上，驶过两旁的果园和树林，树下的阴影和直射的阳光在欧文的头盔上变幻、闪动。然后他们跟着格里芬上了高速公路，一路回到了城里，最后来到一处满是铁门自存仓的地方。欧文不知道他们来这里要做什么，不过他还是沿着其中一排自存仓向内驶去，直到格里芬驾驶的汽车停了下来。

格里芬从车内走了出来，来到其中一扇铁门前。他左右张望了一下，随后打开了卷帘门上的锁，将其提了起来。接着他将汽车开了进去，随后又走出来示意欧文将摩托车开进去。

“他是认真的吗？”哈维尔问道。

欧文对此也有所顾虑，但他还是将摩托车开进了仓库内，停放在了格里芬的汽车旁。格里芬在仓库外等着，直到两人走出来才将卷帘门重新拉了下来。

“这就是你们所谓的‘匿影于明’[①]？”哈维尔对着格里芬问道。

格里芬弯下腰，将卷帘门锁上。“差不多就是你说的那样。来吧，我们的藏身点在这里。”

他走向旁边那扇门并将其打开。

房间内靠墙摆着几个储存柜，上面摆满了塑料或金属的箱子。一只光秃秃的电灯泡从屋顶垂了下来，下方是一张工作台，上面散落着各色工具、刀刃以及几副和维琉斯曾经用过的有些相似的护腕。远处的一角摆放着一台电脑，对面是一张铺有睡垫的小床。

① 这是刺客的三大信条之一，意指刺客藏身于他人可见之处，却令敌人无法发现自己，以至于令敌人感到恐惧。

“进去吧。”格里芬说道，“拉一下桌子上的那根绳子，把灯打开。”

欧文照他说的做了，哈维尔也跟着一起走进仓库中，最后进门的格里芬拉下了背后的卷帘门。屋子里瞬间变得昏暗了许多，只有那不太明亮的灯泡向四周放出刺眼的光芒。

“或许和你们想象中的不同吧？”格里芬将手撑在工作台上问道。

“的确不太一样。”欧文回答道。

“十六年前，一位圣殿骑士的间谍打入了兄弟会中。”格里芬说道，“他知道了我们的秘密，也知道了我们所有安全屋和训练机构的所在地。然后，他杀死了导师，我们的领导者。从那之后，他便回到了圣殿骑士组织。我们将之后发生的事称为‘大清洗’——圣殿骑士利用那个叛徒提供的信息展开了一场消灭战。那是一场屠杀，他们针对的不只是我们刺客本人，还有我们的家人，不论男女老少。兄弟会几乎就此灭亡。从那之后，我们不得不调整计划，为了生存而适应新的格局。我们不再有固定的据点，而是变得更为机动、迅速、难以抓获。这些年，我们的成员数量增加了不少，但跟当年的规模还相去甚远。”

“我的天哪。”欧文小声说道。

“圣殿骑士希望世人将阿布斯泰格当作爱心机构，为其树立正面形象。但他们的狠辣无情还是一如既往，甚至变本加厉。正是那些人抓走了你的朋友。”

“那我们该怎么做？”哈维尔问道。

“首先，你们要告诉我该如何找到那枚伊甸园碎片。”格里芬说道，“等我们将其找回后，再计划如何救他们出来吧。”

“我们觉得那枚碎片应该是被埋在尤利西斯·格兰特死前居住

的小屋附近了。”

“嗯，那倒能说得通。你们俩先换一身行头吧。”

他说着走到一个储物柜前，从中取出一只黑色的箱子，放到桌子上。然后打开扣锁，掀开了箱子的盖子。里面有几个稍小一些的密封箱子，格里芬将其一个个取出，摆在了桌上。

“床边的行李箱里有几件衣服。”格里芬说道，“你们自己挑一件制服吧。”

欧文和哈维尔走向床边去看他说的制服到底是什么，结果在箱子里找到了和格里芬身上差不多的衣服——军队式样的裤子、靴子、连帽衫以及皮革和帆布面料的黑色夹克衫。欧文找了一套合身的套装穿上，哈维尔也照做了。两人回到工作台旁，格里芬已经打开了所有的小箱子。

“我要你们带上足够的装备。”格里芬说道，“首先是手雷。”他指着一组高尔夫球大小的圆形金属球。“这些是烟幕弹，那些是震撼弹，这两种是用来吸引敌人注意力和隐藏自己踪迹的。这些是催眠手雷，如果你需要让敌人在短时间内陷入昏迷就可以使用这个。而这些则是电磁脉冲手雷，它们会在一定范围内发出电磁脉冲。圣殿骑士特工会携带不少用来对付我们的电子设备，而这些电磁脉冲手雷就能让他们的系统短路，失去作用。”

他让欧文和哈维尔将每种手雷都带上几枚，他们把这些手雷藏进了夹克和裤子的口袋里。

“接下来是武器。”格里芬向桌子另一侧的箱子走去，“我不会逼你们携带其中任何一件武器。你们凭自己的喜好选择就行，但是记住一点，选择武器的前提是你知道该如何使用它。”

其中一只箱子里装着一组飞刀，欧文突然感觉门罗曾经说过的气泡在他的脑海中膨胀了起来，那是来自维琉斯的出血效应。他感觉自己仿佛知道该如何使用它们，但他又不确定自己是否真的知道。不过，他最后还是将其带在了身上，同时还带上了其他几种利器。哈维尔则从箱子中拿了几把小刀以及一把十字弩。

“这个能用来射吹箭吗？”哈维尔问道。

“能，里面应该还有几发吹箭。”格里芬回答道。

“我们能带上那个吗？”欧文指着一旁的袖剑护腕问道。

格里芬伸手拿起了一枚护腕，将其握在手中展示了一下。这枚用某种金属制成的护腕和维琉斯曾经使用的皮质护腕有很大差别。这枚护腕带有电力和欧文无法理解的其他功能。

“这个还不能交给你。”格里芬说道，“护腕是一种武器，更是一种象征。如果有一天你决定要加入兄弟会，并发誓遵守信条，你才会得到属于你的护腕。不过在那之前，你不配拥有它。”

“这话还挺刺耳的。”哈维尔说道。

“不管刺耳不刺耳，这是规矩。”格里芬说道，“我原本只能羡慕地看着我的祖父和父亲戴上他们的护腕，直到多年后，我才拥有了属于我自己的这枚护腕。这是荣誉的象征，所以我不会轻易将它交给你们。”

他将护腕放回了桌上，特意放在了欧文够不到的地方。“好了。你们现在已经带上了自己需要的全部装备——”

电脑突然发出一声轻响。格里芬向电脑望了一眼，又看了一眼手表，随后走到自存仓的另一端，在电脑显示器前坐了下来，用鼠标点了几下后，一个视频通话的界面出现在了屏幕上。视频另一端的人看上去有些憔悴，他留着一脸胡子，黑色的头发间夹杂着些许白发。他背后的场景看上去像是某种船只的内部。

“格里芬，”男人命令道，“汇报任务进展。”

“我接到了两个目标人物。”格里芬回答道，“我们正要去取回伊甸园碎片。剩下的四个人被以赛亚抓走了——”

“我已经知道了。罗滕堡那边恢复联络了。”

“那个阿布斯泰格内部的线人吗？”格里芬问道。

“是的。他提供的情报说圣殿骑士的目标不止一枚伊甸园碎片。他们在找的是三叉戟。”

格里芬在回复之前犹豫一下。“明白了，长官。我们打算前往纽约。这件上古遗物应该就在麦格雷戈山附近。”

“出发吧。”屏幕上的男人说道，“会有一辆车在奥尔巴尼[①]等你。取回那枚碎片，不过记住这还只是刚刚开始。很快就会有新的命令下达给你。”

“是的，长官。”

屏幕变得一片漆黑，格里芬萎靡地躺进了椅子里。

“那是谁？”欧文问道。

“兄弟会的领导人之一。”格里芬回答道，“盖文·班克斯。他和我们中的其他成员藏了起来。所以我们尽量确保和他之间的通话足够简短。”

“他说的三叉戟是怎么回事？”哈维尔问道。

“他的意思是说除了你们看到的那枚碎片，还有两枚与之相同的碎片，不论是谁，只要将三枚碎片合在一起，就能征服整个世界。”

哈维尔笑了起来，欧文的嘴角也露出了一丝笑意，不过很快他便从格里芬的表情判断出他并不是在开玩笑，也没有丝毫的夸张。

---

① 奥尔巴尼：纽约州的首府，离麦格雷戈山所在的萨拉托加县大约 50 分钟车程。

格里芬从椅子上站起来，走向自存仓的大门，顺便从工作台上拿起了一枚护腕。

“我们该出发了。”他说着拉起了卷帘门，“把灯关上。”

于是三人便坐进格里芬的车内出发了。几个小时后他们来到了一个私人机场，格里芬将车开进了一个停有小型喷气式飞机的机库中，停了下来。飞机白色机身的两侧有蓝色条纹，就如白色轿车一般平凡，毫不起眼。

“你们的汽车不能和圣殿骑士的比，对吧？”哈维尔讽刺道。

“那是因为引来阿布斯泰格的注意，会产生不必要的风险，而且兄弟会也经不起这样的打击。”格里芬说。

过了一会儿，他们便离开地面，飞向了纽约。这令欧文产生了一种奇怪的感觉，因为他感觉自己仿佛早些时候还在纽约市内。不过那是过去的纽约了，他并不知道现在的纽约是怎样一片光景。

他们在奥尔巴尼降落时已经是夜间了，在外面等他们的是一辆和之前类似的普通轿车，不过这辆车有强劲的马力，速度非常快。他们在夜色下沿着一条两侧绿树成荫的马路向北驶去。一路上经过了好几座小镇，不到一个小时，他们到达了麦格雷戈山。格里芬将车停在了离格兰特故居较远的地方。

“到外面后，不要离开我的身边。”他熄灭了汽车引擎，说道，“圣殿骑士有可能也到这里了。利用你们所有的感觉——出血效应和你们本身的五感保持警惕。我们冲进去，拿到上古遗物，就马上逃出来。准备好了吗？”

“好了。”欧文和哈维尔应道。

他们离开了汽车，慢慢走进树林中，随后无声地在黑暗中潜行，围着小屋绕了一大圈。欧文试图稳住因心脏跳动而微微颤抖的双手，将注意力集中在维琉斯的记忆中，学着他一样将感觉散布到全身，再向四周的环境扩散开。

起先什么都没有发生。但欧文耐心地倾听着、等待着，感受着四周的环境，渐渐地他眼中的整个世界都变得清晰起来。一瞬间，欧文可以通过鞋子感受到脚下大地的质感。他甚至能够听到周围的树丛间传来了自己脚步的回音。他瞥见了振翅欲飞的猫头鹰，随后他看到了一旁哈维尔和格里芬在林间移动的身影。

当他们到达小屋时，一切都显得宁静平和。格里芬带着他们从树林走出，在穿过被露水打湿的草坪后，他们从小屋背后的一扇窗户爬了进去，对于刺客来说，这算不上是什么障碍。

当欧文落地的时候，他脚下的地板发出了嘎吱的声音。屋内浑浊的空气闻上去就像是古老的、被烟熏过的木头一般。他们走进一间卧室，但那张小床说明了这并不是格兰特的房间。

“接下来的事情就交给你们俩了。”格里芬问道，“你们察觉到什么了吗？”

“我什么都没感觉到。”哈维尔回答道。

“等一下。”欧文闭上了双眼，他并没有用双眼来寻找，而是学着维琉斯在阿兹特克俱乐部中寻找匕首时那样感受着碎片的能量波动。

“察觉到什么了吗？”

“还没有。”欧文回答道，“给我点时间。”

“我们可没有那么多时间。”

“给我点时间。”欧文重复了一句，随后便离开两人身旁。接着他感觉到自己仿佛察觉到了什么，为了能够感受得更清楚一些，他侧了侧脖子。

然后，他感受到了那股能量波动。他费了很大力气才找到了它，比维琉斯当时还要困难得多，不过总算找到了——那是一股微弱的低鸣，他能够感受到头骨与之产生的共鸣，他对这样的感觉很熟悉，至少他身体中维琉斯的那部分是这样。

“在这边。”他小声说道，接着向前走去。

哈维尔和格里芬跟着他离开了卧室，走进已经变成某种博物馆的起居室内，房间里挂着各式各样的勋章和图片，还有几个存放着手工艺品的展示柜。不过那把匕首并不在展示柜中，于是欧文便继续向前走去，推开一扇门后，他沿着走廊来到一间更大的卧室中。他感受到那种共鸣来自某处被地毯覆盖的地板下。

“就在这里。”

欧文说着将地毯掀起来，他蹲下身子拿出一把小刀撬起了其中一块地板，但他意识到这块木板明显有些松动了，随后注意到了木质地板上留下的新鲜刻痕。

地板下是一处小洞，里面有一个长方形的金属盒子。欧文把它拿了出来，但拿在手上的一瞬间，他就意识到盒子的重量明显轻了，而当他将其打开的时候，里面只躺着一枚失去光泽的徽章，阿兹特克俱乐部的十字军功章。

“我能够感受到那枚碎片之前就在这里。”欧文有些恼火。

“那枚徽章已经说明了这一点。”格里芬说道，“有人抢先一步，带走了它。”

“应该就在前不久。”欧文说道，“地板上的刻痕是最近留下的。”

“是圣殿骑士吗？”哈维尔问道。

格里芬摇了摇头。“我不这么认为。”

“那应该就是门罗喽？”

欧文希望取走碎片的人是门罗，他希望门罗能赶在圣殿骑士之前……

小屋的上方突然传来一阵连续不断的闷响。格里芬抬头望向了天花板。“是直升机。”他判断道，“有好几架，是阿布斯泰格的人。”

“我们该怎么办？”欧文问道。

“我们先避开他们。你们还没接受过训练，我也没办法一个人应付那么多人。我们先回到车上，然后直接离开。明白了吗？不要向他们发起进攻。”

欧文和哈维尔两人点了点头。

“跟在我身后。”格里芬吩咐道，“开始行动。”

他从卧室跑向了小屋的大厅，探照灯的光线顺着百叶窗的缝隙，如同一把把刀片一样射了进来，将墙壁切成数段。他们低着身子，跑回了较小的那间卧室后，从来时的那扇窗户跳了出去。

来到外面的草坪上，欧文看到了盘旋在他们头顶的黑影，那是三架直升机。直升机旋转着的螺旋桨卷起了一阵大风，压低草坪的同时几乎要将欧文掀翻。数道黑影从空中降了下来，那是阿布斯泰格的特工顺着直升机上放下的绳子落到了地面。

“行动！”格里芬叫道，三人全力向前冲去，他们彼此之间保持了一定距离，躲避着搜寻他们踪迹的探照灯、直升机上放下的绳子和已经到达地面的阿布斯泰格特工。

“已锁定目标。”离他们几步之遥的一名特工举起了手中的突击步枪，将枪口对准了哈维尔，他的声音从头盔内传了出来。

欧文从口袋内取出了一枚电磁脉冲手雷，丢了过去。似乎什么事情都没有发生，但那名特工却停在了原地，紧紧抓着自己的头盔，仿佛失去了视觉一般。这令欧文想到了另一个方法，于是他停了下来。

“你在干什么？”哈维尔对着他叫道。

欧文拿出了另一枚电磁脉冲手雷，握在手中，然后奋力丢向了离他最近的那架直升机。手雷命中了直升机，在驾驶员失去控制的同时，飞机的引擎也停了下来，螺旋桨渐渐地慢了下来。那架直升机在空中旋转了起来，像是被人抓在手中摇晃一般，将挂在绳子上的特工拖得东倒西歪，彼此重重地撞在一起。伴随着一声震耳欲聋的碰撞声，两架飞机在失去控制后，撞向了地面。

“快跑！”哈维尔叫道。

欧文跟着他朝树林跑去。这时第一架直升机坠落在了地面，剧烈的爆炸令欧文摔倒在草地上。一阵头晕后，他感觉有人将手按在了他的身上，他以为那是一个阿布斯泰格特工，于是奋力地挣扎起来。直到他转过身，才看清了来人是格里芬。

“别停下，继续向前跑！”格里芬叫着将他拉了起来。

当他们跑进树林的时候，第二声爆炸从他们身后响了起来，欧文向后望去，看到另一架直升机坠落在了小屋旁，在离他们更远的那一侧。他们三人飞快地向树林的另一端跑去，欧文就像在虚拟场景中纽约市的屋顶上那般灵活地在巨石和倒下的树枝间腾挪跳跃。几分钟后，他们来到了汽车旁，争先恐后地坐了进去。

“这真是太疯狂了！”哈维尔喘着粗气，对欧文说道。

“这些话等到了飞机上再说吧！”格里芬咆哮着转动汽车钥匙，发动了引擎。

他掉转车头，朝着他们来时的路冲去，为了避免吸引空中剩下的那架直升机的注意力，一开始的几英里路他特意没开车前灯。

当他们远离了危险地带后，格里芬深深地吸了一口气，看上去没那么紧张了。“你到底在想些什么？”他不满地问道，“我的命令很容易理解吧？不要向他们发起进攻。”

“我知道。”欧文辩解道，“可是我干掉了两架——”

“我来告诉你到底是什么情况吧！你只是走运而已！你那样冒险的行为搞不好就把我们三个人都害死了！”

“对不起。”欧文说道，虽然他不知道自己是否真的为此感到抱歉，“我——”

“听我说！”格里芬咆哮道，“而且给我听好了！我不会给任何人两次机会。如果你还想知道任何和你父亲有关的事情，从现在起，你就要照我说的做。听到了没有？因为我是你找到事情真相的唯一机会，而且我完全不介意让你到死为止都找不到你要的答案。”

欧文沉默了，体内的肾上腺素慢慢消失。如果格里芬用别的话来威胁他，欧文可能会无视他并让他滚蛋。然而有关他父亲的事情欧文却不能无视，即使他感到再愤怒、再冤枉，他也不愿意冒着这样的风险去顶撞格里芬。

“我的意思你听明白了吗？”格里芬问道。

“是的，听得明明白白。”

“很好。”

“你说的‘从现在起’，是什么意思？”哈维尔问道。

“我的意思是这件事情还没有结束。”格里芬回答道，“一共有三枚伊甸园碎片散落在世界各地，其中一枚已经被人拿走了。而且看起来，阿布斯泰格的人认为你们和你们的那些朋友就是找到其他碎片的钥匙。”

“对于这件事，我们有选择的权利吗？”哈维尔问道。

“当然了。”格里芬说道，“你们有属于自己的自由意志，没有人能约束你们。不管你们信不信，我是愿意为捍卫自由意志而献出生命的。”

“那样的话，我不太想参加这场行动。”哈维尔看着欧文说道。

但是欧文却不能轻易退出，至少现在还不行。这是他查清真相的机会，他不愿放弃。“我渴求事情的真相。”他说道，“我会用自己的生命做赌注，我会坚持到最后一刻。”

第二十四章　其他碎片的下落

娜塔莉亚和其他人离得很远，她独自一人坐着，向他们所在的“玻璃笼子”外的树林望去。肖恩和格蕾丝已经将他们知道的一切都告诉了以赛亚，她并没有办法阻止他们这样做。随后以赛亚便走了，没多久维多利亚也离开了这里。不过那已经是几个小时前的事情了，接下来的时间里，他们四人就被关在了那个房间里，百无聊赖。当她意识到绝食这种抗议并不怎么有效时，她终于吃了点东西。不过她吃下的苹果和面包圈令她的胃有些不适。

“嘿。”她听到了肖恩的声音，然后从窗户隐约映出的影子中看到他推着轮椅，向她靠了过来。

“你还好吗？”

“我不好。”她回答道。

“怎么了？”

“我真不敢相信你竟然会做那种事。”

“什么？”

“别装傻，”她不满地说道，“你知道我指的是什么。”

肖恩抓着轮椅的扶手，向后靠了靠。“我觉得他说得挺有道理，所以我做了自己觉得应该做的事。怎么，你觉得以赛亚撒谎了？”

“我不知道。”娜塔莉亚不知道该如何回答这样的问题，只能摇摇头，“但那就是问题的所在。我不知道。不要误会我的意思，肖恩，我也觉得他说得挺有道理。但我是不会在深思熟虑并和你们商讨之前，将自己知道的所有东西都告诉他的。”

“你说得没错。”肖恩向前倾了倾，他的动作令娜塔莉亚想起了汤米。她急忙移开了目光，看向了一旁。“你说得没错。”他继续说道，“我们的确应该先讨论一下的。”

“现在一切都已经太晚了。”娜塔莉亚说道。

肖恩推了下轮椅，离娜塔莉亚更近了些。随后他回过头，向后望了一眼，仿佛是确认其他两个人的所在一般。“嘿，我一直想要问你——”但他没有继续说下去。

她等待了几秒后问道：“你想问我什么？”

“我只是——”他说着脸却有些红了。

娜塔莉亚大概猜到了肖恩的想法，但她希望自己猜错了。“你只是什么？”

“我不知道。Animus 里的那段经历，还真是挺奇怪的。我们，呃……那个……你懂的。”

她想得没错。他果然会提起汤米和阿德丽娜的感情。娜塔莉亚并不想伤肖恩的心，但眼下似乎没有别的选择了。

“我的意思是说，”肖恩继续说道，“那是他们，不过我们也经历了那段感情，我只是——”

“肖恩，事情没你想得那么复杂。阿德丽娜爱的是他，不是你。坐在你眼前的人，也不是阿德丽娜。”

“我知道。”

“那你到底还有什么问题？”

“没有，没有问题。我只是……算了，就当我没说过。提出这样的问题，我真的很抱歉。”

“没事的。”阿德丽娜说道，“我也很抱歉，肖恩。我并不想冒犯你。但是我们不能因为过去而混淆了现在的生活，明白吗？你还记得门罗说过的话吗？你是你自己，而不是你的祖先。这一点我们要牢记在心。”

“你说得对。”肖恩说道，“一点儿都没错。”

“好的。”过了一会儿，她又补充道，“我很庆幸我们至少在这一点上达成了共识。”虽然她知道其实两人并没有在这个话题上达成共识。

他再次点了点头，推着轮椅转向了格蕾丝姐弟，仿佛有些失落地低着头。娜塔莉亚看着他渐渐远去，内心有些自责。她本可以说得更婉转些的，不过这向来是她的处事原则。每当和他人相处时，她的第一反应总是用最直接的方式来回复他人，尽管那样做并不怎么聪明。

当肖恩远去后，她转过身，继续凝视着周围的树林。

既然无法阻止其他人告诉以赛亚那些信息，娜塔莉亚只能和其他人一同行动。但她根本就不相信以赛亚说的话，也不相信圣殿骑士组织所谓的善意。不过那也不代表她愿意相信那群刺客。她在Animus中的经历让她觉得这两方势力带来的只有破坏。且不提单个组织的作为，当两方势力开战的时候，无辜的人民却要为他们的战争付出代价。

但是直接站在阿布斯泰格这样强大组织的对立面并不是一个好主意，至少眼下不是。娜塔莉亚并不会像之前处理肖恩的问题时那般直接，她会耐心地等待，直到她想到最合适的对策为止。她的祖父母便是这样逃离了哈萨克斯坦，而她也会用这样的对策，逃离圣殿骑士的掌控。

“好消息！”维多利亚说着走了进来，“我们已经联系了你们所有人的父母，将眼下的情况解释给他们听了，而且告诉他们，他们随时都能来看你们。他们应该已经在来的路上了。”

“你是怎么和他们说的？”娜塔莉亚问道。

“我们告诉他们说是曾在你们学校任职的门罗利用从我们公司偷走的仪器拐走了你们，并打算实施某种不可告人的计划，不过我们发现了他的阴谋，并将你们救了出来。”

娜塔莉亚觉得那是一句精心编织的谎言，即使她知道事情的经过，也无法反驳这夹杂着真实信息的谎言。

“那我们可以回家了吗？”格蕾丝问道。

“若是你想回去的话，自然可以。但我们还提供了其他的选项。”

“什么选项？”肖恩问道。

“就像以赛亚说的那样，你们DNA中的信息能够提供给我们一个独一无二的机会。所以我们想邀请你们留在鹰巢，并在这里帮助我们进行研究。我们打算在你们的父母到达后询问他们的意见。不过我相信他们会接受的。”

“是吗？”娜塔莉亚问道。她的父母对大多数人心怀疑虑，尤其不会相信那些有钱有势的人。

“嗯。”维多利亚职业性地笑了笑，露出了她的门牙，“应该会是这样，因为配合我们研究的家庭会得到一大笔资金补助。”

“听上去不错，但其中又有什么阴谋呢？”大卫问道。

“没有阴谋。”维多利亚说道，“但我们要抢在门罗之前，找到剩下的两枚碎片，所以我们需要你们的帮助。我们分析过了你们的DNA，发现了另一处记忆相容性较高的地方，而三叉戟的第二枚戟尖很有可能就在那里。”她转过身，直视着娜塔莉亚，“有没有想过去中国？”

尾声　门罗的选择

门罗在行驶了数百英里后才躲过了圣殿骑士的追捕，他的双手仍因紧张而微微颤抖。他用尽浑身的力量才能抓住方向盘，连指节都微微发白。他的眼前一片模糊，几乎没有了焦点。他已经整整三十六个小时没有休息了，他也没怎么吃过东西，烈日下的路就像是没有尽头一般，只能依稀看见沙漠的地平线。

这一切都不是他的本意。至少，他没想过要让事情变成眼下这种情况。事情本不该变成这样的，虽然他也不知道事情本应该是怎样的。他接受这项使命已经是很多年前的事情了，这一路他走得太过曲折，他时常会怀疑自己是否还记得这一路上走过多少弯路。而每到这时候，他都会回到原点，回忆发生的这一切，随后他便会想起自己为何会一路走到现在。

又是为谁踏上了征程。

伊甸园碎片便是他旅程中的一个弯路，不过它蕴含的力量令他无法忽视。他不能让这枚先行者遗物落到刺客和圣殿骑士任何一方的手中。那样太过危险。圣殿骑士口中的“优越事件”已经开始了，但他还不知道那些孩子现在何方。毫无疑问，圣殿骑士至少带走了他们中的一部分人。不过他们中有几个人或许能逃过一劫，欧文和哈维尔显然是最有可能逃过追捕的，不过格蕾丝也很有可能通过出血效应掌握了祖先的技能。

门罗看向了一旁的座位，Animus 的核心静静地躺在那里。至少这东西还在他手里。他仍有着他们所有人的 DNA，而且只有他一个人完全破解了其中隐藏的秘密。

他的手颤抖得越发厉害了，他意识到自己需要吃点东西，然后好好地睡上一觉。他只希望自己逃得够远了，只有这样，他才敢将车停下。

他最终在下一个城镇停了下来。那是一个只有一座加油站，总人口才三百二十六人的沙漠小镇。他在那里给自己的公交车加满了油，买了一部一次性手机。吃了一个塑料膜包装的火鸡肉三明治后，睡了三个小时。

他醒过来的时候，才觉得思路清楚了一点。

即使已经获得了自己需要的 DNA，他也不想让那些孩子被圣殿骑士控制起来。他们会陷入危险都是他的错，正是因为他的粗心大意才引来了圣殿骑士，所以他有义务将他们从圣殿骑士手中救出来。但这不是他一个人能做到的。他需要别人的帮助。

门罗拿出了刚买的手机，注视着发光的键盘，犹豫很久，才按下了按键。这个电话号码是他在很久之前得到的，他将其深深地记在了脑海里，但那时候，他并不知道自己是否会有任何拨打对方电话的需要。现在他需要那个人的帮助，但他不知道这个电话号码是否还在使用。

不过电话打通了。

有人接起了电话。

“我是门罗。”他轻声说道，“我们需要谈谈。”